Stefanie Mohr

Das letzte Lächeln

- Hackenholts zweiter Fall -

Nürnberg Krimi

Edition Gelbes Sofa

Umschlagfoto & -gestaltung: Stefanie Mohr
Verlag: Edition Gelbes Sofa,
Inh. Stefanie Mohr, Nordring 125, 90409 Nürnberg
www.edition-gelbes-sofa.de
Druck & Bindung: CPI books GmbH, 25917 Leck
Printed in Germany 2015
ISBN: 978-3-946035-02-2

Für
meine Eltern

I cannot live without my life!
I cannot live without my soul!

Emily Brontë, »Wuthering Heights«

Samstag

Fünf Minuten, nachdem der Wecker ihres Handys sie mit einer eingängigen Melodie geweckt hatte, schrillte der alte Oma-Wecker auf ihrem Nachtkästchen mit ohrenbetäubendem Rasseln los. Auch wenn ihr morgendlich-dynamisches Auftreten nach außen hin äußerst souverän wirkte, kämpfte Annika Dorn jeden Tag einen bitteren Kampf gegen das Aufstehen – und verlor.

Was sie letztendlich immer aus dem Bett trieb, war die Angst, wieder einzuschlafen. Der Gedanke, zu spät in der Arbeit zu erscheinen, versetzte die Supermarktleiterin einer Sternmann-Filiale stets in schiere Panik.

Anders als sonst schlug sie an diesem Samstagmorgen ihre dicke Daunendecke regelrecht beschwingt zurück: Für die kommenden zwei Wochen musste sie zum letzten Mal so früh aufstehen. Übermorgen würde sie endlich das grausige Februarwetter, das Nürnberg seit knapp zwei Wochen abwechselnd Eisregen und Schnee bescherte, gegen den lang ersehnten karibischen Sonnenschein eintauschen.

Wie vor jedem Urlaub hatte sie fieberhaft überlegt, was sie mit den freien Tagen anfangen sollte. Zu Hause zu bleiben und endlich die Wohnung zu renovieren, kam überhaupt nicht infrage. Urlaub bedeutete: wegfahren, genießen, Geld ausgeben. Schließlich entschied sie sich für eine einwöchige Karibik-Rundreise auf einem Clubschiff der Aida mit anschließendem Badeaufenthalt auf Cayo Levantado, das auch als Bacardi-Insel bekannt war. Selbst wenn der Urlaub nicht so schön werden würde, wie es der Preis verhieß, hatte er seinen Zweck bereits erfüllt: Auf der letzten Filialleitersitzung war sie von mehreren Kolleginnen um die Traumreise beneidet worden. Sie lächelte bei dem Gedanken daran.

Während sie in die Küche eilte, nestelte sie noch an den Knöpfen ihrer Bluse herum. Siamkater Fridor schnurrte ihr einschmeichelnd um die Beine. Eigentlich war es eine regelrechte Schande, wie wenig Zeit sie sich für das Tier nahm. In einem Anflug von schlechtem Gewissen stellte sie ihm einen Napf mit einer zu großen Portion Thunfisch auf den Boden. Für mehr war leider keine Zeit. Ihre innere Uhr trieb sie zur Eile. Annika Dorn zog ihren Mantel an, nahm die viel zu teure Aktentasche und sperrte penibel die Wohnungstür zweimal hinter sich ab.

Vorsichtig bugsierte sie den geliehenen silberfarbenen BMW-Geländewagen aus dem Garagenstellplatz auf die vereiste Hauptstraße, die von Kalchreuth nach Neunhof führte. Obwohl es in der Nacht keinen Neuschnee gegeben hatte, kam sie erst ab der Erlanger Straße zügig voran. Die winterlich brachliegenden Felder des Knoblauchslands zogen grau am Seitenfenster vorbei, unterbrochen nur von den Lichtern des nahen Flughafens. Auf Höhe der Landebahnen kreuzte eine Passagiermaschine im Sinkflug nur wenige Meter über ihrem Kopf die Fahrbahn.

An der Sparkassenfiliale in Thon hielt sie kurz, um am Bankautomaten in der Schaltervorhalle Geld abzuheben. Dann fuhr sie, ein bisschen schneller als zulässig, weiter die Bucher Straße entlang. Vorbei an dem blau-weißen Fabrikgebäude der Firma Schöller, an dessen Fassade ein großes Transparent, kaum dass Weihnachten vorüber war, bereits das Eissortiment des kommenden Sommers bewarb. Schließlich bog Annika Dorn links in die Kressenstraße ab. Der BMW X5 holperte über das rutschige Kopfsteinpflaster. Kurz vor der Uhland-Schule überquerte ein weißhaariger Mann mit Schäferhund unmittelbar vor ihr die Fahrbahn, sodass sie abrupt auf die Bremse treten musste. Der Wagen schlingerte, dann kam er zum Stehen. Die Aktentasche war währenddessen in den Fußraum des Beifahrerbereichs gekippt, der Inhalt lag verstreut auf dem Boden. Verdammt, das hatte ihr an diesem Morgen noch gefehlt!

Der große Parkplatz der Sternmann-Supermarktfiliale lag verlassen da, wenn man von einem alten, dort über Nacht abgestellten Polo absah. Wie gewöhnlich hielt Annika Dorn gleich neben der Einfahrt; die dem Markt näher gelegenen Parkplätze waren den Kunden vorbehalten.

Im hellen Neonlicht wirkte der Verkaufsraum der Filiale heruntergekommen. Obwohl der Boden jeden Tag mit einer Reinigungsmaschine bearbeitet wurde, strotzte er vor Flecken. Werbebroschüren lagen unordentlich am Fenster verstreut, und ein überdimensionaler Müllsack mit leeren Pfandflaschen stand zwischen den Kassen drei und vier.

Verärgert schüttelte die junge Chefin den Kopf. Sollte sich doch Frau Link darum kümmern, den Laden aufzuräumen. Sie selbst hatte gewiss keine Zeit dafür, außerdem erachtete sie derartige Aufgaben mittlerweile als unter ihrer Würde. Nun, wenn ihr Plan aufging, wäre sie den Supermarkt sowieso bald nach ihrem Urlaub los. Gut gelaunt ging sie ins Büro.

Während der Computer hochfuhr, hängte sie ihren Wintermantel auf, tauschte ihre gefütterten Stiefel gegen schickere Pumps und drehte die Heizung höher. Dann setzte sie sich vor den Bildschirm und versuchte sich auf ihre Arbeit zu konzentrieren. Als sie die seit dem gestrigen Abend eingegangenen E-Mails abrief, wurde sie durch ein lautes Pochen an der Glasscheibe aufgeschreckt.

Vor dem Schaufenster stand ein Mann. Obwohl er die Mütze tief ins Gesicht gezogen und den Mantelkragen gegen die Kälte hochgeschlagen hatte, erkannte ihn Annika Dorn auf der Stelle. Seit ihrem letzten Treffen war schließlich noch nicht viel Zeit vergangen. Schnell schaute sie auf die Uhr: zehn nach sieben. Ihnen blieb eine gute halbe Stunde Ungestörtheit.

Sie machte ihm ein Zeichen, rüber zur Schiebetür zu gehen. Gleichzeitig rief sie sich noch einmal ins Gedächtnis, was sie sich vorgenommen hatte, ihm zu sagen. Dann setzte sie ein strahlendes Lächeln auf.

Ihr letztes Lächeln.

Kriminalhauptkommissar Frank Hackenholt war eine große, schlanke Erscheinung. Seine kurzen, dunklen Haare schimmerten an den Schläfen bereits silbrig; mit Anfang vierzig kein Wunder. Er wartete mit Sophie, seiner Freundin, in der Metzgerei Kleinlein an der Äußeren Bucher Straße darauf, bedient zu werden, als sein Handy sich plötzlich bemerkbar machte.

Sophie, deren rundlicher Figur man es ansehen konnte, dass sie nebenbei eine Art Partyservice betrieb und kulinarischen Köstlichkeiten gegenüber nicht abgeneigt war, hatte für das bevorstehende Faschingswochenende zwei Aufträge angenommen. Für die Feier, die der Jugendkeller 106 der Gemeinde St. Matthäus veranstaltete, wollten sie jetzt gemeinsam Sophies Großbestellung abholen, und um ein Haar wäre ihnen das auch gelungen, denn trotz des morgendlichen Andrangs waren sie in der Warteschlange schon bis an die zweite Stelle vorgerückt.

»Sophie, ich muss in den Sternmann-Supermarkt in der Grolandstraße, es ist etwas passiert«, flüsterte Hackenholt, während er sein Handy wegsteckte.

»Okay, da können wir auf dem Heimweg halten«, antwortete sie zerstreut. In Gedanken ging sie zum fünften Mal durch, ob sie auch nichts vergessen hatte.

»Guten Morgen, Frau Rhom«, unterbrach eine der Verkäuferinnen die Unterhaltung. »Sie wollen sicher Ihre Bratwürste abholen?«

Sophie nickte.

»Nein, Schatz, das geht jetzt wirklich nicht, ich meinte, ich muss *sofort* weg«, rief Hackenholt dazwischen. An die verdutzte Mitarbeiterin gewandt fügte er hinzu: »Frau Rhom kommt später wieder.«

Sophie konnte nur noch verlegen eine Entschuldigung murmeln, dann zog Hackenholt sie auch schon auf die Straße hinaus und weiter zu ihrem Auto.

Während sie die Bucher Straße entlangfuhren, beobachtete Sophie ihren Freund verstohlen von der Seite. Sie hatte ihn erst vor knapp vier Monaten während einer seiner Ermittlungen kennengelernt und sich gleich in den ruhigen, manchmal ein wenig introvertierten Hauptkommissar verliebt. Für sie war schnell klar geworden, in ihm den Partner gefunden zu haben, mit dem sie den Rest ihres Lebens verbringen wollte. Und das, obwohl er Polizist war. Unwillkürlich musste sie grinsen.

Dass sein Beruf nicht nur unkalkulierbare Arbeitszeiten mit vielen getrennten Wochenenden, sondern auch eine überdurchschnittliche psychische Belastung bedeutete, begann sie erst allmählich zu realisieren. Da beide mehrere Jahre lang allein gelebt hatten, waren die vergangenen Wochen mehr als nötig gewesen, um ihre beiden Lebensrhythmen aufeinander abzustimmen.

Nun chauffierte Sophie Hackenholt zum ersten Mal zu einem neuen Fall.

Sie konnte die Anspannung spüren, die sein Körper neben ihr ausstrahlte. Nahm wahr, wie er unruhig in seinem Sitz hin und her rutschte und mit angestrengtem Gesichtsausdruck aus dem Fenster starrte. Die Situation war für Sophie viel zu neu, als dass ihr etwas Passendes zu sagen eingefallen wäre, also schwieg sie.

Obwohl Hackenholt hinaussah, nahm er so gut wie nichts von seiner Umgebung wahr. Nach zwanzig Dienstjahren fiel es ihm zunehmend schwerer, einen neuen Tatort unbefangen in Augenschein zu nehmen. Eine Frau war getötet worden. Nur so viel hatten ihn der Kollege vorab wissen lassen.

Als Sophie ihn vor dem bemalten historischen Salonwagen der Reichsbahn, der den Schülern der Ludwig-Uhland-Schule als Schülercafé diente, absetzte, gab sie ihm zum Abschied einen schnellen Kuss und machte sich dann schweren Herzens wieder auf den Weg zurück zur Metzgerei.

Die Einfahrt des Supermarktparkplatzes war mittlerweile abgesperrt worden. Unermüdlich winkte ein uniformierter Polizist die Passanten weiter, um ihnen klarzumachen, dass sie heute anderswo einkaufen gehen mussten. Hackenholt schlug den Mantelkragen gegen den beißenden Westwind hoch, bevor er über das Trassierband stieg. Als er sich dem Eingang näherte, löste sich einer der Streifenbeamten aus dem vor der Filiale stehenden Grüppchen und trat auf ihn zu. Es war Christian Berger, mit dem Hackenholt bereits im Herbst intensiv bei einem anderen Mordfall zusammengearbeitet hatte.

»Morgen, Frank. Ich hoffe, es war richtig, dich direkt zu verständigen? Ich habe dem Dauerdienst gesagt, sie bräuchten niemanden zusätzlich vorbeizuschicken.«

Hackenholt nickte zustimmend. Sämtliche Mitarbeiter des Polizeipräsidiums Mittelfranken wussten mittlerweile, wie wichtig es ihm war, bei einem neuen Fall von Anfang an persönlich vor Ort zu sein. »Weißt du, welcher Arzt Bereitschaft hat?«

Berger schüttelte den Kopf. »Leider nicht. Die Alarmierung hat die Einsatzzentrale veranlasst.« Dann erzählte er, was geschehen war: Seine Kollegin und er waren auf Streife gewesen, als sie elf Minuten nach acht einen Funkruf ihrer Dienststelle erhielten. Ein Kunde hatte eine verdächtige Beobachtung gemeldet: Der Sternmann-Discounter in der Grolandstraße war noch geschlossen, obwohl er schon längst geöffnet haben sollte. Als die Streifenbeamten am Einsatzort eintrafen und ausstiegen, kam ihnen ein wild gestikulierender Mann aus der kleinen Ansammlung wartender Kunden und Mitarbeiter entgegengelaufen. Er erklärte stolz, dass er die Polizei verständigt habe. Es müsse etwas im Laden passiert sein, da drinnen Licht brenne, aber niemand öffnete. Auch die wartenden Mitarbeiter wüssten nicht, was los sei.

Während die Streifenbeamtin versuchte, durch die Schiebetür

ins Innere zu sehen, kletterte Berger auf die in drei Reihen vor der Glasfront aufgestellten Einkaufswagen und konnte, in dieser unbequemen Position balancierend, schließlich durch die breite Seitenscheibe spähen. Was er erblickte, ließ ihn scharf die Luft einziehen.

Eine Blutspur zog sich von der inneren der beiden Schiebetüren in Richtung Büro, endete dann jedoch abrupt zwischen zwei Kassen, wo der ausgestreckte Körper einer Frau lag. Umgehend forderte die Kollegin Verstärkung und einen Notarzt an. Gerade als sie die Eingangstür mit dem Stemmeisen aufbrechen wollten, traf der stellvertretende Filialleiter, Herr Raab, ein, mit dessen Schlüssel die Beamten schließlich in den Discounter gelangten.

Berger ratterte vor Hackenholt die Fakten herunter, unterließ aber jede mögliche Interpretation. Man musste jedem Kollegen die Möglichkeit geben, sich den Tatort unvoreingenommen anzusehen, damit er sich seine eigene Meinung bilden konnte.

»Während wir auf den Notarzt warteten, habe ich meine Kamera geholt.« Der junge Polizist wurde rot. »Ich dachte, es kann nicht schaden, wenn ich die Spurenlage festhalte, bevor die Sanis kommen.«

Hackenholt wusste zwar von ihren gemeinsamen Ermittlungen, dass der Kollege außergewöhnlich gut mitdachte, aber über eine solche Weitsicht war er doch überrascht. »Super, dann schick mir bitte die Fotos, sobald sie entwickelt sind«, bat er dankbar.

Inzwischen war Christine Mur, die Leiterin der Spurensicherung, mit ihrem Team vorgefahren. Im Schlepptau hatte sie Hackenholts Kollegen Ralph Wünnenberg.

Bevor die Techniker im Ladeninneren mit ihrer Sisyphusarbeit beginnen konnten, wurde der Tatort gründlich foto- und videografiert. Unterdessen kümmerten sich zwei weitere Mitarbeiter der Spurensicherung um den Parkplatz.

Zwar entdeckten sie mehrere gut erkennbare Reifenabdrücke, doch mussten die noch vom Vortag stammen, als das Eis angetaut gewesen war. Auf dem jetzt steinhart gefrorenen Boden konnten unmöglich frische Spuren entstanden sein. Direkt vor dem Ein- und Ausgangsbereich hatten die Kunden gewartet, sodass die Chancen, hier Hinweise zu finden, gleich Null waren. Somit mussten sich die Kriminaltechniker darauf beschränken, herumliegende Zigarettenkippen und verwehte Müllreste einzusammeln. Auch die beiden Abfallcontainer auf dem Gelände überprüften sie, doch die waren anscheinend am Abend zuvor geleert und seither nicht benutzt worden.

Ein einziger Blick von der Schiebetür aus ins Ladeninnere genügte Hackenholt, um vorherzusehen, dass die chronisch mürrische Christine Mur einen Wutanfall erleiden würde, sobald sie den Discounter betrat. Sanitäter und Notarzt hatten hinsichtlich der Beseitigung etwaiger vorhandener Spuren ganze Arbeit geleistet: Mehrere blutige Schuhabdrücke führten nun zwischen Kasse und Ausgang hin und her. Wenn die unbesonnene Rumlauferei dem Opfer wenigstens geholfen hätte! Missmutig schüttelte Hackenholt den Kopf und ging zu Wünnenberg, der aussah, als ob er etwas auf dem Herzen habe.

»Was sollen wir mit den Kunden machen? Die Leute warten hier zum Teil schon über eine Dreiviertelstunde und werden langsam unruhig.« Als wolle er die Ungeduld der Wartenden verdeutlichen, trat Wünnenberg selbst von einem Bein aufs andere.

Hackenholt wog kurz ab, bevor er antwortete. Hier und jetzt hatte er alle Kunden beisammen und musste den Leuten nicht einzeln durch das ganze Stadtgebiet hinterherrennen, um sie zu befragen.

»Bitte Berger, dir zu helfen, und notiert die Personalien«, entschied er schlussendlich. »Achtet darauf, Telefonnummern zu bekommen, unter denen wir die Leute in den nächsten Tagen auch tatsächlich erreichen können. Versucht jeden Einzelnen zu animieren, sich zu erinnern, in welcher Reihenfolge sie hier aufgetaucht sind. Und fragt, ob ihnen etwas Besonderes aufgefallen ist. Irgendwelche Autos, die auf dem Parkplatz standen und jetzt nicht mehr da sind. Danach könnt ihr sie nach Hause schicken. Ach, und ruf Manfred Stellfeldt und Saskia Baumann an. Wir brauchen mehr Kollegen vor Ort. Sie sollen sich um die Angestellten kümmern.«

Hackenholt nahm den Beamten von der Spurensicherung, der gerade den Tatort gefilmt hatte, zur Seite und bat ihn, während er Aufnahmen vom Parkplatz machte, unauffällig auch ein paarmal über die wartenden Kunden zu schwenken. Es wäre schließlich nicht das erste Mal, dass ein Täter zurückkehrte und sich unter die Menge mischte.

Ludwig Kork saß mit zitternden Händen auf seinem Bett. Schweißtropfen rannen ihm über die Stirn. Während der letzten halben

Stunde hatte er erfolglos versucht, sich zu beruhigen, indem er sich immer wieder laut vorsagte, dass alles nicht so schlimm sei, wie es ihm zunächst erschienen war. Doch sein Unterbewusstsein wusste ganz genau, wie wenig das stimmte.

Allein das Wissen um die Situation half ihm nicht weiter. Wohl zum hundertsten Mal, seit er sich vom Parkplatz des Supermarktes davongemacht hatte, fragte er sich, was er nun tun sollte.

Inmitten der wartenden Menschentraube, die Mutmaßungen darüber anstellte, warum der Discounter um diese Zeit noch geschlossen haben mochte, hatte der junge Mann seine Erregung kontrollieren können. Er hielt es sogar für eine gute Idee, bis zum Eintreffen der Polizei auszuharren, anschließend einen Beamten beiseitezunehmen und ihm alles zu erzählen. Aber als dann der Streifenwagen neben dem Supermarkt parkte und die uniformierte Frau ausstieg, die Annika so ähnlich sah, wurde Ludwig Kork von einem nicht zu bändigenden Drang übermannt, davonzulaufen. Während alle Anwesenden ihre Aufmerksamkeit auf das Gebäude richteten, schlich er sich unbemerkt durch die Seitenpforte im Zaun des Parkplatzes weg.

Und nun saß er hier. In seiner Wohnung. Auf dem Bett. Und wusste nicht weiter.

Plötzlich zuckte er zusammen, als habe ihm jemand eine Ohrfeige verpasst. Erschrocken blickte er sich um. Dann ließ ihn der schrille Ton seiner Türklingel erneut zusammenfahren. Es war schon immer ein unangenehmes Geräusch gewesen, aber so aufdringlich wie heute hatte die Klingel bisher noch nie geklungen.

Entsetzen packte ihn. Sie hatten ihn also doch gefunden! Seine Hände zitterten noch heftiger als zuvor. So sehr er sich auch bemühte, sie wieder unter Kontrolle zu bringen, es gelang ihm nicht. Er bebte am ganzen Körper, war unfähig, sich zu bewegen. Wenn sie nun zur Tür hereinkamen, würde er nicht einmal aufstehen können. Ein absurder Gedanke.

In der Stille seiner Wohnung hörte er plötzlich die Klingel des Nachbarn. Kurz darauf summte der Türöffner, und die Haustür wurde mit einem lauten Knall aufgestoßen. Schwere Schritte stampften zu ihm in den ersten Stock herauf. Ein weiteres Geräusch ertönte vom Treppenabsatz her. Was war das? Er wartete. Sicherlich würde jeden Moment seine Wohnungstür gewaltsam geöffnet werden.

Wieder das Geräusch. Doch dieses Mal konnte er das Piepsen einordnen: Der Besucher war ein Kurier, der ein Paket einscannte, bevor der Nachbar den Empfang quittierte. Die Erleichterung schlug wie eine Welle über Kork zusammen. Ein hysterisches Lachen stieg in seiner Kehle auf, das nun anstelle des Zitterns seinen ganzen Körper schüttelte.

Kaum war der Anfall vorüber, rappelte er sich auf, lief zum Schrank und riss aus dem obersten Fach seine Reisetasche herunter. Wahllos stopfte er alles hinein, was ihm in die Finger kam, und bemerkte nicht, dass er zwar acht T-Shirts, aber nur zwei Paar Socken einpackte.

Ein einziger Gedanke trieb ihn an: Er musste weg. Raus aus der Wohnung. Raus aus Nürnberg. Vor lauter Eile schlug er seine Wohnungstür so heftig zu, dass sie hinter ihm wieder aufsprang. Doch er bemerkte es nicht mehr.

Auf der Straße blickte er sich um. Sein Auto stand in der Garage. Plötzlich überlegte er es sich anders und lief entschlossen in die entgegengesetzte Richtung zur Straßenbahnhaltestelle Tiergärtnertor. Wer sein Auto kannte, würde ihn finden, wenn er damit unterwegs war. Es war sicherer, in der Menge unterzutauchen.

Hackenholt war sich von Anfang an darüber im Klaren, welch großes Interesse die Ermittlung Sternmann in der Noris hervorrufen würde. Schließlich handelte es sich um einen spektakulären Mordfall, der an einem öffentlichen Ort verübt worden war. Bestimmt würde bald eine Meute Reporter aufkreuzen und die Anwesenden mit Fragen bombardieren. Da war es ratsam, umgehend die Pressestelle zu informieren.

Langjährige Erfahrung hatte den Hauptkommissar gelehrt, sich mit den Medien zu arrangieren. Zumindest musste er deren Vertretern nicht persönlich gegenübertreten. Einer der hauseigenen Pressesprecher würde eine Nachricht an die örtlichen Medien schicken und dann selbst an den Tatort fahren, um sich vor Ort den Fragen zu stellen. Darüber hinaus war es nötig, auch der Staatsanwaltschaft Bescheid zu geben.

Nachdem die zwei Anrufe erledigt waren, bat Hackenholt Herrn Raab zu sich, den stellvertretenden Leiter der Sternmann-Filiale.

»Als Allererstes möchte ich Sie bitten, mit mir in Ihr Büro zu gehen. Wir müssen wissen, ob etwas gestohlen wurde.«

Herrn Raab war anzusehen, dass er dem Hauptkommissar nur ungern ins Ladeninnere folgen mochte, doch ihm blieb keine andere Wahl. Beim Betreten des Büros bemerkte Hackenholt das Summen eines Computers. Auch die Deckenbeleuchtung war eingeschaltet. Entlang der Wand standen mehrere Schränke offen, gegen den Schreibtisch war eine Aktentasche gelehnt.

»Wo bewahren Sie das Bargeld auf?«

Raab deutete auf den in die Wand eingelassenen Safe. »Aber wir haben nie viel hier. Gestern waren es knapp fünfhundert Euro. Zweimal am Tag kommen die Fahrer der Geldtransportfirma, die unsere Einnahmen abholen und uns Wechselgeld bringen.«

Die Überprüfung des Tresors zeigte, dass die Kassen tatsächlich nicht angetastet worden waren.

»Und Sie haben wirklich nur dieses Geld hier?«

Raab nickte.

»Was ist mit anderen Wertgegenständen? Sie verkaufen doch auch Computer und Navigationssysteme. Wo werden die gelagert?«

»Nirgendwo, denn im Augenblick führen wir keine solchen Geräte. Erst nächste Woche kommen wieder Laptops rein.« Ruhelos nestelte Raab an seiner Jacke und schaute sich unbehaglich um.

»Na gut, gehen wir hinaus.« Hackenholt wies auf den Parkplatz. Draußen holte er sein Diktiergerät aus der Tasche und schaltete es ein. »Herr Raab, habe ich das richtig verstanden: Keiner der anderen Mitarbeiter hat einen Schlüssel für das Geschäft?«

»Ja«, krächzte der Stellvertreter heiser, räusperte sich dann und versuchte es erneut. »Genau, lediglich Frau Dorn und ich besitzen Türschlüssel.«

»Können Sie mir Frau Dorns morgendliche Routine beschreiben?«

»Nun ja, wir wechseln uns ab, eine Woche lang ist sie früh da, dann mache ich die Schicht bis zwanzig Uhr und umgekehrt.« Er verzog betroffen sein Gesicht. »Ich meine, wir wechselten uns ab.« Ihm war anzumerken, wie schwer es ihm fiel, von seiner Chefin in der Vergangenheitsform zu sprechen. »Frau Dorn kam morgens gegen sieben. Sie wollte immer noch in Ruhe arbeiten, bevor der eigentliche Filialtag anfing und sie ständig unterbrochen wurde.«

Hackenholt nickte verstehend. »Und wie war das heute Morgen? Wann waren Sie hier?«

»Frau Link rief mich kurz nach acht Uhr an.«

»Warum hat man Sie erst so spät benachrichtigt?«

»Ich weiß nicht, ich ...« Raabs Stimme verlor sich. Dann fuhr er nach wiederholtem Räuspern fort: »Sehen Sie, Frau Dorn ist bislang noch nie zu spät gekommen oder krank gewesen. Sicher dachten die Kollegen, sie würde jeden Moment auftauchen. Erst als die Kunden unruhig wurden und vermuteten, dass etwas passiert sein müsste, hat Frau Link mich angerufen.«

»Mal etwas ganz anderes: Wie kam Ihre Chefin normalerweise zur Arbeit?«

Erstaunt sah Raab, der die ganze Zeit auf seine Füße gestarrt hatte, Hackenholt an. »Mit ihrem Auto natürlich. Frau Dorn wohnt ... ähm, wohnte in Kalchreuth. Aber selbst wenn es von dort eine anständige Verbindung gäbe, wäre es nicht ihr Stil gewesen, mit dem Bus oder dem Zug zu fahren.«

»Gab es einen besonderen Platz, an dem sie ihr Auto stellte?«

Der stellvertretende Filialleiter drehte sich um. »Wie alle Mitarbeiter parkte sie immer gleich neben der Einfahrt.« Sein Blick schweifte über den Platz, dann runzelte er die Stirn. »Das ist jetzt aber komisch. Ihr Wagen ist nicht da. Sie fuhr einen dunkelgrauen BMW, einen Sportwagen.«

Hackenholt nahm die Aussage zur Kenntnis und wechselte erneut das Thema. »Was wissen Sie über Frau Dorns familiäre Verhältnisse?«

»Dazu kann ich wirklich nicht viel sagen. Sie war sehr zurückhaltend, was ihr Privatleben betraf. Fragte man nach, galt man als neugierig. Jedenfalls war sie nicht verheiratet. Und den Mann, der sie früher abends manchmal abgeholt hat, habe ich schon seit Monaten nicht mehr gesehen.«

»Und ihre Familie?«, hakte Hackenholt nach.

»Die Eltern sind beide tot. Wenn ich richtig informiert bin, hatte Frau Dorn keine weiteren Angehörigen.«

In diesem Augenblick hielt hinter ihnen auf dem vereisten Untergrund rutschend ein silberfarbener Mercedes, dem ein kleiner korpulenter Mann entstieg. Dr. Puellen, der Gerichtsmediziner. Wie immer nickte er dem Ermittler im Vorbeigehen munter zu. Mittlerweile war Hackenholt die Aura freudiger Erregung gewohnt, die den Arzt ständig zu umgeben schien. Gleichwohl fragte er sich im Stillen, ob Dr. Puellen tatsächlich eine solche Frohnatur war oder er sich nur aus rein beruflichem Interesse über jeden neuen Fall freute.

»Und wie geht es jetzt weiter?«, wollte Raab wissen.

Hackenholt sah ihn verständnislos an.

»Mit dem Laden, meine ich. Wann können wir wieder öffnen?«

»Das wird wohl ein paar Tage dauern. Die Spurensicherung muss alles untersuchen.«

Ganz in der Nähe schlug eine helle Glocke zur vollen Stunde. Suchend blickte sich Hackenholt um und entdeckte eine alte Turmuhr hoch oben an der Jugendstilfassade der Uhland-Schule. Er entschuldigte sich bei Raab und ging zurück in das Geschäft, wo Dr. Puellen bereits neben der toten Frau kniete und mit behandschuhten Fingern nach ihrem Puls tastete. Hackenholt kannte den Rechtsmediziner lange genug, um ihn nicht zu stören, während er die erforderlichen Untersuchungen durchführte.

Puellen drehte die Tote auf den Rücken. Die blutverkrusteten Löcher in der Bluse machten die Todesursache schockierend deutlich. Zunächst dachte Hackenholt, es seien zwei Einstiche, doch dann entdeckte er einen weiteren. Nach einer Weile sah der Arzt auf.

»Sie ist noch nicht lange tot, aber den Zeitpunkt kann ich erst bestimmen, wenn ich sie mir angesehen habe.« Damit meinte der Gerichtsmediziner »hineingesehen«, drückte es jedoch freundlicher aus. »Auch zur Mordwaffe kann ich dir im Moment nichts Genaues sagen. Eine Stichwaffe. Welche Art von Klinge und mit welcher Länge, das wird erst die Obduktion zeigen.«

Der Mediziner knöpfte die Bluse der Toten auf. Konzentriert untersuchte er die Einstiche und zog bei einem die Hautränder auseinander.

»Die können alle tödlich gewesen sein«, erklärte er. »Ich denke, du solltest nach einer Person suchen, die nicht viel größer ist als das Opfer.«

»Schließt du das aus dem Einstichkanal?«

Puellen nickte bedächtig. »Soweit ich es hier vor Ort beurteilen kann, ist die Waffe fast waagrecht eingedrungen. Sobald ich den Einstichwinkel vermessen habe, kann ich dir eine Skizze anfertigen. Aber wäre der Täter größer als sie gewesen, wären die Stiche von oben nach unten geführt worden.« Damit schloss er die Bluse wieder. »Sie ist übrigens nicht hier zwischen den Kassen gestorben, sondern dort drüben bei der Tür. Der Täter muss sie zurückgeschleift haben, als sie schon tot war.«

»Kann sie nicht selbst noch das Stück gekrochen sein?«

»Nein, ganz ausgeschlossen. Aber das ist jetzt wirklich alles, was ich dir vorläufig sagen kann.«

»Danke.« Hackenholt war seine Aufrichtigkeit anzuhören.

»Ist ja herzlich wenig«, winkte Puellen ab. »Und ich fürchte, dass ich auch später nicht viel mehr wissen werde. Wegen des Termins für die Obduktion rufe ich dich an. Ich denke aber, es wird sich morgen Früh einrichten lassen.«

Damit erhob sich der Mediziner langsam und nickte im Gehen einer Beamtin von der Spurensicherung zu, die schon darauf wartete, seinen Platz einzunehmen. Behutsam, als könne die Tote noch etwas fühlen, stülpte sie ihr durchsichtige Plastiktüten über die Hände und sicherte sie gegen ein mögliches Wegrutschen mit Klebeband.

Sobald Dr. Puellen gegangen war, suchte Hackenholt nach Frau Link, der Mitarbeiterin, die an diesem Morgen als Erste eingetroffen war. Er entdeckte sie, eine Zigarette rauchend, ein Stück abseits. Abwesend blickte sie auf das brachliegende Nachbargrundstück mit dem Recyclinghof dahinter. Hackenholt musterte sie einen Augenblick lang. Er schätzte die Zeugin auf Anfang fünfzig. Unter dem dunkelbraun gefärbten Deckhaar war das nachgewachsene Grau am Ansatz deutlich zu erkennen. Sie trug einen dicken Wintermantel, aber keine Handschuhe.

Während er sie beobachtete, wandte sie sich unvermittelt um und blickte ihn an. Der Hauptkommissar fühlte sich ertappt. Entschuldigend lächelnd trat er auf sie zu und holte dabei das Diktiergerät aus der Tasche.

»Sie sahen so gedankenverloren aus, da wollte ich Sie nicht stören. Was ging Ihnen durch den Kopf?«

»Wenn ich Ihnen sage, dass ich mich gefragt habe, ob nun endlich alles besser wird, mache ich mich dann verdächtig?« Sie sah ihm unverwandt in die Augen.

Hackenholt schüttelte den Kopf. »Überhaupt nicht. Für mich klingt das eher nach einer ehrlichen Antwort.« Er ließ einen Moment verstreichen, dann fragte er: »Und zu welchem Ergebnis sind Sie gekommen?«

»Zu keinem. Wir müssen abwarten, wem der Konzern nun die Filialleitung übertragen wird.« Sie zuckte resigniert mit den Schultern.

»Können Sie mir das genauer erklären?«

»Sehen Sie, Frau Dorn war eine äußerst ambitionierte Filialleiterin. Erfolg war ihr sehr wichtig. Damit meine ich wirtschaftlichen Erfolg, der sich in Umsatzzahlen festhalten lässt. Die Filiale als solche mit ihren Mitarbeitern lag ihr dabei nicht sonderlich am Herzen.«

Hackenholt stutzte, hakte aber nicht weiter nach. In den kommenden Tagen würden sich noch genügend Gelegenheiten bieten, dieses Thema zu vertiefen. Stattdessen wechselte er zu wichtigeren Fragen.

»Ist in letzter Zeit irgendetwas Besonderes passiert? Hat sich Frau Dorn anders verhalten?«

»Sie wirkte angespannter. Aber das war immer so an den Tagen vor ihrem Urlaub. Sie hat allen die Hölle heißgemacht. Sagte, die Umsätze müssten stimmen, ansonsten könnte sie sich nicht erholen.«

»Wenn ich richtig informiert bin, waren Sie die Erste, die heute Morgen zur Arbeit erschienen ist?« Als Frau Link nickte, fragte er weiter: »Ist Ihnen da etwas aufgefallen?«

»Ich komme immer gegen drei viertel acht. Heute war ich allerdings ein bisschen später dran.«

Hackenholt musterte sie überrascht.

»Das ist äußerst knapp, ich weiß. Aber sehen Sie, Frau Dorn erwartete, dass wir sofort mit der Arbeit begannen, sobald wir eintrafen. Andererseits erlaubte sie nicht, die Zeit vor acht Uhr aufzuschreiben. Überstunden ruinieren die Umsatzzahlen.« Frau Link zuckte erneut mit den Schultern. »Deshalb haben wir uns alle angewöhnt, pünktlich, aber keine halbe Stunde früher da zu sein.«

»Und? War heute Morgen etwas anders?«, kam Hackenholt auf seine ursprüngliche Frage zurück.

Frau Link erzählte, wie die Mitarbeiter üblicherweise gegen die Scheibe klopften und die Filialleiterin sie dann einließ. »Aber heute kam daraufhin niemand aus der Bürotür. Das war der einzige Unterschied. Erst dachte ich, Frau Dorn wäre am Telefon. Um nicht zu frieren, bin ich auf und ab gegangen. Dabei ist mir aufgefallen, dass ihr Auto nicht auf dem Parkplatz stand.« Und damit war für Frau Link klar gewesen: Es bestand kein Grund zur Sorge, sondern zur Schadenfreude – auch die Chefin war anscheinend nicht völlig unfehlbar und hatte verschlafen.

Nachdem endlich von allen wartenden Kunden die Personalien aufgenommen und mit Ausnahme des Stellvertreters alle Mitarbeiter nach Hause geschickt worden waren, standen noch drei Fahrzeuge auf dem Firmengelände. Hackenholt sah sich um. Wem konnten sie gehören? Anwohnern der umliegenden Häuser, die am Abend zuvor keinen anderen Parkplatz bekommen hatten? Er selbst wusste aus eigener leidvoller Erfahrung, wie schwer es war, in Teilen der Nürnberger Nordstadt eine geeignete Lücke für seinen fahrbaren Untersatz zu ergattern. So idyllisch das Viertel mit seinen gerade in den letzten Jahren so zahlreich renovierten Jugendstil- und Gründerzeithäusern auch war, und so gerne er zu Sophie kam, die in einem ebensolchen in der Meuschelstraße wohnte, so sehr hasste er die damit verbundene, allabendliche Parkplatzsuche.

Während Hackenholt die Kennzeichen der Wagen notierte, ließ er die Aussagen der Mitarbeiter noch einmal Revue passieren: Übereinstimmend hatten sie angegeben, dass Annika Dorn einen BMW Z3 fuhr. Doch niemand konnte sagen, wo das Fahrzeug an diesem Tag parkte. Hackenholt nahm Berger zur Seite und bat ihn, in den umliegenden Straßen nach dem Sportwagen zu suchen.

»Frank, kommst du bitte mal?« Christine Mur winkte den Hauptkommissar ungeduldig zu sich. »Ich möchte dir etwas zeigen.«

Gemeinsam gingen sie durch den Kassenraum zum Büro. Ohne dass Hackenholt es wahrgenommen hatte, war die Tote mittlerweile weggebracht worden.

»Guck mal, was ich in der Aktentasche gefunden habe.«

Mur deutete auf den Schreibtisch. Wie meistens benutzte sie auch jetzt dazu einen ihrer unzähligen Kugelschreiber. Für die Kriminaltechnikerin waren sie zu einer natürlichen Verlängerung ihrer Finger geworden. Auf dem Tisch lagen, in einem Asservatenbeutel sauber verpackt, mehrere Hundert- und Fünfzig-Euro-Scheine.

»Wie viel ist das?«, wollte Wünnenberg wissen, der den beiden gefolgt war.

»Eintausend Euro.«

»Frau Dorn scheint also keine finanziellen Probleme gehabt zu haben, oder trägt einer von euch so viel Geld spazieren?«

»Sie wollte morgen in den Urlaub fahren«, entgegnete Hackenholt.

»Eine Karibikkreuzfahrt. Die zahlt man nicht in bar.«

»Das Geld kann vieles bedeuten«, mischte sich Mur ein. Ihr war anzumerken, wie wenig sie von derlei Spekulationen hielt. »Dass es lose in einem Fach der Aktenmappe steckte, finde ich viel auffälliger.«

»Was war sonst noch in der Tasche?«

»Das Übliche.« Sie richtete den Kuli auf einen kleinen Berg, der sich auf dem Schreibtisch türmte. »Schlüsselbund, Geldbeutel, Schminksachen.«

Als Hackenholt aus dem Portemonnaie den Personalausweis herausspitzen, griff er danach und schaute auf das Geburtsdatum. Rasch rechnete er nach: Annika Dorn war nur sechsunddreißig Jahre alt geworden.

»Ein Handy war nicht dabei?«

Mur schüttelte ungeduldig den Kopf; sie hasste überflüssige Fragen.

»Gibt es einen Terminkalender?«

»Nur einen geschäftlichen mit Einträgen von Lieferterminen, Filialleitersitzungen und Bestellerinnerungen. Die Spalte für heute ist leer.«

»Hast du irgendeinen Hinweis auf den Täter gefunden?«

»Hier?« Mur schüttelte wieder den Kopf. »Ich glaube, er ist gar nicht bis ins Büro gekommen. Zumindest gibt es keinerlei Anzeichen dafür.«

»Können wir einen Raubüberfall ausschließen?« Hackenholt ging im Kopf die bisher bekannten Fakten durch.

Wünnenberg runzelte die Stirn. »Ist es dafür nicht noch ein bisschen zu früh?«

In diesem Moment wurden sie vom Klingeln des Telefons unterbrochen.

Anneliese Urban war Anfang sechzig und seit zwei Jahren verwitwet. Den Aushilfsjob als Regalauffüllerin beim prima-Discounter hatte sie nicht aus Geldsorgen angenommen, sondern weil sie unter Leute kommen und hier und da ein Schwätzchen halten wollte. An diesem Vormittag kam sie strahlender als je zuvor ins Lager.

»Guten Morgen, Herr Jeschke«, grüßte sie atemlos den gestressten stellvertretenden Filialleiter. »Heute werden wir die Regale wohl besonders voll machen müssen.«

»Wegen Fasching?«

»Aber nein. Ich meine, weil der Sternmann heute nichts verkaufen kann.«

Herr Jeschke war verdutzt. Die Konkurrenzfiliale sollte am Faschingssamstag geschlossen haben? Unmöglich!

»Wie kommen Sie denn darauf?«, fragte er gereizt.

»Da steht die Polizei davor und lässt keinen rein«, triumphierte Frau Urban. »Die Kunden müssen alle weiterfahren.«

Ohne nachzufragen, drehte sich Jeschke um und stürmte aus dem Lager. Frau Urban blieb beleidigt zurück, sie hätte liebend gerne selbst der Chefin die Neuigkeiten erzählt. An der Sicherheitstür, die den Bürobereich vom Laden trennte, tippte Jeschke hastig den fünfstelligen Code ein. Während er die Tür aufstieß, rief er schon nach seiner Vorgesetzten.

Renate Simon blickte erstaunt auf. Bevor sie etwas sagen konnte, sprudelte es auch schon aus Jeschke heraus: »Die Sternmann-Filiale ist überfallen worden!«

»Was sagst du?«, fragte die Geschäftsführerin erschrocken. »Wann denn? Wurde jemand verletzt? Hat die Polizei den Täter erwischt?«

Wie Jeschke dachte auch sie sogleich an die vielen Überfälle, die in den letzten Monaten in mehreren Nürnberger Stadtteilen auf verschiedene Discounter verübt worden waren.

»Ich weiß nichts Genaues. Frau Urban kam gerade und sagte, die Polizei hätte den Parkplatz abgesperrt und die Leute weggeschickt.« Neugierig fügte er hinzu: »Ruf doch mal drüben an und frag, was los ist.«

Überfallen zu werden, einem oder mehreren Menschen gegenüberzustehen, die womöglich eine Waffe auf sie richteten und die Herausgabe der Tageseinnahmen forderten, war Renate Simons größter Alptraum. Und nun musste sie von ihrem Mitarbeiter erfahren, dass der Sternmann zwei Straßen weiter überfallen worden war. Mit zittrigen Fingern griff sie zum Telefonhörer. Vielleicht konnte sie ja etwas für die Kollegen tun.

Die ihr fremde Stimme ignorierend, die sich erst nach dem fünften Klingeln meldete, redete sie drauflos: »Hier spricht Renate Simon vom prima-Markt. Ich habe gehört, Sie sind überfallen worden. Kann ich irgendwie helfen? Ist Frau Dorn zu sprechen?«

Nach kurzem Zögern bat sie die Frau am anderen Ende der Leitung um einen Augenblick Geduld. Die Sprechmuschel wurde zugehalten, sodass nur noch gedämpftes Murmeln an Renate Simons Ohr drang.

»Guten Tag, hier ist Hauptkommissar Hackenholt. Worum geht es bitte?«, hörte sie dann eine ruhige Männerstimme.

Erst jetzt wurde Renate Simon bewusst, dass sie bislang gar nicht daran gedacht hatte, den Angestellten selbst könne etwas zugestoßen sein. Sie schluckte hörbar und räusperte sich.

»Mein Name ist Simon. Ich bin die Leiterin vom prima-Markt in der –« Abrupt brach sie ab. Was redete sie da? Das interessierte doch niemanden! »Ich meine, ich bin mit Annika Dorn befreundet«, versuchte sie es erneut, »und ich würde sie gerne sprechen.«

»Tut mir leid, das geht nicht. Sie sagten, Sie sind eine Freundin?«

»Ja, aber –«

»Sind Sie den ganzen Tag in Ihrem Geschäft zu erreichen?«, schnitt der Hauptkommissar ihr das Wort ab.

»Ja, natürlich.«

»Gut, dann werde ich später bei Ihnen vorbeikommen. Versuchen Sie sich jetzt zu beruhigen.« Ehe Renate Simon protestieren konnte, hatte Hackenholt schon aufgelegt.

»Nichts«, stöhnte Berger, der während der vergangenen Dreiviertelstunde vergeblich die umliegenden engen Straßen des ehemaligen Nordbahnhofs nach Annika Dorns Auto abgesucht hatte, an Hackenholt gewandt. »Wir sind die Gegend zweimal abgefahren.«

»Und eine Abfrage in der Zentrale hat ebenfalls nichts gebracht. Das Fahrzeug wurde also auch nicht abgeschleppt«, ergänzte seine Kollegin.

»Denkst du, der Täter ist mit dem Wagen geflüchtet?« Berger sah Hackenholt fragend an.

Der schüttelte den Kopf. »Nein, in der Aktenmappe des Opfers haben wir einen Autoschlüssel gefunden. Wenn jemand mit dem BMW weggefahren wäre, hätte er den Schlüssel mitgenommen.«

»Vielleicht wurde Frau Dorn heute Morgen hergebracht, und ihr Wagen steht vor ihrer Haustür?«

Wünnenberg nickte. »Möglich, wäre nicht das erste Auto, das im Winter nicht anspringt.« Offenbar dachte er an seinen eigenen alten BMW.

Hackenholt verabschiedete sich von den Streifenbeamten, um mit

Wünnenberg zu Annika Dorns Wohnung nach Kalchreuth zu fahren. Auf dem Weg zum Auto seines Kollegen fiel ihm ein, dass er Berger um einen weiteren Gefallen hatte bitten wollen. Rasch blieb er noch einmal stehen.

»Christian, kannst du für die drei Fahrzeuge, die hier auf dem Parkplatz stehen, eine Halterabfrage machen? Ich möchte mit den Leuten sprechen. Ihnen könnte etwas aufgefallen sein, als sie ihr Auto abgestellt haben.«

Der junge Mann nickte. »Klar, ich gebe dir Bescheid, sobald ich die Angaben habe.«

Unterwegs wollte Hackenholt noch an einer Metzgerei halten, da er Hunger hatte. Drei im Weggla waren für den aus Münster stammenden Ermittler zu einer Art neuen Leibspeise geworden, konnte man das Brötchen mit den drei kleinen Bratwürstchen doch problemlos während fast jeder Tätigkeit verspeisen. Mittlerweile wusste Hackenholt sogar, wodurch sich der Einheimische vom Touristen unterschied: Er gab niemals Ketchup, sondern allenfalls Senf auf die Bratwürste.

Wünnenberg warf einen mitleidigen Blick auf die Uhr am Armaturenbrett. »Dafür ist es längst zu spät. Die haben doch alle schon geschlossen. Heute ist Samstag.«

Hackenholt gab einen enttäuschten Laut von sich.

»In Thon gibt es eine Dönerbude, und kurz bevor man zum Flughafen abbiegt, kommt ein Burger King«, schlug Wünnenberg Alternativen vor.

Der Hauptkommissar zuckte mit den Schultern. Bei der Auswahl war es ihm egal, wo sie hielten.

»Lass uns Burger essen gehen, dort können wir uns zumindest hinsetzen und einen Kaffee trinken«, entschied sein Kollege.

Hackenholt musste innerlich grinsen. Wünnenberg versuchte mal wieder, seinen Drang nach Koffein zu stillen. Manchmal wunderte sich Hackenholt, warum der Kollege nicht schon längst auf die naheliegende Idee gekommen war, für Notfälle eine Thermoskanne griffbereit zu haben.

Nach einem Zwischenstopp beim König des Fastfoods erreichten sie kurze Zeit später ihr eigentliches Ziel. Annika Dorns Wohnung lag in einer modernen Doppelhaushälfte. Um zu dem Anwesen zu gelangen, musste man eine kurze Stichstraße mit mehreren Garagen und Stellplätzen entlanggehen. Hackenholt kramte in seiner Jackentasche nach dem Schlüsselbund, während Wünnenberg pro forma klingelte.

Wie sie erwartet hatten, öffnete niemand. Hackenholt probierte die Schlüssel durch. Nummer vier passte. Im Treppenhaus führte ein längerer Gang zur Tür der Erdgeschosswohnung. Kaum hatten sie aufgeschlossen, wurden die beiden Beamten mit einem lauten »Miiiiauuuuu« begrüßt. Der freundliche Empfang verwandelte sich jedoch umgehend in ein Fauchen, als der Kater bemerkte, dass es sich bei den Besuchern nicht um das erwartete Frauchen, sondern um unbekannte Eindringlinge handelte.

»Auch das noch«, stöhnte Wünnenberg, der keine Katzen mochte.

Die Ermordete lebte in einer einfachen, überwiegend mit hellem Holz eingerichteten Wohnung. Hackenholt erinnerte sich, vieles schon mal im IKEA-Katalog gesehen zu haben.

Der Flur mündete ins Wohnzimmer, an das sich eine offene Küche anschloss. Links vom Gang befand sich ein kleines Bad mit Dusche, rechts eine Toilette, dann kam ein Arbeitszimmer. Gegenüber führte eine Treppe in den Keller. Zur Überraschung der Beamten gab es dort unten einen weiteren Raum mit Fenstern, der offensichtlich als Schlafzimmer genutzt wurde.

»Lass uns nach konkreten Hinweisen auf Angehörige suchen. Bislang wissen wir ja noch nicht mal, ob es welche gibt.«

Wünnenberg nickte und stieg wieder ins Erdgeschoss hinauf, während Hackenholt im Schlafzimmer der Toten blieb. Vor sich sah er eine verspiegelte Schrankwand, gegenüber thronte ein geräumiges Doppelbett, das für zwei Personen überzogen war. Links und rechts standen kleine Nachtkästchen. Eine Yukka zierte die Ecke neben dem Schrank. Dicke Vorhänge verdunkelten das Zimmer. Drei erotische Kunstdrucke hingen an den Wänden.

Hackenholt ging zu den Schränken, die reihenweise Businesskleidung enthielten: Blusen, Kostüme, Hosen. Entgeistert schüttelte er den Kopf. Was da herumhing, hätte leicht mehrere Frauen ausstaffiert. Annika Dorn musste sehr auf ihr Aussehen geachtet und Kombinationen nie zwei Tage hintereinander getragen haben.

Ohne jedes Kleidungsstück einzeln zu untersuchen, richtete Hackenholt seine Aufmerksamkeit auf das ordentlich gemachten Bett.

Er schlug beide Decken zurück. Alles war sauber, nur das Nachthemd fehlte.

Das rechte Nachtschränkchen verriet, dass Annika Dorn die dem Fenster zugewandte Seite des Betts genutzt hatte. Darauf standen ein halb volles Wasserglas und ein Digitalwecker, daneben lag eine aufgeschlagene Frauenzeitschrift. Auf dem anderen Nachttisch stapelten sich mehrere Bücher, und ein alter Stoffteddy stand neben einem laut tickenden antiken Wecker.

Wie konnte man bei diesem Lärm nur schlafen?, fragte sich Hackenholt. In der obersten Schublade des Kästchens fand er eine Sammlung Armbanduhren. Große, kleine, schlichte, auffällige. Alle Formen und Marken waren vertreten. Die zweite enthielt eine große Schmuckkassette mit Halsketten, Ohrringen und Armbändern. In der untersten fand er eine Packung bunter Kondome, Gleitgel, Sexspielzeug und zwei Bücher: Ratgeber für ein aufregendes Sexleben. Der andere Nachttisch entpuppte sich überraschend als leer.

Oben im Wohnzimmer gaben verglaste Türen Wünnenberg den Inhalt der Vitrine preis. Neben ein paar Büchern fand er mehrere dicke Fotoalben. Als er Hackenholts Schritte auf der Treppe hörte, blickte er auf.

»Hier sind Familienbilder und Zeitungsausschnitte über ein Busunglück im Gebirge. Ihre Eltern scheinen beide dabei ums Leben gekommen zu sein.« Er reichte seinem Kollegen die Berichte und Todesanzeigen.

Hackenholt überflog einen der Artikel. Ein deutscher Reisebus war in den Alpen wegen schlechter Sicht und überhöhter Geschwindigkeit von der Passstraße abgekommen und einen Abhang hinuntergestürzt. In den Anzeigen wurde nur Annika Dorn als trauernde Angehörige genannt, keine Geschwister oder entferntere Verwandte. Schweigend gab er Wünnenberg alles zurück. Melancholie stieg in ihm auf. Er hatte Mitleid mit der jungen Frau, die solch einen schrecklichen Verlust hatte hinnehmen müssen. Und nun war sie selbst einem Verbrechen zum Opfer gefallen.

Seufzend ging er in den angrenzenden Raum. Das Zimmer war nicht so tadellos aufgeräumt wie die anderen. Auf dem Schreibtisch türmte sich geöffnete und noch geschlossene Post. Gegen das vorderste Tischbein war eine Laptoptasche gelehnt. Hackenholt beschloss, Wünnenberg den Computer zu überlassen. Schließlich war der jüngere Kollege im Gegensatz zu ihm diesbezüglich ein absoluter Profi.

In den Schubladen wurde der Hauptkommissar endlich fündig: Eine Dokumentenmappe enthielt Annika Dorns Geburts- sowie die Heirats- und Sterbeurkunden ihrer Eltern. Auch deren Testamente fehlten nicht. Aus den Unterlagen ging hervor, dass die Filialleiterin tatsächlich deren einziges Kind gewesen war.

Unter der Mappe entdeckte Hackenholt eine blaue Notarurkunde, die er überflog. Sie betraf den Verkauf eines Grundstücks in Hetzles, das den Eltern gehört hatte. Das nächste Fach enthielt den leeren Karton eines Siemens-Outdoorhandys sowie die dazugehörigen Vertragsunterlagen.

Wünnenberg trat zu ihm. »Ich habe bisher nichts gefunden, was darauf schließen lässt, dass außer ihr noch jemand in der Wohnung gelebt hat. Und du?«

Hackenholt schüttelte den Kopf. Ihm war es genauso ergangen.

»Soll ich den Laptop gleich anschauen oder ihn mit ins Präsidium nehmen? Allerdings sehe ich hier keinen Drucker, mit dem ich Kopien machen könnte.« Wünnenberg schaute sich suchend um.

Im Zimmer wurde es allmählich dunkel. Hackenholt blickte auf die Uhr: Sie waren schon seit fast zwei Stunden hier. »Nimm ihn mit. Wir müssen auch noch den Kater ins Tierheim bringen, also lass uns möglichst bald zurück in die Stadt fahren.«

Im Bad hatte Wünnenberg einen Katzentransportkorb bemerkt, den er nun holte, während Hackenholt versuchte das Tier einzufangen. Sobald er sich dem Kater auf Armeslänge genähert hatte, sprang dieser fauchend davon. Schließlich drängte Hackenholt ihn im Flur in eine Nische, aus der es keinen Ausweg gab. Doch auch dann ergab sich das Tier nicht friedlich seinem Schicksal. Es schrie und schlug mit seinen Krallen nach Hackenholt, als er es hochhob und in den Transportkäfig setzte. Schnell schloss er das Gitter und besah sich resigniert seine zerkratzten Hände. Die vermeintlich schnelle Einfangaktion hatte länger als eine Viertelstunde gedauert.

Wünnenberg musste zweimal um den Block kreisen, bis er vor dem hell erleuchteten thailändischen Eckrestaurant Cantina einen Parkplatz in der Nähe des prima-Discounters in der Schweppermannstraße fand.

»Wie kann die Baubehörde nur einen Supermarkt genehmigen, der keinen einzigen eigenen Parkplatz hat?«, wunderte sich Hackenholt.

Die Bemerkung ignorierend, da sich das städtische Tiefbauamt schon so manchen Schildbürgerstreich geleistet hatte, stieg Wünnenberg aus und lief gemäßigten Schrittes auf den Markt zu. Die der Straße zugewandten Ladenfenster waren mit Luftschlangen und bunten Masken dekoriert. An der Kasse fragte Hackenholt nach Renate Simon.

Die Leiterin der prima-Filiale war eine schlanke Frau in den Vierzigern. Schon im Sitzen konnte man erkennen, dass sie überdurchschnittlich groß war. Als sie zur Begrüßung von ihrem Schreibtisch aufstand, überragte sie Hackenholt, der selbst gut einen Meter achtzig maß, trotz flacher Schuhe um ein paar Zentimeter. Ihre äußere Erscheinung machte einen übertrieben eleganten Eindruck, der so gar nicht in das Umfeld eines Discounters passen wollte. Hackenholt fragte sich, ob sie, wenn Not am Mann war, einen Kittel überzog und sich selbst an die Kasse setzte. Wohl eher nicht. Sie wirkte wie eine Managerin, nicht wie eine Verkäuferin.

»Darf ich Ihnen einen Kaffee anbieten?«

Aus ihrem Mund klang die Frage, als würde sie die beiden Beamten zu einer Konferenz bitten. Der Hauptkommissar lehnte das Angebot dankend ab, Wünnenberg hingegen nahm mit einem Seufzer der Erleichterung an. Sein letzter Koffeinschub lag schon mehr als drei Stunden und damit viel zu lang zurück.

»Frau Simon, Sie haben heute Vormittag in der Sternmann-Filiale angerufen, weil die, wie Sie sagten, überfallen wurde. Wie haben Sie davon erfahren?«

»Eine unserer Aushilfen hat erzählt, dass der Parkplatz abgesperrt war und es von Polizisten gewimmelt hat. Aber jetzt sagen Sie mir doch endlich, was passiert ist.«

»Dazu komme ich gleich. Zuerst hätten wir noch ein paar Fragen an Sie.«

Ohne die Frau zu Wort kommen zu lassen, übernahm Wünnenberg: »Sie arbeiten ja sozusagen für ein Konkurrenzunternehmen. Ist es da nicht eher unüblich, Kontakt zueinander zu pflegen?«

Renate Simons Schultern strafften sich. »Wenn etwas so Schreckliches passiert und wir helfen können, dann tun wir das auch. Egal ob es der Metzger nebenan, der Frisör an der Ecke oder der Konkurrenzmarkt in der Querstraße ist. Natürlich sind unsere Hilfsmöglichkeiten begrenzt, aber zu den umliegenden Geschäften halten wir guten Kontakt. Und wenn man überfallen wird, dann zählt gerade die moralische Unterstützung, die wir einander geben können.« Sie redete sich in Rage.

Um ihr den Wind aus den Segeln zu nehmen, sagte Hackenholt begütigend: »Ich finde diese Einstellung wirklich großartig, Frau Simon. Allerdings hätte ich nicht erwartet, in der heutigen Geschäftswelt eine solche Hilfsbereitschaft anzutreffen. Am Telefon sagten Sie, Sie wären mit Frau Dorn befreundet. Entsprang die Freundschaft der Nachbarschaft?«

Die Leiterin schüttelte den Kopf. »Ich kenne Annika seit vielen Jahren.« Plötzlich hielt sie inne und runzelte die Stirn. »Aber warum fragen Sie das alles? Haben Sie ihr etwa gar nichts von meinem Anruf erzählt?« Empörung mischte sich in ihre Stimme.

Hackenholt holte tief Luft. »Frau Simon, ich habe sehr schlechte Nachrichten. Frau Dorn wurde heute Morgen tot in ihrer Filiale aufgefunden. Es tut mir aufrichtig leid.«

Ruckartig fuhr Renate Simons Hand zum Mund, als müsste sie ihn zuhalten, damit ihm kein Schrei entwich.

Nach einer Weile fuhr Hackenholt fort: »Wir wissen noch nicht genau, was passiert ist. Vielleicht war es ein missglückter Überfall, vielleicht steckt aber auch mehr dahinter. In den nächsten Tagen werden wir uns ausführlicher damit befassen. Im Moment habe ich allerdings zwei Fragen an Sie, deren Antworten ich sofort wissen muss.«

Renate Simon erwachte aus ihrer Reglosigkeit. Wie ferngesteuert griff ihre Hand nach einer Schachtel, nestelte daran herum und zog eine Zigarette heraus. Mit ihren zitternden Fingern brauchte sie mehrere Anläufe, um das Feuerzeug zu entzünden. Als die Zigarette endlich glimmte, inhalierte sie tief. Dann bedeutete sie Hackenholt mit einem Nicken, fortzufahren.

»Hatte Frau Dorn einen Freund?«

»Nein.« Entschieden schüttelte Renate Simon den Kopf. »Vor gut einem halben Jahr hat sie ihn hinausgeworfen.«

»Wie hieß der Mann?«

»Timo Scholz. Aber ich kann Ihnen nicht sagen, wo er wohnt.«

»Gut. Die andere Frage: Kennen Sie jemanden, der Grund hatte, Frau Dorn etwas anzutun?«

Die Filialleiterin schaute ihn mit ausdruckslosen Augen an. Hackenholt gefiel der Blick nicht. Er hatte ihn schon viel zu oft bei Befragten gesehen, die nicht die Wahrheit sagten.

»Vielleicht jemand, der wusste, wie viel Geld nachts in der Filiale war? Ich habe nicht die geringste Ahnung. Es ist absolut unvorstellbar.« Renate Simons Zigarette zitterte sichtbar in ihrer Hand.

Auch wenn ihn diese Antwort in keiner Weise zufriedenstellte, beschloss Hackenholt, es dabei zu belassen. Anstatt weiter in Frau Simon zu dringen, notierte er ihre Personalien und kündigte an, sich in den kommenden Tagen nochmals bei ihr zu melden. Dann verließen die Beamten das Geschäft und machten sich auf den Weg zum Polizeipräsidium am Jakobsplatz im Herzen der Innenstadt.

»Wie es aussieht, brauchen wir uns keine Gedanken darüber zu machen, auf welche Faschingsparty wir gehen«, brummte Wünnenberg, während er das Licht im Büro einschaltete.

Als der fast zwei Meter große und extrem schlanke Mann vor nicht ganz zwei Jahren zur Mordkommission gestoßen war, hatte es aus Platzgründen keine andere Möglichkeit gegeben, als seinen Schreibtisch samt unentbehrlicher Kaffeemaschine in Hackenholts Zimmer unterzubringen. Und obwohl dies eigentlich nur eine vorübergehende Lösung sein sollte, suchte bald schon niemand mehr nach einer anderen. Hackenholt, dem als stellvertretender Kommissariatsleiter ein eigenes Büro zugestanden hätte, empfand die Anwesenheit des fünf Jahre jüngeren Kollegen zumeist als bereichernd, und im Laufe der Zeit hatten sie sich auch privat angefreundet.

»Sag jetzt bloß nicht, du wolltest auf einen Narrenball«, spottete Hackenholt. Fasching in Nürnberg! Dass er nicht lachte. An Tagen, an denen die Rheinländer ausgelassen feierten, wurden die Nürnberger noch ernster – sofern das überhaupt möglich war. Wagte einer von ihnen, mehr als ein leise gemurmeltes »Helau!« von sich zu geben, wurde er von den Umstehende schief angeschaut. Hackenholt war das mehr als recht, denn er selbst konnte dem närrischen Treiben ebenfalls absolut nichts abgewinnen.

»Ich hatte eine Einladung«, gab Wünnenberg spitz zurück.

Hackenholt sah seinen Kollegen überrascht an und wartete auf eine weitere Erklärung. Als Wünnenberg keine Anstalten machte, etwas zu sagen, fragte er: »Und? Wer ist denn die Glückliche?«

»Ach was! Die neue Kollegin vom Dauerdienst hat gefragt, ob ich sie begleite.« Wünnenbergs Stimme klang ungewohnt beiläufig. »Du weißt ja, sie ist neu in Nürnberg und kennt niemanden.«

»Und da dachtest du, du könntest ihr das Nachtleben zeigen? Wie selbstlos!« Hackenholt grinste breit und konnte sich gerade noch die Frage nach Wünnenbergs Freundin verkneifen, die ihm schon auf der Zunge lag.

Petra war vor vier Monaten mit Ärzte ohne Grenzen in ein Krisengebiet in Afrika geflogen, um dort für ein Jahr Einheimische in entlegenen Regionen ärztlich zu versorgen. Hackenholt hatte schon befürchtet, dass die seit Langem angeknackste Beziehung seines Kollegen die räumliche Trennung nicht verkraften würde. Allerdings hatte sich Wünnenberg offenbar schneller als gedacht auf die Suche nach Ersatz gemacht. Seit Petra weg war, ließ er keine ihm sich bietende Chance zum Flirten ungenutzt.

Hackenholt selbst verhielt sich in diesem Punkt genau gegenteilig. Ging er eine Partnerschaft ein, so war er bereit, an ihr festzuhalten und alles dafür zu geben. Als bei seiner früheren Freundin Leukämie diagnostiziert worden war, hatte er unbezahlten Urlaub genommen, um die wenigen verbleibenden Wochen gemeinsam mit ihr verbringen zu können. Ihren Tod zu überwinden, hatte Monate gedauert und eines Umzugs von Münster nach Nürnberg bedurft. Erst im vergangenen Herbst hatte Hackenholt sich bereit gefühlt, eine neue Lebensgemeinschaft einzugehen. Automatisch wanderten seine Gedanken zu Sophie. Um diese Uhrzeit stand sie bestimmt schon im größten Getümmel des Jugendfaschings, briet gemeinsam mit ihrer Schwester Bratwürste und verteilte Krapfen. Da er wusste, wie ungelegen es käme, wenn er sie jetzt anrief, griff er zum Handy und schrieb ihr eine liebevolle SMS. Als er aufsah, bemerkte er den forschenden Blick seines Kollegen.

»Das ist etwas Ernstes geworden zwischen dir und Sophie, nicht wahr?« Wünnenberg war mittlerweile gut darin, Hackenholts Stimmungen zu interpretieren.

Hackenholt nickte. »Für alles andere bin ich einfach zu altmodisch.« Damit ließ er die Hände auf den Schreibtisch fallen. Der Moment der Melancholie war so schnell vorüber, wie er gekommen war. »Na los, lass uns anfangen, sonst kommen wir heute nicht mehr aus dem Kasten hier raus.«

Während ihrer Abwesenheit hatte jemand zwei Nachrichten ins Posteingangsfach gelegt. Die erste war von Dr. Puellen: Er hatte die Obduktion für halb neun am folgenden Morgen anberaumt. Hackenholt stöhnte auf. Ein Sonntagsbonus in Form einer humaneren Anfangszeit wäre ihm mehr als recht gewesen.

Als Wünnenberg die Notiz sah, lachte er schadenfroh. Puellens Bestreben, seine Arbeit am äußersten Rand der üblichen Institutszeiten zu verrichten, war allseits genauso berüchtigt wie gefürchtet.

Die zweite Mitteilung war ein maschinengeschriebenes Protokoll von Christian Berger und listete Namen und Anschriften der Halter der drei auf dem Supermarktparkplatz verbliebenen Pkw auf. Neben die letzte Angabe hatte der Kollege ein Ausrufezeichen gesetzt. Es handelte sich um einen Geländewagen, der auf die Firma BMW als Leihfahrzeug zugelassen war. Handschriftlich hatte Berger ergänzt, dass er in der Niederlassung angerufen, aber nur einen Anrufbeantworter erreicht hatte. Die anderen beiden Fahrzeugeigentümer wohnten unmittelbar neben der Sternmann-Filiale, sodass der Ermittler seine anfängliche Vermutung hinsichtlich der Parkplatzknappheit bestätigt sah.

Hackenholt war auf dem Sofa liegend über einem Buch eingeschlafen und wurde von Sophies sanftem Rütteln geweckt. Da sie keine gemeinsame Wohnung hatten, wechselten sie sich ab: Ein paar Abende trafen sie sich bei ihr, dann wieder bei ihm.

»War es schlimm in der Grolandstraße?« Sie fuhr mit der Spitze ihres Zeigefingers die Kontur seines Ohrs nach.

»Sind ein paar Bratwürste übrig geblieben?«, fragte er vom Thema ablenkend, da er nicht gleich zur Begrüßung von seiner Arbeit berichten mochte.

»Haufenweise.« Sophie deutete auf den Korb neben sich. »Es sind nicht annähernd so viele Jugendliche gekommen wie erwartet. Fasching ist bei den Kids offenbar out. Ich kann also morgen Saure Zipfel kochen, wenn du magst.«

Er wusste, dass sie das nur sagte, um ihn zu ärgern. Mit Sauren Bratwürsten konnte sie ihn jagen. »Klasse, dann habe ich endlich mal wieder einen Grund, mir im Bratwursthäusle an der Sebalduskirche ein leckeres Bratwurstbrötchen zu holen«, antwortete er daher in bewusst unbeschwertem Ton.

»Als ob du dafür einen Grund bräuchtest.« Sophie quittierte seine Reaktion mit dem von ihm beabsichtigten Lachen. »Hast du heute überhaupt schon was gegessen?«

Da Hackenholt befand, dass der Besuch des Burger-Restaurants nicht zählte, verneinte er die Frage. Durch seinen Beruf hatte er sich angewöhnt, ungeachtet der Tageszeit immer dann zu essen, wenn er Zeit dazu hatte, und das zu sich zu nehmen, was ihm gerade in die Finger kam. Bislang waren ihm diese Gewohnheiten zum Glück noch nicht auf die Figur geschlagen.

»Dann komm. Ich habe nicht nur rohe, sondern auch ein paar gegrillte Bratwürste mitgebracht. Und Kartoffelsalat ist auch noch da. Nur Brötchen waren keine mehr übrig. Drei im Weggla gibt's also nicht.«

Trotz dieser vermeintlich niederschmetternden Aussicht folgte Hackenholt Sophie hungrig ins Esszimmer.

Erst als sie im Bett lagen und Sophie sich an ihn schmiegte, erzählte er ihr von den Ereignissen im Supermarkt.

Sonntag

Während Hackenholt im Sektionssaal des Westfriedhofs Dr. Puellens Autopsie der Toten beiwohnte, saß Sophie zu Hause in ihrem Arbeitszimmer und blickte aus dem Fenster in ihren mit viel Liebe angelegten kleinen Garten. Trotz der Jahreszeit hatte er seine Schönheit nicht eingebüßt. In den zwei Rosenspalieren hockte zwitschernd eine Schar Meisen, die an den für sie aufgehängten Sonnenblumenknödeln und Erdnussnetzen pickte. Im Fliederbusch beim Zaun bewachte eine Amsel den vor ihr auf einen Ast gespießten Apfel.

Sophie betrieb zwar nebenbei einen kleinen Partyservice, arbeitete jedoch überwiegend als freiberufliche Übersetzerin. Den Vormittag hatte sie damit verbracht, Texte für einen Kunstkatalog ins Deutsche zu übertragen und Korrektur zu lesen. Nun war sie fertig und suchte nach einer Beschäftigung für den Nachmittag. Da Hackenholt voraussichtlich erst gegen Abend zurückkam, brauchte sie auf ihn keine Rücksicht zu nehmen.

Der Veranstaltungskalender auf den Internetseiten der Stadt Nürnberg enthielt sämtliche für diesen Tag angebotenen Aktivitäten in der ganzen Metropolregion. Die Elf-Uhr-Führung durch das Dürerhaus in Begleitung der ehrenwerten Agnes Dürer hatte sie bereits verpasst, aber um vierzehn Uhr bot sich Gelegenheit, mit Katharina Tucher durch deren Schloss an der heutigen Hirschelgasse zu wandeln und sich von den Skandalen des Mittelalters berichten zu lassen. Sophie musste grinsen. Was die Menschen in fünfhundert Jahren wohl über die Nürnberger der heutigen Generation erzählen mochten?

Eilig verwarf sie den Gedanken und beschloss, dass die zwei Museen samt ihrer Hausherrinnen eher ein Programm für die sicher noch zahlreich kommenden regnerischen Wochenenden im Frühjahr waren. An einem der seltenen Sonnentage im Februar wollte sie lieber an die frische Luft. Also kämpfte sie sich weiter durch die Liste der Veranstaltungen.

Wie erhofft bot auch der Verein Geschichte für alle verschiedene Rundgänge an. Sie hatte sich schon für eine Führung durch die Nordstadt mit dem Titel »Villen, Parks und Bürgerhäuser« entschieden, als ihr Blick an einem Altstadtspaziergang hängen blieb. Martin

Ellrodt versprach »Sagen um einen verwegenen Ritter – Mit freundlichen Grüßen: Eppelein«.

Sophie liebte den Nürnberger Geschichtenerzähler, der optisch stets durch seine schwarze Kleidung mit den roten Hosenträgern auffiel. Was die Menschen, die sich um ihn versammelten, jedoch viel mehr beeindruckte, war seine außergewöhnliche Fähigkeit zu erzählen. Er schien einer Zeit entsprungen, in der die Geschehnisse noch mündlich überliefert wurden. Ein Troubadour höchster Güte, so lebendig und anregend wirkten seine Schilderungen. Sophie hatte schon manchen zu Anfang sichtlich genervt wirkenden Zuhörer gesehen, der von seiner Frau mitgeschleppt worden war. Am Ende des Spaziergangs war es jedoch ebendieser Mann, der hoffte, nach der angekündigten letzten Geschichte noch eine allerletzte und dann noch eine wirklich allerallerletzte hören zu dürfen.

Zwar hatte Sophie Martin Ellrodt erst vor einem Monat beim Nürnberger Erzählkunstfestival Zauberwort gehört, aber von seinen teils erfundenen, teils überlieferten Sagen konnte sie nie genug bekommen. Der einzige Wermutstropfen war, dass Hackenholt wie schon im Januar nicht mitkommen konnte. Die Kunst des Erzählens hätte auch ihn in den Bann gezogen. Und er hätte endlich einen lebhaften Einblick in die Untaten des bekanntesten Nürnberger Raubritters erhalten – für einen Kriminalhauptkommissar ein absolutes Muss. Vor allem, wenn er nicht in der Stadt geboren war, in der er jetzt ermittelte. Sophie lachte bei dem Gedanken unwillkürlich auf. War es doch Ritter Eppelein von Gailingen, der die Nürnberger sogar noch genarrt haben soll, als er bereits zum Tode verurteilt war, und die Ratsherren mit dem Ausruf: »Die Nürnberger hängen keinen, sie hätten ihn denn zuvor!«, foppte, während er mit seinem Pferd über die Mauer in den Burggraben sprang und wie schon unzählige Male zuvor seinen Häschern entkam.

Hoffentlich stellte sich Hackenholt bei seinen Ermittlungen geschickter an als die Stadtknechte damals. Es war seltsam: Für den Ritter, der die Menschen im Mittelalter in Angst und Schrecken versetzt und sicher auch den einen oder anderen gemeuchelt hatte, empfand Sophie wohlwollende Sympathie. Für den Mann, der die Leiterin der Sternmann-Filiale getötet hatte, hegte sie indes nur grenzenlose Abscheu.

Während sie dem Gedanken nachhing, zog sie sich ein Paar dicke

Socken an. Obwohl die Sonnenstrahlen das Gegenteil suggerierten, war es ein kalter Februartag, und Sophie wollte ihre Freude an dem schönen Wetter nicht durch eine nachträgliche Erkältung schmälern.

Wünnenberg blickte von seinem Schreibtisch auf, als Hackenholt am späten Sonntagvormittag das Büro betrat. Der Hauptkommissar sah erledigt aus – wie häufig, wenn er von einer Obduktion kam.

Wünnenberg stand auf. »Magst du einen Kaffee?«

Hackenholt nickte dankbar. »Sind Saskia und Manfred im Haus?«

»Nein. Die beiden sind gerade bei den zwei Fahrzeughaltern, die ihre Autos auf dem Supermarktparkplatz abgestellt haben. Du kennst doch Manfred. Er befragt die Leute gerne persönlich.«

Und genau das war eine der Eigenschaften, die Hackenholt an seinem älteren Kollegen besonders schätzte. Wie er selbst war Stellfeldt der Ansicht, dass sich viele Dinge nicht einfach am Telefon ermitteln ließen.

Eine halbe Stunde später, als die beiden Kollegen zurück waren, versammelten sich alle Mitglieder der Mordkommission im Besprechungszimmer. Stellfeldt riss die mitgebrachte Bäckertüte auf und nahm sich ein Schokoladenhörnchen. Der Anblick erinnerte Hackenholt daran, dass er die von Sophie am Vorabend bereitgestellte Tragetasche mit selbstgebackenen Faschingskrapfen zu Hause vergessen hatte. Er hoffte, keiner der Kollegen würde monieren, er hätte noch vor einer Woche groß getönt, ihnen an den Faschingstagen Sophies Leckereien mitzubringen. Aber bisher hatte sich zum Glück noch niemand beschwert.

Christine Mur war für die Besprechung extra vom Sternmann in die Dienststelle gefahren. Zu den am Körper der toten Frau gefundenen Fasern und DNA-Spuren konnte sie noch nichts Näheres sagen, aber sie brachte die entwickelten Tatortfotos mit. Auch Bergers Aufnahmen waren dabei. Kopfschüttelnd tippte sie mit einem Kugelschreiber, der den Werbeschriftzug Viagra trug, auf die Vergrößerungen, die sie vor sich auf dem Tisch ausgebreitet hatte.

»Seht euch das an! So sah es in der Filiale aus, als die erste Streife ankam. Und so«, sie deutete auf den anderen Packen Bilder, »nachdem Sanitäter und Notarzt am Werk waren.« Genervt warf sie den Kuli auf den Tisch. »Unter diesen Umständen wird es Ewigkeiten dauern, bis alles ausgewertet ist!«

Um den Anflug von Resignation in einem so frühen Ermittlungsstadium im Keim zu ersticken, ergriff Hackenholt schnell das Wort: »Ach, ich denke, wir kommen bislang ganz gut voran.«

»Du hast ja recht«, gab die Kollegin widerwillig zu und schob ihm eines von Bergers Bildern hinüber. »Es sieht immerhin fast so aus, als ob uns der Täter einen Teilschuhabdruck hinterlassen hätte. Bei all dem Blut wäre das auch kein Wunder.«

Hackenholt pfiff anerkennend durch die Zähne, dann wechselte er das Thema. »Bei der Obduktion hat es zwei Überraschungen gegeben. Erstens: Annika Dorn war schwanger. Allerdings erst in der vierten Woche.«

»Ach Godderler naa! Des is ja furchdbår. Wissmer denn, obsers selber scho gwissd hodd?«, unterbrach Saskia Baumann entsetzt.[1] Sie war erst vor zwei Monaten zum Team gestoßen und mit ihren gerade mal achtundzwanzig Jahren das Küken unter den anwesenden Kollegen.

»Allmäääääächd! Woher sollen wir das denn wissen?«, fragte Wünnenberg mit einem Zwinkern zurück. Er ließ kaum eine Möglichkeit aus, Baumanns Fränkisch zu parodieren. »Wir hören doch auch gerade zum ersten Mal davon.«

»Was Saskia sagt, ist wichtig. Wenn jemand von Annika Dorns Schwangerschaft wusste, wäre das ein mögliches Mordmotiv«, mischte sich Stellfeldt ins Gespräch ein.

»Wir werden also in ihrem Freundeskreis herumfragen müssen. Mit etwas Glück finden wir auch heraus, wer ihr Gynäkologe war.« Hackenholt machte sich eine Notiz.

»Du hast von zwei Überraschungen gesprochen. Was ist die andere?«

»Dr. Puellen hat am Nacken der Toten Kratzspuren und Druckstellen gefunden. Beides deutet auf eine massive, schwere Kette hin, die ihr gewaltsam vom Hals gerissen worden sein muss.«

»Was hat das zu bedeuten?«, murmelte Stellfeld, während er sich gedankenverloren über seine Glatze strich. »Ist das ein Indiz dafür, dass der Täter die Filiale überfallen wollte, dann aber etwas schiefgelaufen ist?«

»Du meinst, er hat den Schmuck geraubt, weil er nicht an das Bargeld kam?«

1 »Oh Gott! Das ist ja furchtbar. Wissen wir, ob sie es selbst schon gewusst hat?«, (...).

»Vielleicht. Es wäre wichtig herauszufinden, was das für eine Kette war. Wenn sie wertvoll ist, taucht sie sicherlich irgendwo wieder auf.«

»Konnte Dr. Puellen den Tatzeitpunkt eingrenzen?«, kam Mur auf die Obduktion zurück.

»Offiziell legt er ihn auf sechs bis acht Uhr fest, inoffiziell tippt er auf halb acht. Außerdem wurde das Opfer anscheinend von dem Angriff überrascht und hat sich nicht gewehrt. Annika Dorn hat weder Schnitte an den Armen, noch gibt es unter ihren Fingernägeln irgendwelche Spuren vom Täter.«

»Das habe ich befürchtet. Auch im Laden habe ich keine Hinweise auf einen Kampf gefunden«, bestätigte die Kollegin und ließ den Bügel ihres Kugelschreibers mehrfach gegen dessen Plastikmantel schnipsen. »Ich stelle mir den Tathergang so vor: Jemand hat, wie morgens üblich, gegen die Scheibe geklopft. Frau Dorn ist daraufhin zur Schiebetür gegangen, um mit der Person zu reden oder sie hereinzulassen. Sie sind in der Nähe des Eingangs stehen geblieben. Und plötzlich hat der Täter auf sie eingestochen, was Frau Dorn völlig überraschte. Das könnte darauf hindeuten, dass sie den Täter gekannt hat.«

Einige Ermittler nickten zustimmend.

»Was ist bei den zwei Fahrzeughaltern rausgekommen?«, fragte Hackenholt.

Stellfeldt rekapitulierte die Besuche. »Der weiße Polo gehört einem Studenten. Er hat seine Schüssel gegen drei Uhr morgens abgestellt, als er von einer Party zurückkam. Meiner Meinung nach brauchte er einen großen freien Platz, weil er viel zu benebelt war, um das Auto in eine normale Lücke zu manövrieren. Jedenfalls konnte er sich an so gut wie nichts erinnern. Und schon gar nicht daran, ob außer ihm noch andere Fahrzeuge auf dem Gelände standen. Den Mazda fährt eine Krankenschwester, die im Martha-Maria-Krankenhaus arbeitet. Obwohl sie erst nach sieben vom Nachtdienst nach Hause kam, war sie viel aufmerksamer. Abgesehen von dem Polo, neben dem sie geparkt hat, ist ihr ein altes beigefarbenes Wohnmobil aufgefallen.«

Hackenholt horchte auf. »Wann genau war das?«

»Sie hat nicht auf die Uhr gesehen, glaubt aber, es müsste zwanzig Minuten nach sieben gewesen sein. Vielleicht ein oder zwei Minuten später.«

»Konnte sie das Fahrzeug beschreiben?«

Stellfeldt schüttelte den Kopf. »Leider nicht. Es könnte ein polnisches Kennzeichen gehabt haben, sicher war sie sich jedoch nicht.«

Hackenholt starrte einen Moment aus dem Fenster. »Immerhin wissen wir jetzt, dass auch ein Wohnmobil auf dem Parkplatz stand. Um zwanzig nach sieben hat es dort geparkt, um viertel neun war es verschwunden. Auch darüber müssen wir mehr herausbekommen.«

»Was ist mit dem x5?«, erinnerte Wünnenberg. Der Geländewagen war sein persönliches Traumauto.

»Zumindest dieses Rätsel konnten wir lösen. Saskia hat heute Morgen bei BMW ermittelt. Das Fahrzeug wurde an Frau Dorn verliehen.« Damit nickte Stellfeldt seiner Kollegin zu, die mit wenigen Worten von ihrem Gespräch mit Herrn Klughardt, dem Büroleiter der BMW-Niederlassung in der Witschelstraße, berichtete: Annika Dorn hatte auf den Geländewagen als Ersatzfahrzeug für ihr eigenes, beim Kundendienst befindliches Auto bestanden. Baumann erwähnte auch, wie dringend Herr Klughardt am Vortag auf die vereinbarte Rückgabe des x5 gewartet hatte, weil ihn ein anderer Kunde zur Probefahrt über das Wochenende gemietet hatte. Doch natürlich hatte er die Kundin nicht erreichen können.

»Nach der Besprechung fahre ich sowieso zum Sternmann zurück«, sagte Christine Mur nicht sonderlich enthusiastisch, während sie ihren mittlerweile zerlegten Kugelschreiber feinsäuberlich wieder zusammenbaute. »Dann werfe ich gleich mal einen Blick in das Auto. Den Schlüssel haben wir ja.«

»Wie hat er versucht, Annika Dorn zu erreichen?«, fragte Hackenholt plötzlich.

Alle Augen richteten sich auf ihn.

Saskia war verwirrt. »Der Gluchhadd? Oogrufm werders håm.«[2]

»Ich meine: Wo? Unter welcher Nummer? Im Büro? Zuhause?«

»Allmächd, då fråchsd miech edzer wos!« Sie blätterte in ihrem Notizbuch. »Då schdäid: Frau Dorn hoddnern ihr Händinummer geem.«[3]

Hackenholt nickte mehrmals. »Genau, und von diesem Telefon fehlt bislang jede Spur.«

---

2 »Der Herr Klughardt? Er wird sie angerufen haben.«

3 »Puh, da fragst du ich jetzt was!« (...). »Hier steht: Frau Dorn hat ihm ihre Handynummer gegeben.«

»Wie heißt noch mal Annika Dorns Exfreund, von dem Frau Simon gestern gesprochen hat?«, fragte Hackenholt seinen Kollegen, nachdem sie den Besprechungsraum verlassen hatten.

Wünnenberg zuckte mit den Schultern. Am Anfang jeder Ermittlung wurden sie von einer Flut neuer Namen überrollt. Da passierte es häufig, dass die Beamten den einen oder anderen vergaßen.

Zurück im Büro überflog Wünnenberg ein von der Schreibkraft getipptes Protokoll. Schließlich fand er die gesuchte Information. »Timo Scholz.«

»Hast du schon seine Adresse rausgesucht?«

Statt eine Antwort zu geben, drehte sich Wünnenberg zu seinem Computer und rief die Einwohnermeldeamtsdaten ab.

Was Hackenholt an Nürnberg so faszinierte, waren die vielen Facetten, welche die Stadt ihren Betrachtern zeigte. War das Straßenbild ein paar hundert Meter weiter geprägt von großen Wohnblocks ohne den kleinsten Grünstreifen, so bot sich in der Neubausiedlung, die auf dem Gelände des ehemaligen US-Hospitals entstanden war, ein völlig anderes Bild. Zeilen kleiner Reihenhäuser wechselten sich mit freistehenden Einfamilienhäusern ab. Hier, im Sankt-Gallen-Ring, wohnte Annika Dorns Exfreund.

Auf Wünnenbergs Klingeln hin öffnete Timo Scholz persönlich. Nach kurzem Zögern bat er die Beamten ins Wohnzimmer. Auf dem Sofa saß ein ziemlich angeschlagen aussehender Mann mit Halskrause und einer Gipsschiene am Mittelfinger der rechten Hand, die den Finger doppelt so groß wirken ließ.

»Bitte bleiben Sie sitzen«, beeilte sich Hackenholt zu sagen, als er bemerkte, wie der Verletzte Anstalten machte, zur Begrüßung aufzustehen. »Wir wollen Sie nicht lange stören«, wandte er sich an Timo Scholz, »aber ich denke, es wäre besser, wenn wir uns unter vier Augen unterhalten würden.«

Der Mann sah ihn offen an. »Robert ist mein bester Freund. Ich wüsste nicht, was Sie mich fragen könnten, von dem er nichts erfahren darf.« Damit ließ er sich vorsichtig auf einem Stuhl nieder.

»Gebrochene Rippen«, erklärte er, als er die fragenden Blicke der Beamten sah.

»Wir sind ein ganz schön lädiertes Paar, was?«, grinste der Mann, den Timo Scholz Robert genannt hatte, fröhlich. »Dabei sind wir nicht einmal bis ins Fichtelgebirge auf die Piste gekommen. Eigentlich dürften wir das keinem erzählen, wenn wir nicht zum Gespött werden wollen.« Sein Ton verriet indes, wie wenig ihn das zu stören schien. »Wir sind nur fünfhundert Meter weit bis zur Kreuzung Rothenburger-, Ecke Von-der-Tann-Straße gefahren. Dort hat uns ein Lastwagen beim Abbiegen übersehen, und das war's dann mit dem verlängerten Skiwochenende.«

»Da hatten Sie aber noch Glück im Unglück, dass Sie nicht so weit heimlaufen mussten«, scherzte Wünnenberg.

»Wir kommen wegen Annika Dorn«, setzte Hackenholt dem Geplänkel ein Ende.

Timo Scholz wirkte verblüfft. »Da sind Sie bei mir aber falsch. Ich habe seit unserer Trennung nichts mehr von ihr gehört. Das ist über ein halbes Jahr her.«

Wünnenberg berichtete kurz vom Auffinden der Toten. »In diesem Zusammenhang möchten wir von Ihnen wissen, wo Sie gestern in der Zeit zwischen sechs und acht Uhr morgens waren.«

Hackenholt beobachtete Timo Scholz, während Wünnenberg sprach. Ihm entging keine der Veränderungen im Gesicht des Mannes. In rascher Reihenfolge spiegelte es Überraschung, Ungläubigkeit und schließlich Fassungslosigkeit wider. Der Exfreund wirkte aufrichtig betroffen.

»Gestern früh um halb sechs ist uns der Lastwagen ins Auto gekracht. Danach kamen Ihre Kollegen von der Verkehrspolizei und später der Krankenwagen, der uns ins Südklinikum gebracht hat.« Seine Stimme war leise geworden. »Von dort sind wir erst gegen zehn mit einem Taxi hierher zurückgefahren. Mein Auto hat einen Totalschaden und wurde abgeschleppt.«

»Na, dann war der Unfall immerhin für etwas gut«, warf sein Freund bar jeglicher Ironie ein. »Sicherlich können Ihre Kollegen und die Sanitäter die Uhrzeiten bestätigen. Hier ist übrigens die Unfallmeldung.« Er wies auf ein Blatt Papier auf dem Tisch.

Hackenholt nickte und wandte sich wieder an Timo Scholz. »Sie sagten, Sie hätten seit Ihrem Auszug aus der gemeinsamen Wohnung keinerlei Kontakt mehr zu Ihrer Exfreundin gehabt?«

»Wir haben uns nicht im gegenseitigen Einvernehmen getrennt. Bei uns gab es Krach und Tränen. Ich wollte danach einfach nichts mehr von ihr sehen oder hören.«

Hackenholt schwieg und wartete auf weitere Erklärungen.

»Ihre Eltern starben bei einem Busunglück. Danach war sie nicht mehr wiederzuerkennen. Sie wurde gierig. Nach Geld, teuren Klamotten, Schmuck und Reisen. Familie oder gar Kinder haben sie nicht länger interessiert.«

»Gab es während dieser Zeit einen anderen Mann in ihrem Leben?«

»Das habe ich mich auch gefragt. Manchmal hatte ich den Eindruck, dann wiederrum schien allein der Gedanke absurd.« Timo Scholz sah Hackenholt unverwandt an. In seinem Blick lag Trauer.

»Und nach der Trennung?«

»Ich weiß nicht, was sie danach gemacht hat. Es war schwer genug, einen Schlussstrich zu ziehen und zu gehen.«

Nach der Besprechung im Kommissariat fuhren Manfred Stellfeldt und Saskia Baumann mit weiteren Kollegen in die Grolandstraße. Sie übernahmen die Aufgabe des Klinkenputzens, wie der ältere Beamte zu sagen pflegte. Die Tür-zu-Tür-Befragung, bei der sämtliche Anwohner der umliegenden Häuser besucht wurden, war eine langwierige Aufgabe, die den ganzen Nachmittag dauern würde. Zwar beherrschten die um die Jahrhundertwende gebauten, feudalen Gründerzeithäuser mit ihren Etagenwohnungen den Stadtteil Gärten hinter der Veste, doch die Grolandstraße war eine Ausnahme. Gegenüber der Sternmann-Filiale erstreckte sich ein Grundstück, das mehrere Wohnblocks beherbergte, die durch rechteckige Grünflächen voneinander abgetrennt wurden. Allein die Siedlung direkt gegenüber der Sternmann-Filiale bestand aus fünf ineinander verschachtelten Wohnhäusern mit je sechs Stockwerken.

Die Beamten arbeiteten sich sorgfältig von oben nach unten vor. Wer nicht angetroffen wurde, bekam eine Nachricht in den Briefkasten gesteckt, mit der Aufforderung, sich bei der Polizei zu melden, sollte er sachdienliche Hinweise haben.

Natürlich wussten zwischenzeitlich sämtliche Anwohner über die Geschehnisse im benachbarten Discounter Bescheid, doch das machte die Arbeit der Beamten nicht leichter. Im Gegenteil. Vieles, was ihnen zu Ohren kam, war Klatsch, der durch mannigfaches Weitererzählen zu unumstößlichen Tatsachen mutiert war. Dennoch musste alles aufgeschrieben werden.

Genervt verließ Saskia Baumann eine Wohnung im dritten Stock, in der ihr ein Neunzigjähriger zwanzig Minuten lang Geschichten über den Krieg, seine verstorbene Frau und schließlich auch die Sternmann-Filiale erzählt hatte. Wobei er Letztere nur vom Hörensagen kannte, da er sein Reich, wie er seine eigenen vier Wände bezeichnete, nicht mehr verlasse. Das Irritierendste dabei war jedoch nicht, dass er der Kommissarin während des Gesprächs die ganze Zeit auf den Busen starrte, sondern dass er jedes Mal, wenn sie Anstalten zum Gehen machte, behauptete, er habe etwas Wichtiges gesehen, was sich dann allerdings nur wieder als leeres Geschwätz über Gott und die Welt herausstellte.

Daher war Baumann nicht sonderlich erfreut, als in der Nachbarwohnung auf ihr Klingeln hin ein fast genauso alter Rentner öffnete. Der Mann führte sie in ein kleines, überheiztes Wohnzimmer. Beim Anblick des Couchtisches wäre die Beamtin am liebsten unverrichteter Dinge wieder geflohen. Darauf stand ein Tablett mit Kaffeetassen, Milchkännchen und Zuckerdose. Neben dem Porzellan lag eine Packung Plätzchen bereit. Die Gedecke anstarrend fragte sie sich, wie die Leute allen Ernstes glauben konnten, sie käme zu einem gemütlichen Nachmittagsplausch vorbei. Mitten in ihren Gedanken bemerkte sie erst an der plötzlichen Stille und dem erwartungsvollen Blick des Mannes, dass sie eine Frage verpasst hatte.

Aufs Geratewohl sagte sie: »Naa, dangschee. Iech meecherd nix dringn.«[4]

Der Alte machte verblüfft den Mund auf und zu, ohne etwas zu erwidern. »Ich meinte eigentlich nur, ob es lange dauern wird. Ich erwarte nämlich Besuch zum Kaffee«, wiederholte er schließlich.

Baumann wurde rot. »Oh, Endschuldichung. Iech wår erweng in Gedangn«, stammelte sie und nahm eilig auf dem angebotenen Sessel Platz.[5]

»Sie kommen sicher wegen der Sache beim Sternmann.« Der ältere Herr, der, wie ihr jetzt erst auffiel, Anzug und Krawatte trug, sah sie ernst an.

Sie nickte. »Homs morngs zwischn sechser un achder wos Kobberneggischs gseeng odder gherd?«[6]

»Ich wünschte wirklich, ich könnte Ihnen helfen. Aber ich bin

4 »Nein, danke. Ich möchte nichts trinken.«
5 »Oh, Entschuldigung! Ich war in Gedanken«, (...).
6 »Haben Sie morgens zwischen sechs und acht etwas Komisches gesehen oder gehört?«

nicht mehr der Jüngste und habe Angst, mir ein Bein zu brechen, wenn ich bei dem Wetter hinausgehe. Die Fußwege hier werden nie ordentlich gestreut.« Er machte eine unwirsche Handbewegung. »Aber Sie sind bestimmt nicht gekommen, um sich das Gejammer eines alten Mannes anzuhören. Meine Fenster gehen, wie Sie sehen, nach hinten raus. Was auf der Straße los war, kann ich also nicht sagen. Trotzdem hat gestern Morgen etwas meine Aufmerksamkeit erregt.«

Saskia Baumann nickte ihm aufmunternd zu.

»Es klingt komisch und mag auch nichts zu bedeuten haben, aber ein Hund hat mich geweckt.« Schnell hob er die Hand, als er die Enttäuschung in Baumanns Gesicht wahrnahm. »Nicht dass das Tier ein- oder zweimal gebellt hätte. Der Ärmste winselte eine geschlagene Viertelstunde lang ununterbrochen. Direkt vor meinem Fenster. Und das früh um kurz nach sieben.«

Der Mann stand auf und winkte der Ermittlerin, ihm auf den Balkon zu folgen. Vor dem Haus erstreckte sich über fünfzig Meter eine Grünfläche bis hin zur Uhlandstraße. Nahe den Häusern standen einige Nadelbäume dicht beieinander. Vom dritten Stock aus wirkten sie wie ein Miniaturwald mitten in der Stadt.

»Als der Krach nicht aufhören wollte, bin ich auf meinen Balkon gegangen, um nachzuschauen, was los war. Unten saß ein kleiner dicker Hund. Er war mit einer Leine an den Baum dort drüben gebunden. Ich glaube, er hat jämmerlich gefroren.« Der Mann runzelte bei der Erinnerung die Stirn. »Ich bin wieder rein und habe mir überlegt, was ich tun könnte. Ob ich die Polizei oder das Tierheim anrufen soll. Verstehen Sie, ich dachte, er wäre ausgesetzt worden. Aber dann wurde es plötzlich wieder still, und als ich noch mal auf den Balkon ging, war der Hund weg.«

»Obber gseeng homs kann, dernern abghold hedd, odder?«[7]

Der Alte schüttelte den Kopf. »Er war einfach verschwunden.«

Baumann notierte eine Beschreibung des Tiers und wann es gebellt hatte. Auch wenn sie nicht an die Wichtigkeit des Hinweises glaubte, musste ihm nachgegangen werden.

Im Treppenhaus wartete sie auf Stellfeldt. Es dauerte fast eine Viertelstunde, bis er aus einer Wohnung im Stockwerk unter ihr kam.

Ihm war es bei seinen Befragungen ganz ähnlich ergangen: Hätte

7 »Aber gesehen haben Sie niemanden, der ihn abgeholt hat, oder?«

er all die angebotenen Tassen Kaffee oder Tee angenommen, wäre er gut und gern auf mehrere Kannen gekommen. Er hätte Wünnenberg die Befragung überlassen sollen, der hätte wenigstens den Kaffee zu schätzen gewusst. Brauchbare Informationen hatten die Mieter indes nicht beigesteuert. Das einzig Bemerkenswerte, das Stellfeldt bislang herausgefunden hatte, war, wie wenig Aufsehen ein abgestelltes Wohnmobil in diesem Stadtteil erregte. Wegen des Recyclinghofs seien häufig solche Fahrzeuge vor dem Haus anzutreffen, hatte ihm eine junge Mutter erklärt. In ihnen hausten Polen, die jeden Tag aufs Neue entlang der Zufahrtsstraße zum Annahmeplatz warteten und Autofahrer in der Hoffnung anhielten, verwertbare Geräte zu ergattern. Damit standen die Chancen denkbar schlecht, jemanden zu finden, der eine genaue Beschreibung des gesuchten Caravans liefern konnte.

Saskia Baumann erzählte Stellfeldt von ihrer Unterhaltung mit dem Rentner. Gemeinsam stiegen sie ins Erdgeschoss hinunter und traten vor die Tür. Während sie einem Trampelpfad folgten, der um das Haus herumführte, setzte Stellfeldt eine blaue Strickmütze auf, um seine Glatze gegen die Kälte zu schützen.

Das Wäldchen entpuppte sich als viel unübersichtlicher, als es von der Höhe des Balkons aus gewirkt hatte. Die Beamtin versuchte sich am Gebäude zu orientieren, was wegen seines Schachtelbaus nicht leicht war. Stück für Stück arbeiteten sie sich gemeinsam voran. Als sie schließlich den richtigen Baum fanden, bemerkte Stellfeldt Rinde, die am unteren Teil des Stammes frisch abgerieben war.

Daneben lag ein zusammengeknülltes, durchweichtes Taschentuch im Schnee. Ein paar Schritte entfernt stießen sie auf ein weiteres. Beide hoben sich durch ihre dunkelrote Färbung vom weißen Untergrund ab. Auch das Jammern des Hundes konnten sie nun nachvollziehen: Das Tier hatte offenbar an Durchfall gelitten – rund um den Baum war der Schnee mit Hundekot übersät.

Stellfeldt zückte sein Handy und bat einen Kollegen der Spurensicherung, herüberzukommen.

Nach dem Gespräch mit Timo Scholz fuhren Hackenholt und Wünnenberg zu Renate Simon. Als sie vor der angegebenen Adresse hielten, stellte der Hauptkommissar mit Bedauern fest, dass die prima-Leiterin zwar mit Blick auf den Stadtpark wohnte, allerdings nicht in der Nähe des Neptunbrunnens, den er nicht nur wegen seiner filigran gearbeiteten Drachen und geflügelten Pferde so gerne mochte.

Auch Sophies Erzählungen, der Brunnen sei anlässlich des Endes des Dreißigjährigen Krieges gebaut worden, interessierten ihn, der er in der Stadt des Westfälischen Friedens geboren war, genauso, wie die anschließende Odyssee, die der Brunnen hatte hinter sich bringen müssen, bis er schließlich in Form einer Kopie seinen endgültigen Standort im Park gefunden hatte.

Renate Simons weitläufige Wohnung lag im einzigen echten Neubau der Straße und passte der Einrichtung nach zu der auch heute sehr elegant gekleideten Filialleiterin. Das schlichte Sofa zierte eine diskret angebrachte Rolf-Benz-Plakette, und die markante Blumenvase konnte nur von Rosenthal stammen. An der Wand glaubte Hackenholt, ein Bild der bekannten Malerin Carina Jacobi zu erkennen, die in Sophies Haus wohnte. Der Raum war im Stil des Art déco mit vielen kleinen Lämpchen ausgestattet. Man fühlte sich in den Ausstellungsraum einer Innenarchitektin versetzt. Der Unterschied zwischen dem Wohlstand, den diese Einrichtung ausstrahlte, und der billigen Ausstattung, die Hackenholt in Annika Dorns Räumen vorgefunden hatte, gab ihm zu denken. Er war gespannt, ob Renate Simons Ehemann ein wohlsituierter Mittfünfziger war, der über die hier zur Schau gestellten finanziellen Mittel verfügte. Während er diesem Gedanken noch nachhing, ging die Wohnungstür auf und ein kleiner hässlicher Mops schoss herein, gefolgt von einem jungen Blondschopf. In der Hand hielt der Mann eine Tragetasche der Konditorei Neef.

Renate Simon ging in die Hocke, um den Hund mit einem Klaps zu begrüßen, bevor sie sich wieder aufrichtete und die Beamten mit dem Neuankömmling bekannt machte.

»Mein Mann. Patrick Hettenbach.«

Ihre Stimme klang unüberhörbar stolz. Auch die Art, wie sie ihren Gatten anstrahlte, ließ vermuten, dass sie große Stücke auf ihn hielt. Hackenholt registrierte überrascht, um wie viele Jahre der Mann jünger war – und noch dazu einen Kopf kleiner.

»Die Herren sind von der Polizei«, fügte sie an ihren Ehemann gewandt hinzu.

Hettenbach schien die Begegnung unangenehm zu sein. Verlegen meinte er: »Sie wollen sicher ungestört mit meiner Frau sprechen. Ich werde solange in die Küche gehen.« Ohne eine Antwort abzuwarten, drehte er sich um und verschwand durch eine Tür am anderen Ende des Flurs, durch die zuvor schon der Hund geschlüpft war.

Renate Simon schaute den beiden enttäuscht hinterher. Als sie Hackenholts beobachtenden Blick spürte, straffte sie ihre Schultern. Innerhalb von Sekundenbruchteilen verwandelte sie sich zurück in die elegante und souveräne Hausherrin.

»Ich habe nicht erwartet, Sie derart schnell wiederzusehen.« Ihre Stimme klang ein paar Grad kälter.

Hackenholt überging den Affront und schaltete stattdessen sein Diktiergerät ein. »Frau Simon, Sie haben uns gestern gar nicht erzählt, woher Sie Annika Dorn eigentlich kannten.«

»Sie hat bei uns ihre Einzelhandelsausbildung absolviert und anschließend am Führungsnachwuchsprogramm teilgenommen.«

»Annika Dorn hat bei Ihnen in der prima-Filiale gearbeitet?«

Renate Simon schüttelte den Kopf und griff nach einer Zigarettenschachtel. »Nein, in der Konzernzentrale, nicht in meiner Filiale. Während dieser Zeit hatten wir allerdings nicht viel miteinander zu tun. Wir kannten uns nur vom Sehen. Und dann ließ sie sich von der Konkurrenz abwerben.« Es entstand eine Pause, als sie eine Zigarette aus dem Päckchen nahm und anzündete. Da Hackenholt beharrlich schwieg, fuhr sie schließlich fort: »Vor zwei Jahren besuchten wir zufällig beide denselben Italienischkurs an der Volkshochschule. Das Gros der Teilnehmer ging jede Woche nach dem Unterricht ein Glas Wein trinken. Im Laufe dieser Abende haben wir uns angefreundet.«

»War es eine enge Freundschaft? Ich meine, vertraute Frau Dorn Ihnen private Sorgen an?«

»Natürlich hätte sie mir davon erzählt, wenn es in ihrem Leben Probleme gegeben hätte. Aber das war nicht der Fall.«

»Sie hat also nie über Schwierigkeiten mit einem Mann gesprochen?«

»Nein. Wie ich Ihnen gestern schon sagte, hatte sie sich vor einem halben Jahr von ihrem Freund getrennt.«

»Und wie stand sie seither zu Männern?«

»Eine so gut aussehende Frau wie Annika wird häufig angesprochen. Und in unserem Beruf hat man ständig mit den unterschiedlichsten Menschen zu tun.«

»Wissen Sie, mit wem sie eine sexuelle Beziehung hatte?«

Renate Simon sah den Hauptkommissar pikiert an. »Das ist jetzt wirklich geschmacklos. Nur weil Männer Annika attraktiv fanden, heißt das doch noch lange nicht, dass sie etwas mit ihnen hatte.« Damit erhob sie sich vom Sofa. »Wenn Sie keine weiteren Fragen haben.« Sie machte eine auffordernde Geste in Richtung Tür.

»Doch, eins würde mich noch interessieren«, entgegnete Hackenholt, während er ebenfalls aufstand. »Kennen Sie noch andere Freundinnen von Annika Dorn?«

Sie setzte schon zu einem Kopfschütteln an, überlegte es sich im letzten Augenblick jedoch anders. »Ich habe keine persönlich kennengelernt. Aber manchmal erzählte Annika von einer Judith. Eine Schulfreundin, wenn ich mich recht erinnere.« Mit dieser wenig hilfreichen Auskunft brachte sie die Beamten zur Tür.

Zurück im Auto bemerkte Hackenholt, dass er sein Handy auf dem Beifahrersitz liegen gelassen und einen Anruf verpasst hatte. Stirnrunzelnd hörte er die Mailbox ab.

Christine Murs Nachricht war wie immer kurz und bündig: »Frank, komm bitte sofort zum Sternmann. Ich habe Neuigkeiten.«

Der Polizist, der den Tatort bewachte, löste das Absperrband an der Einfahrt des Parkplatzes und ließ die Kripobeamten durchfahren. Wünnenberg hielt neben dem Streifenwagen.

»Und? Kommen viele Schaulustige vorbei?«, fragte er.

»Nicht mehr, als man es an einem Sonntagnachmittag erwarten würde.« Der Mann wirkte gelangweilt.

»War jemand Auffälliges darunter?«

»Die meisten Leute bleiben stehen und halten ungeniert einen Schwatz. Was soll man da beobachten? Zumindest habe ich niemanden erkannt, der auf der Fahndungsliste steht.« Jetzt grinste er scheel.

Nicht alle Kollegen waren so zuverlässig und engagiert wie Christian Berger. Manche hatten das Hackenholt so verhasste Motto »Komm ich heut nicht, komm ich morgen« allzu sehr verinnerlicht. Kopfschüttelnd ging er zum Discounter.

Eine Kollegin der Spurensicherung bemerkte ihn und kam an die Schiebetür.

»Christine ist bei Manfred und Saskia auf dem Nachbargrundstück. Sie soll sich irgendetwas anschauen. Aber bevor sie ging, hat sie mir noch schnell das hier in die Hand gedrückt.« Die Frau hielt ihm einen Beutel entgegen. »Sie hat die Sachen im BMW gefunden.« Mit dem Kinn wies sie auf den Geländewagen.

Hackenholts Miene hellte sich schlagartig auf. Eilig griff er nach der Tüte, die ein Handy sowie einen kleinen Terminkalender enthielt.

»Christine hat schon vermutet, dass du dich über ihren Fund freuen wirst.« Die Beamtin lachte über seine Reaktion. »Du kannst die Sachen herausnehmen. Sie hat sie schon auf Spuren untersucht.«

Hackenholt dankte ihr, setzte sich wieder zu Wünnenberg ins Auto und holte als Erstes den Terminkalender heraus. Er war eine Miniaturausgabe, nur fünf mal acht Zentimeter, aber luxuriös in Leder gebunden. Aufgrund der geringen Größe blieb für jeden Tag weniger als ein Zentimeter Platz für Notizen.

In der hereinbrechenden Dämmerung musste er die Innenbeleuchtung des Wagens einschalten, um die Einträge entziffern zu können. Die Spalte für den gestrigen Tag war mit *BMW/Fridor* gefüllt. In der darüberliegenden stand *Judith (EKU)*. Von der Linie, die beide Tage voneinander trennte, sprang Hackenholt *Kork!!!* ins Auge. Für den Sonntag fand sich der Eintrag *FFM*.

Die folgenden zwei Wochen waren mit orangefarbenem Textmarker durchgestrichen. Schnell blätterte Hackenholt die letzten Monate durch: überall der gleiche kryptische Kurzstil. Er wünschte sich, der Kalender wäre größer und Annika Dorn hätte ausführlichere Notizen gemacht.

Unterdessen spielte Wünnenberg am Handy herum. »Hast du was zum Schreiben?«, fragte er, den Blick starr auf das Display gerichtet.

»Besser, du nimmst gleich alles mit dem Diktiergerät auf, dann machst du dir die Arbeit nicht zweimal. Die Schreibkraft muss doch sowieso ein ausführliches Protokoll davon tippen.«

»Geht nicht. Der Akku ist fast leer. Wir können jetzt nur das Nötigste aufschreiben. Den Rest kann ich erst diktieren, wenn das Telefon wieder geladen ist.«

Hackenholt kramte sein Notizbuch hervor. »Schieß los.«

Nacheinander rief Wünnenberg die Liste der Personen auf, die Annika Dorn zuletzt angerufen beziehungsweise von denen sie Anrufe empfangen hatte. Hackenholt notierte Nummern und Namen. Sah man von den Telefonaten der BMW-Niederlassung ab, lagen alle mindestens drei Tage zurück.

»Schau mal, ob im Adressbuch Judith, Fridor und Kork gespeichert sind.«

Wünnenberg klickte sich durch das Menü. »Hier ist eine Judith Eschbach.« Er las die dazugehörige Nummer und Adresse vor. »Fridor gibt es keinen, dafür aber einen Ludwig Kork.« Auch dessen Angaben diktierte er Hackenholt zügig.

Dann nahm er sich die letzten eingegangenen und versendeten SMS vor. »Hier ist eine an Ludwig Kork. Hör zu: *Komm morgen früh in die filiale wenn es unbedingt sein muss. Bin dann 2 wochen in urlaub.* Die SMS ist vom Freitag. *Morgen* wäre also Samstag gewesen. Mal schauen, was er geantwortet hat.« Schnell drückte er ein paar Tasten. »Hier: *Alles klar. Komme so früh wie möglich. Bis dann.*« Wünnenberg schloss die Augen und konzentrierte sich. Nach einem kurzen Moment öffnete er sie wieder. »Von den vor dem Discounter wartenden Leuten hat niemand erwähnt, dass er mit Frau Dorn verabredet war. Und an den Namen Kork kann ich mich auch nicht erinnern. Stellt sich also die Frage, ob er schnell wieder gegangen ist, als er sah, was los war, oder sich gar nicht erst auf den Weg gemacht hat.«

»Es gibt noch eine dritte Möglichkeit«, ergänzte Hackenholt. »*So früh wie möglich* kann auch lange vor acht Uhr bedeuten. Dann könnte er nicht nur ein wichtiger Zeuge, sondern auch der Täter sein.« Bevor sie sich zu weiteren Schritten entschieden, rief Hackenholt in der Einsatzzentrale an und bat um eine Personenüberprüfung. Er wollte bereits vorab möglichst viel über Kork wissen.

Fünf Minuten später klingelte sein Telefon: Kork war am 1. Juli 1978 in Nürnberg geboren, ledig und noch unter der durchgegebenen Adresse wohnhaft. Laut polizeilichem Datensystem war er bislang zumindest in Bayern noch nie straffällig geworden, auch bundesweit lag kein Haftbefehl vor. Hackenholt dankte dem Kollegen und beendete das Gespräch. »Auf geht's, Ralph. Jetzt schauen wir uns diesen Kerl mal etwas genauer an.«

In der Burgschmietstraße einen Parkplatz zu ergattern, war ein Ding der Unmöglichkeit. Den Beamten blieb nichts anderes übrig, als im Halteverbot vor dem Grünstreifen zu parken, in dessen Mitte ein Brunnen mit der Statuette des Nürnberger Erzgießers Jakob Daniel Burgschmiet stand. Den Weg bis zu dem Haus, in dem Ludwig Kork wohnte, mussten sie zu Fuß zurückgehen.

Hackenholt klingelte mehrfach, doch nichts geschah. Er trat einen Schritt zurück und sah an der Fassade hinauf. Drei der vier Fenster im ersten Stock waren erleuchtet. Das nächste Mal läutete er ausgiebiger, anschließend versuchte er es in der Nachbarwohnung. Nach einer gefühlten Ewigkeit betätigte jemand den Türsummer. Zwei Stufen auf einmal nehmend stiegen die Beamten in den ersten Stock. Von der Türschwelle der linken Wohnung blickte ihnen neugierig ein adrett in Pullunder, Hemd und Hose mit Bügelfalte gekleideter Mann entgegen. Sein schütteres Haar trug er in einem ordentlichen Seitenscheitel: Herr Korks Nachbar. Als er erfuhr, zu wem die Beamten wollten, hämmerte er gegen dessen Tür.

»Da muss jemand da sein! Warten Sie nur. Die macht schon auf.« Wieder schlug er gegen das Holz. »Ich habe vorhin erst ein Paket rübergebracht.«

In diesem Augenblick wurde die Tür tatsächlich einen Spaltbreit geöffnet, und eine junge blonde Frau spähte schüchtern heraus.

»Sag ich doch«, triumphierte der Nachbar.

Wünnenberg hielt der Unbekannten seinen Ausweis entgegen und drängte sich an ihr vorbei in die Wohnung, dicht gefolgt von Hackenholt. Zusammen überprüften die Ermittler alle drei Räume, dann erst richteten sie ihre Aufmerksamkeit auf die Frau.

»Wo ist Herr Kork?« Hackenholt klang schroffer als beabsichtigt.

Die junge Frau stand mit weit aufgerissenen Augen und offenem Mund im Zimmer, unfähig, eine Antwort zu geben.

»Und wer sind Sie?«, fragte Hackenholt etwas weniger barsch.

»Ich ... ich bin Lus Freundin«, stotterte sie verwirrt.

»Darf ich bitte Ihren Ausweis sehen?«, Wünnenberg lächelte sie aufmunternd an und zog sein Notizbuch aus der Jacke.

»Oh. Ja. Natürlich.« Nervös öffnete sie ihre Schultertasche, die neben dem Bett lag, und wühlte nach der Plastikkarte. »Hier.«

»Sabine Morlock?«

Sie bejahte.

»Wohnen Sie noch in der Wölckernstraße?«

Wieder ein zustimmendes Nicken.

»Und was machen Sie dann hier?«

Die Frau hob die Hände, als wolle sie etwas erklären, und doch kam ihr kein Wort über die Lippen. »Lu wurde entführt«, schaffte sie schließlich zu stammeln, dann brach sie in lautes Schluchzen aus.

Wünnenberg reichte ihr ein Taschentuch. »Jetzt setzen Sie sich erst mal hin und atmen tief durch. Und wenn es wieder geht, erzählen Sie uns, was passiert ist. In der Zwischenzeit koche ich Ihnen eine Tasse Kaffee.«

Es dauerte eine ganze Weile, bis sie sich etwas beruhigte und die Ereignisse schildern konnte. Erst mit der Zeit wurden Hackenholt und Wünnenberg aus Sabine Morlocks wirrer Erzählung schlau.

»Gestern Abend habe ich im La Commedia eine Pizza Calzone und Rigatoni al forno bestellt. Lu sollte auf dem Weg zu mir das Essen abholen. Wir hatten einen gemütlichen DVD-Abend ausgemacht. Aber es ist später und später geworden, und er ist nicht aufgetaucht.« Sie blickte von ihren Händen auf, die die Kaffeetasse umklammerten, um zu sehen, ob die Beamten ihr folgen konnten. Als Hackenholt nickte, fuhr sie fort: »Wegen meinem Aushilfsjob bei der Nürnberger Zeitung weiß ich ganz genau, wie unzuverlässig Journalisten sind, wenn es um private Dinge geht. Bei denen kommt der Beruf immer an erster Stelle. Aber Lu arbeitet als Reporter bei so einem komischen kleinen Wochenblatt, nix wirklich Aufregendes. Und weil die Ausgabe immer samstags erscheint, konnte in der Redaktion eigentlich nichts Dringendes anliegen. Habe ich mir zumindest gedacht.«

Sie nippte an der Tasse. »Andererseits wartet Lu immer auf die große Story und den damit verbundenen Durchbruch, und da ist er sich wirklich für nichts zu schade. ›Wer kann schon wissen, ob hinter einer simplen Meldung nicht ein Knüller steckt?‹, sagt er immer. Und wenn man ihn reden hört, dann scheint er ständig an einer Sensation zu arbeiten.«

Für einen kurzen Moment wurde ihr sorgenvolles Gesicht von einem Lächeln erhellt. »Ich habe dann den ganzen Abend lang auf ihn gewartet. Und weil ich mich so darüber geärgert habe, dass er nicht mal angerufen und Bescheid gesagt hat, wollte ich mich so lange nicht mehr bei ihm melden, bis er sich bei mir entschuldigt hat. Na ja«, sie machte eine wegwerfende Handbewegung, »das hat natürlich mal wieder nicht geklappt, weil er ja ansonsten immer ein ganz Lieber ist, und ich kenne ihn auch noch gar nicht so lange. Also habe ich gegen Mitternacht doch noch mal auf seinem Handy angerufen. Aber auch da ist er nicht rangegangen. Um kurz nach zehn heute Morgen bin ich dann auf dem Sofa aufgewacht. Muss gestern wohl ein bisschen zu viel Bier erwischt haben.« Sie errötete. »Jedenfalls habe ich beschlossen, noch bis zum Nachmittag abzuwarten. Wenn sich Lu bis dahin nicht gemeldet hätte, wollte ich hierherfahren, um nach dem Rechten zu sehen. Schließlich weiß ich, wo er seinen Ersatzschlüssel versteckt hat.« Der winzige Anflug von Stolz wich sofort wieder aus ihrer Stimme, als sie leise hinzufügte: »Aber Lu hat sich nicht gemeldet.« Plötzlich quollen ihr wieder Tränen aus den Augen.

Der Rest war schnell erzählt: Sie war mit der Straßenbahn zu seiner Adresse gefahren. In der dreißig Quadratmeter großen Ein-Zimmer-Wohnung hatte es chaotisch ausgesehen: Schmutzwäsche lag auf dem Boden verteilt, eine leer gegessene Müslipackung neben dem Müllbehälter, ein Handtuch auf dem Schreibtisch. Ihr Blick war über das zerwühlte Bett geglitten und an dem Handy haften geblieben, das auf dem Nachtschränkchen lag. Solange sie Lu kannte, war es nie vorgekommen, dass er ohne sein Mobiltelefon das Haus verlassen hatte. Nie! Egal wohin er auch ging, es war sein ständiger Begleiter. Dann hatte auch noch der Nachbar geklingelt, ein Paket abgegeben und behauptet, Lu sei weggegangen, ohne seine Wohnungstür zuzumachen! Da war für sie klar gewesen: Ihr Freund musste entführt worden sein.

Nachdem der Nachbar die Geschichte der offen stehenden Tür bestätigt und erzählt hatte, wie er sie zugezogen hatte, nahmen Hackenholt und Wünnenberg Sabine Morlock ab, dass sie tatsächlich nicht wusste, wo sich Ludwig Kork aufhielt. Obwohl oder besser gerade weil die junge Frau immer wieder unterstrich, Lu sei Journalist und habe an einer ganz heißen Sache gearbeitet, glaubte Hackenholt nicht an ihre Entführungstheorie. Für ihn sah Korks Verschwinden mehr nach einer überstürzten Flucht aus.

Ludwig Kork war im Fall Dorn ein Tatverdächtiger, zumindest bis er zur Sache vernommen werden konnte. Also rief Hackenholt die Kollegen von der Spurensicherung. Vielleicht fanden sie Hinweise, die den Journalisten mit der Ermordung von Annika Dorn in Verbindung brachten.

Mürrisch blickte Christine Mur Hackenholt an, als sie ihren schweren Arbeitskoffer in den ersten Stock schleppte. »Wo sollen wir denn noch alles hinkommen, wir können uns leider nicht zerteilen! Auch unser Tag hat nur vierundzwanzig Stunden.«

Damit ließ sie ihn stehen und wandte sich ihrer Aufgabe zu, von der Hackenholt wusste, Mur würde sie trotz ihrer schlechten Laune gründlich erledigen.

Sobald die Spurensicherung ihre Arbeit aufgenommen hatte, bat er Sabine Morlock, ihn ins Kommissariat zu begleiten. Dort angekommen bemerkte er eine Telefonnotiz von einem Kollegen des Dauerdienstes auf seinem Schreibtisch. Eine Judith Eschbach habe angerufen und gebeten, den ermittelnden Beamten zu sprechen. Sie sei eine Freundin der ermordeten Frau Dorn, sachdienliche Hinweise habe sie jedoch nicht.

Der Hauptkommissar legte den Zettel beiseite. Judith Eschbach musste warten. Stattdessen bewaffnete er sich mit einem Schreibblock sowie mehreren Stiften und ging ins Besprechungszimmer hinüber, wo Wünnenberg sich bereits mit Sabine Morlock unterhielt. Obwohl sich die junge Frau mittlerweile halbwegs gefasst hatte, sah sie sich unsicher in dem kahlen Raum um.

Für die Beamten wurde es ein langer Abend. Auch wenn die Studentin nach wie vor Korks Verwicklung in einen Mordfall bezweifelte und an ihrer Entführungstheorie festhielt, kooperierte sie, so gut sie konnte. Gemeinsam erstellten sie eine Liste von Personen, mit denen der Journalist in Kontakt stand, und Orten, an denen er regelmäßig verkehrte. Das in der Wohnung sichergestellte Handy half dabei nicht weiter: Sein Rufnummernspeicher war so leer, als wäre das Telefon noch nie verwendet worden.

Bei der Durchsuchung von Korks Wohnung fanden die Mitarbeiter der Spurensicherung keinerlei Indizien, die Aufschluss über seinen derzeitigen Aufenthaltsort gaben. Zudem entdeckten sie nichts, was ihn offensichtlich mit dem Mord an der Filialleiterin in Verbindung gebracht hätte. Doch das hatte nicht viel zu heißen, da sowohl Fingerabdrücke als auch Faserspuren erst ausgewertet werden mussten. Im Bett hatte Christine Mur immerhin ein paar Haare sichergestellt, die zur DNA-Analyse verwendet werden konnten.

Einen vorübergehenden Höhepunkt erlebten die Ermittlungen, als Hackenholt mehrere Kollegen, ausgerüstet mit einem Bild von Ludwig Kork, zu den Kunden und Mitarbeitern schickte, die am Morgen vor dem Supermarkt gewartet hatten. Das Ergebnis war durchschlagend: Zwei Personen erinnerten sich spontan, den Mann beobachtet zu haben, wie er beim Eintreffen des ersten Streifenwagens schnell und betont unauffällig den Parkplatz verlassen hatte.

Rosenmontag

Der Stand der Ermittlungen hatte sich nicht geändert, als Hackenholt am Montagmorgen nach ein paar Stunden Schlaf um halb acht wieder ins Kommissariat kam. Da im Hinblick auf den gesuchten Kork nichts weiter unternommen werden konnte, widmete er sich den routinemäßigen Abfragen.

Bei jedem Mordfall wurden die letzten Kontobewegungen des Opfers überprüft, und Hackenholt hoffte, ermitteln zu können, woher das Geld stammte, das Annika Dorn bei ihrem Tod bei sich gehabt hatte. Wünnenberg leistete die dazu nötige Vorarbeit und erwirkte entsprechende Beschlüsse beim Ermittlungsrichter. Diese Dokumente faxte Hackenholt nun an die zuständige Auskunftsstelle in Frankfurt, um innerhalb kürzester Zeit aktuelle Auszüge auf den Schreibtisch zu bekommen. Während er wartete, vertrieb er sich die Zeit mit den neuesten Rundschreiben, die sich in seinem Posteingang türmten.

»Frank?« In der stets offenen Bürotür stand eine der Schreibkräfte. »Die Unterlagen hier sind im Fall Sternmann gerade aus Frankfurt gekommen.« Sie gab Hackenholt mehrere Seiten.

Schon auf der obersten las er, was er zu erfahren gehofft hatte. Annika Dorn hatte Geld abgehoben. Eintausend Euro. Und zwar am Tag ihrer Ermordung, morgens um sechs Uhr siebenundvierzig am Geldautomaten der Sparkasse in Thon. Kurzentschlossen hinterließ er Wünnenberg, der irgendwo im Präsidium unterwegs war, eine Notiz und schnappte sich seine Jacke.

Die Sparkasse war in einem modernen, nach außen hin komplett verglasten Gebäude untergebracht, vor dessen Eingang ein langer Zierteich angelegt worden war. Im Sommer musste das Eck trotz der stark frequentierten Erlanger Straße fast idyllisch anmuten.

In der Filiale ging es äußerst ruhig zu. Am Rosenmontag schienen nur wenige Kunden Geldgeschäfte erledigen zu wollen. Hackenholt ließ sich beim Leiter anmelden, dem er die richterlichen Dokumente vorlegte. Der stämmige Enddreißiger holte sich die Auszahlungen des Geldautomaten auf den Bildschirm und bestätigte, was Hackenholt bereits wusste. Mit Annika Dorns Scheckkarte waren am Samstagmorgen in der Tat eintausend Euro abgehoben worden.

Da längst nicht jeder Automat kameraüberwacht wurde, erkundigte sich Hackenholt nach der Ausrüstung der Filiale. Er wollte sichergehen, dass es Frau Dorn selbst gewesen war, die mit der Karte das Geld geholt hatte. Und er hatte Glück: Da im letzten Winter wiederholt ein Obdachloser im Schaltervorraum übernachtet hatte, war die Filiale nachgerüstet worden.

Hackenholt folgte dem Chef in einen Tagungsraum mit Fernseher und Videorekorder. Ein paar Minuten später wurde das frisch getauschte Band gebracht. Anhand der Zeiteinblendungen ließ sich schnell die gesuchte Stelle finden. Dennoch spulte der Sparkassenleiter den Film ein Stück weiter zurück als notwendig. Das Erste, was Hackenholt sah, war ein Mann, der den Schalterraum betrat. Er ging zum Automaten, hob Geld ab und wandte sich anschließend dem Kontoauszugsdrucker zu. Dann betrat Annika Dorn den Raum.

Es war für Hackenholt immer ein komisches Gefühl, wenn Mordopfer quasi wieder lebendig wurden. Frau Dorn grüßte den anderen Kunden mit einem knappen Nicken und lief dann zielstrebig zum Geldautomaten.

Während sie auf die Scheine wartete, blickte sie sich um. Einmal sogar direkt in die Kamera. Und just in diesem Moment sah Hackenholt die Kette an ihrem Hals. Für einen kurzen Augenblick schaute ein kleines Stück unter ihrem offenen Mantel hervor, aber das genügte, um Hackenholt erkennen zu lassen, dass die Aufzeichnung im wahrsten Sinne des Wortes Gold wert war. Auch über die überdurchschnittlich gute Qualität der Aufnahme war er erstaunt. Dafür, dass das Band immer wieder überspielt wurde und Überwachungskameras ganz allgemein tendenziell eher schlechte Bilder lieferten, waren diese hier überraschend deutlich. Sogar Details konnte man erkennen, wenn man genau hinsah.

Annika Dorn drehte sich unterdessen um, nahm ihr Geld, stopfte es in die Aktentasche und eilte schnellen Schrittes zum Ausgang. Damit war sie aus dem Bereich der Kamera verschwunden, und nur wenige Sekunden später verließ auch der andere Kunde die Bank.

»Ich muss das Band mitnehmen«, erklärte Hackenholt.

Der Filialleiter nickte. Er hatte nichts anderes erwartet und hielt schon ein entsprechendes Formular bereit.

»Außerdem muss ich wissen, wer der andere Kunde war. Kennen Sie ihn?«

»Nein, ich selber habe nichts mit Privatanlegern zu tun, ich kümmere mich nur um Geschäftsklienten. Aber vielleicht kann Ihnen Frau Schulz weiterhelfen.«

Das konnte die ältere Kassiererin in der Tat. Als sie die Aufzeichnung sah, erkannte sie Francesco Mauro. Nach einigem Hin und Her suchte sie dessen Adresse heraus.

Hackenholt fuhr zurück zum Präsidium. Die dem Opfer vom Hals gerissene Kette konnte zu einem wichtigen Indiz werden, wenn es um die Überführung des Täters ging. Das Video musste umgehend zum Erkennungsdienst, damit Vergrößerungen gefertigt werden konnten.

Danach fragte er in der Einsatzzentrale nach, ob es in der Fahndung nach Kork etwas Neues gab. Doch der Dienstgruppenleiter schüttelte nur bedauernd den Kopf.

Als Hackenholt in sein Büro trat, saß Wünnenberg wieder nicht an seinem Platz. Gerade als er den Kollegen anrufen wollte, um zu erfahren, wo er eigentlich die ganze Zeit steckte, kam Saskia Baumann herein.

»Iech hobb haid Vuurmiddåch in Umfeld von Herrn Korg weidergmachd. Er hodder Gredidkaddn un er Båhnkaddn. Dådermied hoddersi ban Schaffner ern Fårschein nåch Frangfurd kaffd. Däi Gredidkaddnfirma hoddmer aa nu er Abbuchung vonnerern Hoddell in Sachsnhausn gschiggd. Iech hobbnern Grimінåldauerdiensd dådoddn oogrufm un um Amdshilfe gebedn.«[8]

»Danke. Da hast du eine Menge neuer Informationen zusammengetragen«, lobte Hackenholt. »Weißt du, wo Ralph ist?«

»In Jusdizbalasd«, antwortete sie erstaunt.[9] Nicht nur wegen seiner an den deutschen Renaissancestil des 17. Jahrhunderts angelehnten wuchtigen Bauweise, sondern auch aufgrund der Tatsache, dass das 1914 fertiggestellte Monument sogar noch vom letzten bayerischen

8 »Ich habe heute Vormittag im Umfeld von Herrn Kork weitergemacht. Er besitzt eine Kreditkarte und eine Bahncard. Damit hat er beim Schaffner einen Fahrschein nach Frankfurt gekauft. Die Kreditkartenfirma hat mir auch noch eine Abbuchung von einem Hotel in Sachsenhausen geschickt. Ich habe den Kriminaldauerdienst dort oben angerufen und um Amtshilfe gebeten.«

9 »Im Justizpalast«, (...).

König Ludwig III. eingeweiht worden war, wurde das Gericht von vielen Kollegen nach wie vor hochtrabend als Justizpalast bezeichnet.

Hackenholt dachte angestrengt nach. Jetzt, wo Saskia es sagte, glaubte auch er, sich dunkel erinnern zu können, dass der Kollege den Termin erwähnt hatte.

»Das muss mir wohl entfallen sein«, entschuldigte er sich. »Hast du noch etwas Dringendes zu erledigen, oder kannst du mich zu einer Zeugenvernehmung begleiten?«

Aus ihm unerklärlichen Gründen wurde Saskia Baumann tiefrot, sagte aber sofort zu.

»Miech hosd nu nie zunerer Zeungbefråchung miedgnummer«, gestand die junge Kollegin ein paar Minuten später im Auto den Grund für ihre Nervosität.[10]

Hackenholt runzelte die Stirn. Sie hatte recht. »Ich hoffe, du hast daraus nicht geschlossen, ich würde an deiner Kompetenz zweifeln«, scherzte er. Als sie schwieg, stutzte er und sah zum Beifahrersitz hinüber. Sie kaute an ihrer Unterlippe und starrte auf ihre Hände.

»Saskia, wie kannst du so etwas auch nur denken? Es gibt überhaupt keinen Grund für eine solche Annahme. Du bist sehr tüchtig und ergänzt das Team wirklich wunderbar. Ich arbeite mit dir genauso gerne zusammen wie mit allen anderen aus dem Kommissariat. Wir waren bislang nur noch nie gemeinsam unterwegs, weil Manfred immer besonders gern mit Simone gearbeitet hat, für die du als Ersatz gekommen bist. Außerdem ist er in meinen Augen ein Kollege, der sein Wissen sehr kompetent an Jüngere weitergibt, oder?«

Baumann nickte zustimmend. »Er hoddmer vill zaichd, wos andere niemåls freiwillich breisgeem häddn. Des is scho brima. Iech binnern fei aa wärgli dangbår derfier. Nerblous, manchmål hobbimer aa dengd, dassd läiber mied däi andern zammärwern dädsd als wäi mied mir.«[11]

Entschieden schüttelte Hackenholt den Kopf, dann seufzte er tief und konzentrierte sich wieder auf den Verkehr.

Francesco Mauro wohnte in einem einfachen Reihenhaus im Kleinreuther Weg gegenüber des TeVi-Marktes. Er trug einen Bademantel

10 »Du hast mich noch nie zu einer Zeugenbefragung mitgenommen«, (...).

11 »Er hat mir viel gezeigt, was andere freiwillig niemals preisgegeben hätten. Das ist schon prima. Ich bin auch wirklich dankbar dafür. Aber manchmal habe ich gedacht, du würdest lieber mit den anderen zusammenarbeiten als mit mir.«

und sah verschlafen aus. Als sich Hackenholt und Saskia Baumann als Kripobeamte vorstellten, schien er sofort besorgt.

»Ist etwas mit meiner Frau oder den Kindern?«, fragte er ängstlich.

Hackenholt beruhigte ihn. »Wir kommen wegen etwas ganz anderem«, erklärte er, während er sich im Wohnzimmer auf das angebotene Sofa setzte und das Diktiergerät einschaltete. »Sie waren am Samstag in der Sparkasse in Thon, wenn wir richtig informiert sind?«

Der korpulente Mann mit starkem Bartwuchs riss verblüfft die Augen auf. »Woher wissen Sie das?«

»Wir haben Sie auf dem Film der Überwachungskamera gesehen.«

»Ich arbeite bei Quelle als Nachtportier. Letzten Samstag bin ich nach dem Dienst zur Bank gefahren, habe Geld abgehoben und Kontoauszüge geholt.«

»Kurz nach Ihnen betrat eine Kundin die Filiale. Erinnern Sie sich?«

Konzentriert strich Francesco Mauro für einen Moment mit den Handflächen über seine nackten Beine. Dann schüttelte er zweifelnd den Kopf. »Ich kann mich nicht besonders gut an sie erinnern. Sie schien es eilig zu haben.«

»Wie kommen Sie darauf?«

»Ich weiß nicht, ich habe nicht weiter auf sie geachtet. Sie kam herein, ging zielstrebig zum Geldautomaten und verließ die Schalterhalle wieder, noch bevor meine Kontoauszüge fertig waren. Ich kann nicht einmal mit Sicherheit sagen, ob der Automat ihr Geld gegeben hat.«

»Konnten Sie sehen, ob sie in Begleitung war?«

»Sie saß allein im Auto«, sagte Mauro mit Bestimmtheit. Dann fügte er erklärend hinzu: »Als ich aus der Tür trat, fuhr sie gerade los. Dabei gab sie viel zu viel Gas, sonst wäre sie mir wahrscheinlich gar nicht aufgefallen.«

»Ist ihr jemand gefolgt? Fuhr vielleicht ein anderes Auto gleichzeitig weg?«

Der Nachtportier sah Hackenholt erstaunt an. »Nein, da war niemand außer mir. Vor sieben Uhr sind am Wochenende kaum Leute in Thon unterwegs.«

»Ihnen ist auch niemand aufgefallen, der die Sparkasse beobachtet hat? Vielleicht ein Obdachloser, der an der Straßenbahnhaltestelle herumsaß?«

Mauro schüttelte den Kopf.

»Was haben Sie anschließend gemacht?«

»Ich bin zu meinem Auto gegangen und nach Hause gefahren. Auf dem Weg habe ich noch einen Abstecher zum Bäcker gemacht. Um sieben Uhr war ich bei meiner Familie.«

»Haben Sie die Kundin zuvor schon einmal gesehen?«

»Nein, noch nie. Da bin ich mir ganz sicher.« Er sah Hackenholt aufmerksam an. »Warum wollen Sie das alles wissen?«

Der Hauptkommissar umging eine Antwort, indem er Mauro noch weitere Fragen stellte. Am Ende war er ziemlich sicher, dass der Nachtportier ein hart arbeitender Mann war, der seine Frau und Kinder aufrichtig liebte und sich um sie sorgte. Für einen Überfall, bei dem er all das aufs Spiel setzen würde, schien er nicht der richtige Typ zu sein.

Als Hackenholt mit Baumann ins Präsidium zurückkehrte, saß auch Wünnenberg endlich wieder an seinem Platz.

»Na, wie ist es bei der Verhandlung gelaufen?« Zwischenzeitlich hatte sich Hackenholt sogar erinnert, worum es in dem Fall gegangen war: Die Geisterfahrt eines Führerscheinneulings auf der A73 hatte für einen Rentner in einem entgegenkommenden Kleinwagen tödlich geendet.

»Frag nicht. Die Verhandlung dauerte kaum zehn Minuten. Dann hat der Verteidiger eine Vertagung beantragt, weil er ein Gegengutachten erstellen lassen will. Aber von der Verkehrspolizei war eine hübsche Kollegin da.« Beim Gedanken daran machte er eine Pause. »Mir ist also nicht langweilig geworden, falls du dich um mich gesorgt hast«, fügte er mit einem breiten Grinsen hinzu.

Stellfeldt steckte den Kopf zur Tür herein. »Dienstbesprechung in einer halben Stunde? Christine ist am Telefon und lässt fragen, wann sie herkommen soll.«

Hackenholt nickte. »Vierzehn Uhr ist in Ordnung.«

»Was gibt es heute eigentlich in der Kantine zu Essen?«, fragte Wünnenberg in die Runde.

»Iech maan allerweil Saure Zibfl.«[12]

Hackenholt sah sie ungläubig an. »Aber ich habe doch Hunger!«, protestierte er.

12 »Ich glaube Saure Bratwürste.«

»Nåcherdler nimmsd hald zwaa Bordzioner«, meinte Saskia leichthin, die nichts von seiner Abneigung wusste und dachte, er fürchte, von ein paar Würstchen mit Zwiebeln im Essigsud nicht satt zu werden.[13]

Hackenholt schnitt eine entsetzte Grimasse.

»Ich kann Döner holen gehen«, bot Wünnenberg an. »Oder noch besser: Du holst Döner, und ich koche in der Zwischenzeit Kaffee.«

Kurz nach zwei hatten sich fast alle Mitglieder der Ermittlungsgruppe im Besprechungsraum versammelt.

Gerade als Hackenholt das Wort ergreifen und von seinen vormittäglichen Besuchen berichten wollte, kam Christine Mur ins Zimmer gepoltert. Vor sich schwenkte sie einen durchsichtigen Asservatenbeutel, der ein Messer enthielt.

»Heute waren wir mit der Sicherung der Spuren endlich so weit, dass ein Hundeführer in die Filiale konnte, um seinen Rottweiler nach der Mordwaffe schnüffeln zu lassen. Und prompt hat er im Container, der eigentlich für Kartonagen bestimmt ist, das hier gefunden!« Sie hob das Fundstück noch ein paar Zentimeter höher, damit es auch wirklich alle sehen konnten. »Und wisst ihr was? Ich habe auch schon herausgefunden, dass es sich hierbei um ein Messer aus einem Messerblock handelt, der vor zwei Wochen im Sternmann als Sonderangebot verkauft wurde.«

»Wos? Des Messer schdammd aus derer Filiåln?«, fragte Baumann verdutzt.[14]

»Nein.« Mur schüttelte den Kopf. »Alle Exemplare waren im Nu verkauft. Herr Raab hat gesagt, sie seien weggegangen wie frische Faschingskrapfen.« Damit beugte sich Mur über den Tisch, zog die Kuchenplatte näher zu sich heran und bediente sich. »Sind die von Sophie?«, fragte sie kauend.

Hackenholt nickte. Heute hatte er daran gedacht, die Tüte Krapfen mitzunehmen.

»Sag ihr unseren untertänigsten Dank. Ohne ihre Mithilfe könnten wir hier keine Ermittlung mehr durchstehen!« Mur leckte sich genüsslich einen Klecks Hiffenmark vom Finger, dann wurde sie wieder ernst. »Ich bin mir ziemlich sicher, dass wir im Labor ein paar

13 »Dann nimm eben zwei Portionen«, (...).
14 »Was? Das Messer stammt aus der Filiale?«, (...).

Hautpartikel vom Täter auf dem Messer finden werden, mit denen wir einen genetischen Fingerabdruck erstellen lassen können.«

»Falls er keine Handschuhe getragen hat«, warf Wünnenberg ein, der die gute Laune der Spurensucherin auf die Probe stellen wollte.

Tatsächlich nahm Mur diesen Einwand mit einem Schulterzucken unerwartet gelassen hin.

Dann breitete sich Schweigen aus, als Hackenholt eine Kopie des Videos der Sparkassenüberwachungskamera abspielte. Die Beamten schauten konzentriert zu, wie Annika Dorn die Schalterhalle betrat, Geld abhob und wieder ging. Vor allem die Sequenz, in der die Kette zu sehen war, erregte allgemeine Aufmerksamkeit. Hackenholt stoppte den Film beim zweiten Abspielen an ebendieser Stelle.

»Leider hat der Kollege vom Erkennungsdienst bisher noch keine Bildausschnitte gefertigt«, stellte er bedauernd fest.

»Also, für mich sieht es aus, als würde es sich bei der Kette um eine Sonderanfertigung und nicht um Massenware handeln«, äußerte Stellfeldt eine Vermutung, während er über seine Glatze strich. Er hatte ein paar Jahre bei der Sachfahndung gearbeitet und war damit in dieser Hinsicht Experte. »Sie wirkt sehr ausgefallen.«

»Denkst du, wir können herausfinden, welcher Goldschmied sie hergestellt hat?«

»Wenn sie hier im Großraum gefertigt wurde, auf alle Fälle. Allerdings ist das Bild grobkörnig, und wir sehen nur einen kleinen Ausschnitt. Sie kann weiß Gott woher stammen, wenn sie beispielsweise ein Urlaubsmitbringsel war. Das würde dann einer Suche nach der sprichwörtlichen Stecknadel im Heuhaufen gleichkommen.«

Hackenholt ließ sich angesichts dieser pessimistischen Aussicht nicht verstimmen. »Sobald wir eine Vergrößerung des Bildausschnitts haben, werden wir jemanden abstellen, der sämtliche Juweliere der Gegend abklappert. Außerdem müssen Pfandhäuser und Händler informiert werden. Vielleicht versucht der Täter den Schmuck zu verkaufen. Ich werde später mit Frau Eschbach, der Freundin des Opfers, einen Termin vereinbaren und nach der Kette fragen. Unter Umständen weiß sie etwas darüber.«

Er blickte in die Runde. Niemand erhob Einspruch. »Saskia«, fuhr Hackenholt daher fort, »wie ist der aktuelle Stand der Ermittlungen in Frankfurt?«

»Iech hobb er Foddo von Herrn Korg an däi Kolleeng gmaild. Der

Hoddellbesidzer hoddnern serfodd kennd. Er schdäid selber allerweil am Embfang. Außerdem hodder Herr Korg bei der Buchung vo den Zimmer sein richdichn Nåmer oogeem.«[15]

»Wahrscheinlich will er die Übernachtung von der Steuer absetzen«, scherzte jemand.

Ein paar Leute lachten.

»Is doch Woschd! Er is aaf jedn Fall verschwundn, nochdemerern Sunndåch ausn Hoddell ausdscheggd hodd«, beendete Saskia Baumann ihren Bericht.[16]

»Hat er von dort aus telefoniert?«

»Des is nunni glår. In den Edablissmend gibbds neemli kanne Delefone aaf däi Zimmer, nerblous ern Münzfernschbrecher afn Flur.«[17]

»Gut, die Kollegen müssen am Ball bleiben. Das ist unsere einzige Chance, ihn zu finden«, betonte Hackenholt.

Bevor ein anderer das Wort ergreifen konnte, hob Christine Mur erneut ihren Kugelschreiber in die Luft. »Ich habe noch mehr Neuigkeiten«, sagte sie und machte eine Kunstpause.

Alle blickten sie gespannt an.

»Wir haben von sämtlichen Filialmitarbeitern Fingerabdrücke genommen, damit wir deren Spuren ausschließen können. An der Sicherheitstür, die zum Büro führt, habe ich jedoch Abdrücke gefunden, die von keinem der Angestellten stammen.« Schnell hob sie wieder die Hand, um nicht unterbrochen zu werden. »Ich weiß, das allein wäre noch nicht weiter interessant, aber diese Spuren befanden sich auch an der Innenseite der Tür sowie auf dem Schreibtisch des Opfers.« Mur sah triumphierend in die Runde. »Daraufhin habe ich noch mal mit dem Stellvertreter, Herrn Raab, telefoniert. Er schwor, dass ganz sicher kein Kunde oder Lieferant ins Büro gelassen wird. Nur Mitarbeitern ist es gestattet, die Räume zu betreten. Und gerade Annika Dorn hätte peinlich genau auf die Einhaltung dieser Regel geachtet.«

»Konntest du die Spuren schon mit Korks Fingerabdrücken aus seiner Wohnung abgleichen?«, fragte Hackenholt begierig.

15 »Ich habe ein Foto von Herrn Kork an die Kollegen gemailt. Der Hotelbesitzer hat ihn sofort erkannt. Er steht selbst die ganze Zeit am Empfang. Außerdem hat Herr Kork bei der Zimmerbuchung seinen richtigen Namen angegeben.«

16 »Das ist doch egal! Er ist jedenfalls verschwunden, nachdem er am Sonntag aus dem Hotel ausgecheckt hat«, (...).

17 »Das ist noch nicht klar. In dem Etablissement gibt es nämlich keine Telefone auf den Zimmern, sondern bloß einen Münzsprecher auf dem Flur.«

Mur wiegte den Stift hin und her. »Soweit es mit dem Vergrößerungsglas zu erkennen ist, gibt es nicht genügend Übereinstimmungen. Aber ich lasse den Computer im LKA noch einen Vergleich machen.«

»Wir müssen also einstweilen von einem Fremden ausgehen?«

Mur nickte. »Sieht ganz danach aus. Außerdem«, fuhr sie fort, »konnten wir an der Kleidung der Toten mehrere Haare sicherstellen, die nicht von ihr stammen. Alle wurden zwischenzeitlich mit dem anderen Material zur Analyse ins LKA gebracht.«

»Wenn wir Pech haben, sind die Haare vom Notarzt oder den Sanitätern«, warf Wünnenberg ein, den Blick starr in seine Kaffeetasse gerichtet.

»Ja, das ist durchaus möglich«, stimmte Mur grollend zu, deren Miene sich bei der Erwähnung der Retter augenblicklich verfinsterte. »Meines Erachtens sind es jedoch mindestens zwei verschiedene Haartypen. Vielleicht haben wir Glück. Für einen Abgleich mit Korks Haaren aus der Wohnung genügt das. Vielleicht meint es das Schicksal gut mit uns, und wir finden einen Spurenträger am Messer. Das wäre dann sogar ein noch sichereres Indiz.«

Und damit waren sie wieder am Ausgangspunkt angelangt.

»Wir müssen diesen Journalisten schnellstens finden. Und bis uns das gelingt, sollten wir die Zeit nutzen, um ausreichend Hinweise zusammenzutragen«, läutete Hackenholt das Ende der Besprechung ein. »Bislang haben wir keinerlei Beweise gegen ihn. Somit müssen wir in die Breite ermitteln. Eventuell ist er ja doch nur ein Zeuge. Manfred, du organisierst von der Sachfahndung bitte eine Liste sämtlicher Juweliere, Goldschmiede und was weiß ich noch alles. Eben aller Läden, in denen wir etwas über die Herstellung oder den Verbleib des Schmuckstücks erfahren könnten. Sobald brauchbare Vergrößerungen der Halskette da sind, klapperst du mit Saskia die Geschäfte ab.« Er warf der Kollegin einen schuldbewussten Blick zu. Sein Vorhaben, sie in Zukunft selbst öfter mitzunehmen, musste warten. Doch Baumann ließ es sich nicht anmerken, falls die Anweisung sie enttäuschte. »Christine, du versuchst bitte, dem LKA Dampf zu machen. Wir müssen so schnell wie möglich wissen, ob Ludwig Kork am Tatort war und ob er der Vater von Annika Dorns ungeborenem Kind ist.«

Mur sah ihren Kollegen wütend an. »Du weißt doch selbst, wie lange eine DNA-Analyse dauert. Das kann man weder mit guten noch mit bösen Worten beschleunigen.« Mit einem leisen »Klack« brach der Bügel ihres Kulis ab.

Zurück im Büro klingelte Hackenholts Telefon. Der Anrufer stellte sich als Herr Naumann vor, Sternmann-Gebietsleiter Nord und damit auch für den Supermarkt in der Grolandstraße zuständig. Obwohl Hackenholt den Grund zu kennen glaubte, fragte er höflich nach, warum der Gebietsleiter ihn anrief. In der Tat sorgte sich der Mann darum, welch katastrophale Auswirkungen es für den ganzen Konzern haben könnte, wenn die Filiale nicht bald wieder geöffnet würde.

»Für Ihr Anliegen habe ich natürlich größtes Verständnis«, erklärte Hackenholt in verbindlichem Ton, »aber wissen Sie, eine fundierte Spurensuche in einem derart großen Umfeld dauert nun mal ein paar Tage.«

»Das ist uns selbstverständlich klar. Sicher geben Sie Ihr Bestes und arbeiten so effizient wie möglich«, meinte der Mann jovial. »Allerdings sind wir auf eine Möglichkeit gestoßen, wie wir Ihre Arbeit hoffentlich unterstützen und gegebenenfalls beschleunigen können.«

Er machte eine bedeutungsvolle Pause. Hackenholt ließ den Moment verstreichen, ohne die von seinem Gesprächspartner erwartete Gegenfrage zu stellen. Schließlich räusperte sich Naumann und verkündete großspurig: »Ich habe heute Morgen die Geschäftsleitung überzeugt, eine ordentliche Belohnung auszusetzen. Es ist schließlich im Interesse aller.«

Hackenholt war ehrlich überrascht. Fieberhaft überlegte er, was den Konzern zu einem solchen Schritt veranlasst haben könnte. Über Auslobungen wurde normalerweise erst nachgedacht, wenn ein Fall feststeckte, weil es keine relevanten Spuren mehr gab, denen nachgegangen werden konnte. Und auch dann kam es so gut wie nie vor, dass eine Firma die Aufklärungsprämie stiftete, zumeist stammte das Geld aus einem Sonderetat der Polizei.

Hörbar gereizt, da Hackenholt wieder nichts Anerkennendes antwortete, fuhr Naumann nun ruppig fort: »Wir dachten zunächst an einen Betrag von zweitausendfünfhundert Euro. Das erscheint uns angemessen. Natürlich würden wir dies gerne den Medien gegenüber bekannt geben und vor allem auch unseren Kunden mitteilen.«

Daher wehte also der Wind. Die Sternmann-Leitung wollte vorbauen und gar nicht erst Spekulationen in der Presse aufkommen lassen, die Leiterin sei vielleicht aufgrund innerbetrieblicher Zwistigkeiten getötet worden.

»Es steht Ihnen natürlich frei, einen Geldbetrag zu stiften«, erwiderte Hackenholt gelassen. »Allerdings können einmal gewährte Belohnungen nicht widerrufen werden. Möchten Sie vielleicht noch mal darüber schlafen?«

»Wir stehen zu unserem Wort!«, entgegnete Naumann entrüstet.

»Na gut, wenn dem so ist, dann kommen Sie bitte morgen Vormittag um elf Uhr ins Präsidium und erledigen mit meinem Kollegen die nötigen Formalitäten. Und da Sie dann schon mal hier sind, können wir die Chance nutzen und uns über Frau Dorn und die anderen Angestellten persönlich unterhalten«, erklärte Hackenholt die weitere Vorgehensweise, bevor er das Gespräch beendete. Früher oder später musste er sowieso mit einem Vorgesetzten des Opfers sprechen. Außerdem war der Mann ein Filialmitarbeiter, wenn auch nur im weitesten Sinne.

Plötzlich hatte Hackenholt eine Eingebung: Möglicherweise stammten die im Büro gefundenen Fingerabdrücke von Naumann. Herr Raab konnte den Gebietsleiter vergessen haben, als Christine Mur ihn anrief, um nachzufragen, wer Zutritt zu den Büroräumen hatte. Das musste sofort nachgeprüft werden. Rasch blätterte er in einem Aktenordner nach der Telefonnummer des stellvertretenden Filialleiters.

Herr Raab schien neben dem Telefon gesessen zu haben, denn er meldete sich gleich nach dem ersten Klingelzeichen.

»Ich hätte noch ein paar Fragen an Sie«, begann Hackenholt ohne weitere Einleitung.

»Ja bitte?«

»Meiner Kollegin haben Sie gesagt, außer den Filialmitarbeitern wäre niemand der Zutritt zu den Büroräumen gestattet.«

»Das ist in der Tat so«, bekräftigte Raab. »Frau Dorn war in diesem Punkt extrem konsequent. Manchmal grenzte es schon an Unhöflichkeit, wie sie die Leute vor der Tür abfertigte.«

Hackenholt registrierte interessiert, dass der Mann zum ersten Mal vorsichtige Kritik an seiner ehemaligen Vorgesetzten geäußert hatte. »Was passierte denn, wenn zum Beispiel jemand aus der Chefetage bei Ihnen in der Filiale vorbeischaute?«

»Oh, die Herren kommen nur zu ganz besonderen Anlässen.«

»Und wann war das zum letzten Mal der Fall?«

»Zur Eröffnung der Filiale.«

»Dann gibt es aber sicher jemanden, der als Kontakt zwischen den Läden und der Geschäftsleitung fungiert«, tippte Hackenholt behutsam an, der nichts von seinem Gespräch mit Naumann verraten wollte.

»Das macht der Gebietsleiter. Routinemäßig kommt er alle zwei, drei Wochen in jede Filiale und schaut nach dem Rechten. Er überprüft auch die Umsatzzahlen des laufenden Monats, bespricht Neuerungen im Sortiment und etwaige anstehende Maßnahmen.«

»Und wann genau war der Gebietsleiter zuletzt bei Ihnen in der Filiale?«

»Am Freitagmittag«, antwortete Raab ohne Zögern. »Er hat kontrolliert, ob Frau Dorn alle Vorkehrungen getroffen hat, damit der Filialbetrieb während ihres Urlaubs problemlos weiterläuft.«

Bingo!, freute sich Hackenholt. Laut fragte er: »Waren Sie während des ganzen Gesprächs anwesend?«

»Nein, nein«, wehrte Raab ab. »So viel Zeit zum Reden habe ich nicht. Ich wurde nur kurz ins Büro gerufen, um Herrn Naumann zu versichern, dass ich mich wie gewohnt um alles kümmern werde.«

»Frau Dorn und der Gebietsleiter unterhielten sich also im Büro?«

Am anderen Ende der Leitung herrschte überraschtes Schweigen, dann bekannte Raab betroffen: »Ja, aber an Herrn Naumann habe ich überhaupt nicht gedacht, als Ihre Kollegin anrief.«

Hackenholt ging nicht weiter auf das Versäumnis ein. Stattdessen fragte er, ob Annika Dorn sich nach dem Gespräch anders verhalten habe.

»Vielleicht war sie das letzte Mal wirklich anders.« Die Antwort kam sehr zögerlich. »Sie wirkte überraschend gut gelaunt, als er ihr Büro verließ. Man könnte sogar sagen, sie war fröhlich.«

Hackenholt verstand nicht und fragte nach.

»Das muss aber unter uns bleiben. Ich bekomme großen Ärger, wenn herauskommt, dass ich derartige innerbetriebliche Angelegenheiten ausplaudere«, sagte Raab ernst.

Hackenholt gab einen unbestimmten Laut von sich. Natürlich

konnte nichts, was zur Aufklärung eines Mordes beitrug, »unter uns« bleiben. Wenn er den Mann jedoch darauf hinwies, lief er Gefahr, keine weiteren Auskünfte zu erhalten.

Raab schien indes das Brummen als Zusicherung von Diskretion zu interpretieren und fuhr fort: »Frau Dorn verstand sich von Anfang an sehr schlecht mit Herrn Naumann. Wäre es nach ihm gegangen, hätte ein anderer Kollege die Filialleitung übernommen. Ich glaube, er hatte sogar schon jemanden aus Fürth im Auge. Aber die Geschäftsführung entschied sich für Frau Dorn. Und die Umsatzzahlen, die sie vorlegte, rechtfertigten das Vertrauen, das die Chefs in sie setzten, was Herrn Naumann natürlich ärgerte. Ihm wäre es lieber gewesen, wenn Frau Dorn einen Fehler nach dem anderen unterlaufen wäre. Wann immer er kam, fand er etwas auszusetzen. Tauchte auch nur sein Name im Kalender auf, war Frau Dorn tagelang gereizt.«

Das war das Stichwort für Hackenholt. Er klemmte sich den Telefonhörer zwischen Schulter und Ohr und holte die Plastiktüte mit Annika Dorns Firmenkalender aus seiner verschließbaren Schreibtischschublade. Rasch blätterte er zum betreffenden Freitag, doch Naumanns Name stand in der ganzen Woche nirgendwo vermerkt.

»War das letzte Treffen ein regulärer Besuch Ihres Gebietsleiters?«, fragte er nach.

»Nein. Ich glaube nicht. Zumindest habe ich erst am Freitagvormittag davon erfahren.«

»Kündigt er sich oft so kurzfristig an?«

»Im Gegenteil. Normalerweise plant er seine Besuche immer weit im Voraus.«

»Dann hat er Sie diesmal sozusagen überrascht?«

Hackenholt vernahm ein Seufzen. »Nicht besonders. Ich habe insgeheim schon mit seinem Auftauchen gerechnet. Es passt einfach zu ihm, Frau Dorn vor ihrem Urlaub noch einmal zu zeigen, wer das Sagen hat.«

Raab machte eine Pause, bevor er fortfuhr. »Aber letzten Freitag schien das Treffen nicht wie üblich zu laufen. Frau Link sagte mir, Herr Naumann habe wütend ausgesehen, als er ging. Ich selbst habe ihn nicht mehr zu Gesicht bekommen, aber dafür bemerkt, wie heiter Frau Dorn war. Und das war ganz und gar uncharakteristisch.«

Nach dem Telefonat saß Hackenholt eine Zeit lang an seinem

Schreibtisch und starrte aus dem Fenster auf den Jakobsplatz. Die wenigen, winterlich kahlen Bäume boten einen trostlosen Anblick.

Er versuchte seine Gedanken zu ordnen und merkte, dass er nach wie vor zu wenig über das Opfer wusste. Immer wieder verlor er sich in Spekulationen. So suchte er schließlich auf seinem Schreibtisch nach dem Notizzettel, auf dem Judith Eschbachs Nummer stand. Als er ihn gefunden hatte und die Freundin der Toten anrief, schaltete sich augenblicklich ein Anrufbeantworter ein. Hackenholt hinterließ eine kurze Nachricht, in der er Frau Eschbach bat, am folgenden Vormittag um zehn Uhr ins Präsidium zu kommen.

Faschingsdienstag

Am Dienstag kehrte das typisch trübe Februarwetter nach Nürnberg zurück und raubte den Menschen die Vorfreude auf den Frühling, der sie zwei Tage lang erlegen waren. Von Sophies Wohnung aus war nicht einmal mehr der Sinnwellturm auf der Burg zu sehen, so tief hing der Hochnebel.

Da keine neuen Erkenntnisse vorlagen, fiel die Dienstbesprechung am Morgen eher kurz aus. Die hessischen Kollegen hatten nichts über Ludwig Kork herausgefunden, sodass er nach seinem Hotelaufenthalt noch immer spurlos verschwunden blieb.

Und da kein eindeutiger Beweis vorlag, der den Journalisten mit der Tat in Verbindung brachte, fehlte ihnen die Handhabe, weitere Fahndungsmaßnahmen einzuleiten. Auf Hackenholts ungeduldige Nachfrage hin entgegnete Christine Mur ziemlich schroff, er könne mit den Ergebnissen der DNA-Tests frühestens in ein oder zwei Tagen rechnen.

Bereits am vergangenen Nachmittag hatten Stellfeldt und Baumann begonnen, die ersten Juwelier- und Goldschmiedegeschäfte auf der Suche nach Hinweisen auf das ungewöhnliche Schmuckstück abzuklappern. Bislang jedoch ohne Erfolg. Da die Liste der Händler sehr umfangreich war, forderte Hackenholt zwei weitere Beamte der Sachfahndung zur Unterstützung an.

Nachdem jeder der anwesenden Kollegen kurz erläutert hatte, was er sich für den Tag vorgenommen hatte, war die Besprechung zu Ende, und Hackenholt hastete zurück in sein Büro.

•

Doch seine Eile war unnötig, Judith Eschbach verspätete sich um fast eine halbe Stunde.

»Tut mir schrecklich leid. Ich habe einfach keinen Parkplatz gefunden und musste in die Tiefgarage beim Wöhrl fahren«, entschuldigte sie sich.

Hackenholt winkte ab. Parkplatznot war ein altbekanntes Problem rund um den Jakobsplatz. Auf dem Weg von der Pforte in sein Büro musterte er die Freundin der Toten verstohlen. Er schätzte sie auf Mitte dreißig. Eine kleine, etwas pummelige Frau, deren fast kreisrundes Gesicht von blonden Locken umrahmt wurde. Sie sah mitgenommen aus.

»Ich kann kaum noch schlafen, seit ich von Annikas Tod erfahren habe«, gestand sie im Aufzug. »Es ist so schrecklich.«

»Ja, das ist es wirklich. Umso mehr möchte ich Ihnen danken, dass Sie heute so kurzfristig Zeit gefunden haben, zu uns ins Präsidium zu kommen.«

»Das ist doch selbstverständlich.« Sie schien verlegen. »Ich habe mir sowieso diese Woche freigenommen. Mit mir ist einfach nichts anzufangen. Ich fühle mich schuldig, verstehen Sie?« Nervös zupfte sie an einem eingerissenen Nagelhäutchen. »Mir kommt alles so unwirklich vor. Am Freitag waren Annika und ich noch beim Steakessen, und jetzt ist sie tot. Ständig warte ich darauf, dass sie anruft oder einfach zur Tür hereinkommt.«

Hackenholt kannte das Phänomen zur Genüge. Jeder Mensch, egal ob er eines gewaltsamen oder natürlichen Todes starb, riss eine Lücke in das Leben der Personen, die ihm nahestanden. Kam ein junger Mensch zu Tode, verstärkte sich dieses Gefühl des Verlusts um ein Vielfaches. Da Judith Eschbach auf ihn einen sehr sensiblen Eindruck machte, nahm er sich vor, bei der Befragung besonders behutsam mit ihr umzugehen.

Trotz ihrer Trauer stand sie dem Opfer nicht kritiklos gegenüber, wie Hackenholt schnell feststellte. Sie nahm kein Blatt vor den Mund und erzählte mit überraschender Offenheit, was sie über Annika Dorn dachte. Die Freundschaft der beiden Frauen reichte bis in deren Schulzeit in Erlangen zurück. Natürlich war auch Judith Eschbach die Veränderung ihrer Freundin aufgefallen, nachdem sie ihre Eltern verloren hatte.

Hackenholt ließ sie erzählen, ohne zu unterbrechen. Sie war die Erste, die ihm ein umfassendes Bild von Annika Dorn vermitteln konnte. Mit Zwischenfragen hätte er sie am Ende nur aus dem Konzept gebracht.

»Zuerst dachte ich, sie wäre so anders, weil ihr klar geworden war, wie kurz das Leben sein konnte. Aber ich war ehrlich schockiert, als sie sich von Timo getrennt hat. Die beiden gaben so ein wundervolles Paar ab. Ich war immer der Meinung, er wäre der ideale Mann für sie. Mit der Trennung wurde alles anders. Plötzlich legte Annika Wert auf Schmuck und teure Markenkleidung. Früher hatte sie immer aus Versandhauskatalogen bestellt, jetzt ging sie in Boutiquen oder ließ sich ihre Kostüme maßschneidern. Um sich das alles leisten zu können, verkaufte sie das Haus ihrer Eltern. Von einem Teil des Geldes erstand sie dann den Sportwagen.« Judith Eschbach hielt inne.

Hackenholt sah ihrem entrückten Gesichtsausdruck an, wie weit ihre Gedanken sie fortgetragen hatten. Er nahm eine Fotografie von seinem Schreibtisch. Das Bild zeigte den Ausschnitt der Kette, der auf dem Video der Überwachungskamera zu sehen gewesen war. Durch die starke Vergrößerung war das Bild sehr verschwommen.

»Kennen Sie diese Halskette?« Mit seiner Frage holte er Judith Eschbach wieder in die Realität zurück.

Sie nickte. »Die hat sie letzten Herbst von ihrem Liebhaber geschenkt bekommen. Sie war sehr stolz darauf, da es ein sündhaft teures Stück war, wie sie immer wieder betonte.« Mehr konnte die junge Frau dazu jedoch nicht sagen. Weder wusste sie, welcher Juwelier den Schmuck angefertigt hatte, noch wie der Mann hieß, der ihn ihrer Freundin geschenkt hatte.

»Wie kam es, dass Sie nie über diese Bekanntschaft sprachen?«

»Es gab immer Themen, die wir ausgrenzten, weil wir zu unterschiedlicher Meinung waren und die Gespräche darüber zwangsläufig in hässlichen Streitereien endeten. Eins dieser Themen war Annikas Umgang mit Männern. Wenn wir darüber redeten, war es immer oberflächlich. Manchmal hatte ich den Verdacht, ihre Bekanntschaften wären alle verheiratet und Annika hätte nur Interesse an ihren Geschenken.«

»Es waren mehrere?«

»Ich weiß es wirklich nicht. Mal klang es, als würde es sich immer um denselben handeln, dann wieder dachte ich, es müssten mindestens zwei oder drei sein.«

»Hat Ihnen Ihre Freundin erzählt, dass sie schwanger war?«, fragte Hackenholt rundheraus.

»Das ist unmöglich! Sie wollte keine Kinder. Wie ich schon sagte, mit der Trennung von Timo hatte sie sich bewusst gegen eine eigene Familie entschieden. Sie behauptete, sie würde nur noch etwas fürs Bett suchen, alles andere könnte ihr gestohlen bleiben. Ihre Ungebundenheit wäre ihr wichtig, um Karriere zu machen. Küche, Heim und Herd, das wäre nichts für sie.«

»Wissen Sie, zu welchem Gynäkologen sie ging?«

Judith Eschbach nickte und nannte ihm den Namen sowie eine ungefähre Adresse in Mögeldorf. »Ich kann es immer noch nicht glauben, was Sie da sagen. Es steht in so krassem Widerspruch zu dem, was Annika behauptete zu wollen.«

Mit einem Mal liefen ihr Tränen über die Wangen, und sie blickte zum Fenster hinaus. Da es nichts Tröstendes gab, was Hackenholt hätte sagen können, schwieg er und wartete, bis der Moment vorüber war und sie sich wieder gefasst hatte. Dann beschloss er, das Gespräch zu beenden.

Als er sie zur Pforte begleitete, fiel ihm noch eine letzte Frage ein: »Hat Ihre Freundin jemals etwas von einem Ludwig oder Lu Kork erzählt?«

Judith Eschbach dachte angestrengt nach. »Nein«, erklärte sie dann entschieden. »Den Namen hat sie nie erwähnt.«

Eine weitere schlaflose Nacht lag hinter Ludwig Kork. Erst im Morgengrauen waren ihm die Augen vor Erschöpfung zugefallen. Wie in den vorherigen Nächten hatte ein Alptraum den nächsten gejagt. Als er am Vormittag erwachte, plagten ihn quälende Kopfschmerzen, wie er sie sonst nur von einer durchzechten Nacht kannte. Er lag im Gästezimmer seines früheren Bundeswehrkameraden Franz Ferdinand, der sich nach seinem Wehrdienst in die Firmenzentrale einer in Frankfurt ansässigen Großbank beworben hatte. Mehrere Jahre wurde er von einer Abteilung zur nächsten weitergereicht, bis die Entscheidung, im Privatkundenbereich dreitausend Arbeitsplätze zu streichen, ihm den seinen kostete. Daraufhin zog er aus dem überteuerten Frankfurt in ein kleines Dorf in der Nähe von Aschaffenburg, erwarb einen heruntergekommenen Bauernhof und lebte nun mehr schlecht als recht als Selbstversorger mit ein paar Tieren abseits der Zivilisation.

Obwohl sie sich nur selten sahen, war die Freundschaft der beiden Männer in den vergangenen Jahren nicht abgerissen. Im Gegenteil, sie hatte sich im Lauf der Zeit sogar noch vertieft. Jeder beneidete den anderen um dessen Lebensstil, auch wenn letztendlich keiner hätte tauschen mögen. So hatte sich Franz Ferdinand gefreut, als Ludwig Kork am Sonntagmorgen anrief und fragte, ob er nicht für ein paar Tage bei ihm unterkommen könne.

Gegen zehn Uhr stand Kork endlich auf, loggte sich mit seinem Laptop ins Internet ein und überflog die Online-Versionen der Artikel der Nürnberger Tageszeitungen. Da die Berichte über den Mordfall nur äußerst spärliche Fakten enthielten, reimte er sich zusammen, dass die Polizei nach wie vor im Dunkeln tappte. Er holte sich das Telefon in die warme Küche und wählte die Nummer seines Chefs. Er musste sich zumindest krankmelden, wenn er diese und die folgende Woche schon nicht arbeitete.

Aber Herr Regener war nicht am Platz. An seiner Stelle nahm Susanne, Redaktionssekretärin und Mädchen für alles, das Gespräch entgegen. Schnell änderte Ludwig seine Strategie, meldete sich mit krächzender Stimme und brach augenblicklich in einen gekünstelten Hustenanfall aus.

Doch anstatt wie erhofft Mitleid zu bekunden, unterbrach die Sekretärin aufgebracht sein Keuchen: »Um Gottes willen, Lu! Was hast du angestellt? Die Kripo war bei uns in der Redaktion. Nach dir wird gefahndet!«

»Was?« Kork war so entsetzt, dass er völlig vergaß, seine Stimme heiser klingen zu lassen.

»Wenn ich es dir doch sage! Die Beamten haben Herrn Regener lange befragt. Er hat versucht ihnen auf den Zahn zu fühlen, aber sie haben nicht einmal eine Andeutung gemacht, worum es geht. Es klang sehr ernst, und wir sollen sie umgehend informieren, wenn du dich meldest. Nach dem Gespräch war der Chef stocksauer und hat wie wild getobt.«

Kork schluckte hörbar.

»Ich erzähle erst mal niemandem von deinem Anruf.«

»Danke«, stammelte er.

»Aber du musst zur Polizei gehen und alles aufklären. Hörst du?!«

»Ja.« Zu mehr war er nicht mehr in der Lage.

»Ich muss jetzt Schluss machen. Der Chef kommt gerade zurück.«

Schweißgebadet legte Kork den Hörer auf die Gabel des altmodischen Telefons, nur um ihn wenige Sekunden später wieder hochzureißen und Sabines Nummer zu wählen. Doch als er ihre erwartungsvoll klingende Stimme hörte, rutschte ihm das Herz in die Hose. Entmutigt legte er auf, ohne etwas gesagt zu haben.

Um einen klaren Kopf zu bekommen, beschloss er, eine Wanderung zu unternehmen. Von Franz lieh er sich einen Rucksack, packte eine Flasche Mineralwasser, zwei Äpfel sowie ein paar belegte Brote ein und machte sich auf den Weg.

Die Bewegung an der frischen Luft und die ihn umgebende Stille vertrieben mit der Zeit sein Unwohlsein, sodass er endlich beginnen konnte Ordnung in seine Gedanken zu bringen.

Am Samstag, der bereits Ewigkeiten zurückzuliegen schien, hatte es für ihn nur den Gedanken an Flucht gegeben. Flucht vor Annikas Mördern, von denen er befürchtete, sie seien auch hinter ihm her. Wenn sie wussten, dass Annika und er ihnen auf die Spur gekommen waren, mussten sie auch herausgefunden haben, welche konkrete Rolle er bei der Aufdeckung spielte. Niemand konnte glauben, die Filialleiterin hätte alles allein ausspioniert. Und sie war ermordet worden, damit sie ihr Wissen nicht publik machte. Die logische Folge: Er war als Nächster an der Reihe.

Lange wog er ab, was er nun tun sollte. Wann immer er zu dem Schluss kam, die Sache wie ursprünglich geplant einfach auszusitzen, indem er sich auf Ferdinands Bauernhof versteckt hielt, schob sich ihm die Erinnerung an das kurze, aber eindringliche Telefonat mit Susanne vor Augen. Der Anruf in der Redaktion hatte alles verändert. Die Polizei suchte nach ihm und nicht nach dem Mörder! Gleichzeitig hielt er einen Knüller in Händen, der seiner journalistischen Karriere zum Durchbruch verhelfen sollte, und konnte ihn nicht nutzen. Zumindest so lange nicht, bis Annikas Mörder geschnappt war.

Schweren Herzens fasste er den Entschluss, nach Nürnberg zurückzufahren. Den Täter konnte nur die Polizei überführen, aber er, Ludwig Kork, würde dafür die entscheidenden Hinweise liefern. Freilich plante er, nicht alles zu verraten. Auf gar keinen Fall wollte er seine mühsam gesammelten Beweise übergeben. Die Beamten würden ihre eigenen finden müssen. Aber zumindest konnte er sie in die richtige Richtung lenken.

Es wäre ein perfekter Deal, bei dem er als klarer Gewinner hervorgehen würde. Die Polizei schützte sein Leben, indem sie den Mörder verhaftete, aber die Anerkennung dafür kassierte er, und zusätzlich konnte er die Bombe in den Medien platzen lassen.

Naumann war ein untersetzter Endfünfziger, der auf den ersten Blick einen eher ungepflegten Eindruck machte, wie er so an der Präsidiumspforte auf Hackenholt wartete. Doch dann bemerkte Hackenholt, dass die Haare nicht fettig waren, wie er zuerst angenommen hatte, sondern lediglich zu viel Pomade abbekommen hatten. Wer benutzte denn heutzutage noch so ein Zeug? Außerdem mussten sie gefärbt sein: Kein graues Haar stach aus dem gleichmäßigen Dunkel hervor. Bei einem Mann in Naumanns Alter ein Ding der Unmöglichkeit. Der Anzug, der das gleiche Braun wie das Haar hatte, wies den altmodischen Schnitt der späten siebziger Jahre auf. Auch die Krawatte schien ein Überbleibsel längst vergangener Tage zu sein; sie war mindestens dreimal so breit wie heutzutage üblich.

In Hackenholts Büro angekommen ließ sich der Gebietsleiter unaufgefordert auf den bereitgestellten Stuhl fallen. Wünnenberg erhielt zur Begrüßung nur ein knappes Kopfnicken.

»Herr Naumann, wie Sie mir bereits am Telefon mitgeteilt haben, sind Sie auch für die Filiale in der Grolandstraße zuständig. Wann waren Sie zum letzten Mal dort?«, eröffnete Hackenholt das Gespräch.

»Ich habe mich am vorigen Freitag noch einmal mit Frau Dorn getroffen.« Naumann sprach mit heiserer Stimme. Er klang, als hätte er eine leichte Erkältung.

Der Ermittler tat überrascht. »Ach, wirklich? Das stand gar nicht in dem Terminkalender, den wir im Büro gefunden haben.«

»Nein, nein. Ich habe einen äußerst kurzfristigen Besuch gemacht. Frau Dorn wollte in den Urlaub fahren. Da musste ich natürlich noch einmal nach dem Rechten sehen und sicherstellen, dass sie adäquate Vorkehrungen für die Zeit ihrer Abwesenheit getroffen hatte.«

»Fand dieses Gespräch in Frau Dorns Büro statt?«

»Selbstverständlich«, antwortete der Gebietsleiter irritiert. »Hätten wir uns vielleicht im Lager unterhalten sollen?«

»Unter diesen Umständen müssen wir Ihre Fingerabdrücke nehmen. Wir brauchen Vergleichsspuren, um die gefundenen den einzelnen Mitarbeitern zuordnen zu können.«

Naumann lief puterrot an. »Aber das ist doch völlig unnötig!«, protestierte er. »Ich sagte doch gerade, dass ich am Tag zuvor in der Filiale gewesen bin. Da können Sie wer weiß was von mir finden. Ich habe doch nichts verbrochen!«

»Und genau deswegen ist es für uns so wichtig, auch von Ihnen Vergleichsabdrücke zu bekommen«, bemühte sich Hackenholt zu erklären, während Wünnenberg bereits seine Kaffeetasse zur Seite stellte, zum Telefon griff und beim Erkennungsdienst anrief.

Eine Kollegin kam zu ihnen in den zweiten Stock hinauf. Die Prozedur des Einscannens der Fingerabdrücke verblüffte den Gebietsleiter derart, dass seine Überheblichkeit zumindest für einen Augenblick gedämpft wurde.

Sobald die Beamtin fertig war, fuhr Hackenholt mit seiner Befragung fort.

»Ist in den letzten Wochen irgendetwas in der Filiale vorgefallen, das mit Frau Dorns Tod in Zusammenhang stehen könnte?«

Naumann schüttelte vehement den Kopf. »Natürlich nicht. Der Täter ist ganz sicher niemand aus unseren Reihen!«

»Als Filialleiterin ist man manchmal gezwungen, unpopuläre Entscheidungen zu treffen. Hatte einer der Mitarbeiter Probleme mit Annika Dorn? Gab es in letzter Zeit vielleicht eine unschöne Entlassung?«

Bevor der Gebietsleiter abermals den Kopf schütteln konnte, polterte Wünnenberg aus heiterem Himmel scheinbar genervt los. »Sie wollen uns doch wohl nicht weismachen, in der Filiale hätte alles zum Besten gestanden! Bei einer so jungen und unerfahrenen Frau als Chefin?« Der Zusatz verfehlte seine Wirkung nicht.

»An Frau Dorns Führungsstil gab es natürlich so einiges auszusetzen«, ließ sich Naumann hinreißen. »Mit ihren Entscheidungen eckte sie bei den Kollegen häufig an. Es wäre völlig falsch zu behaupten, das Team hätte geschlossen hinter ihr gestanden. Aber Entlassungen gab es wegen Frau Dorn nicht. Mitarbeiter, die nicht mehr in ihrer Filiale arbeiten wollten, konnten um eine Versetzung in ein anderes Geschäft bitten. Natürlich war der Konzernleitung diese Problematik bekannt. Allerdings wollten die Herren nichts unternehmen, solange die Umsatzzahlen noch im akzeptablen Bereich waren.«

»Ich dachte, Frau Dorns Filiale sei eine der umsatzstärksten?«, provozierte Hackenholt den Gebietsleiter.

»Für eine solche Beurteilung dürfte Ihnen wohl der nötige Einblick fehlen«, erwiderte Naumann von oben herab. »Mit ein bisschen gutem Willen hätte Frau Dorn das Ergebnis durchaus steigern können.«

»Sie hatten also mit Frau Dorn gewisse Diskrepanzen, was ihre Arbeit betraf?«

»Wäre es nach mir gegangen«, gab Naumann mit gepresster Stimme zu, »hätte sie sich erst bei uns in der Firma bewähren müssen, bevor man ihr quasi auf dem Silbertablett eine Filialleiterstellung servierte. Aber die Konzernleitung war der Meinung, die Tatsache, dass man Frau Dorn der Konkurrenz abgeworben hatte, wäre eine ausreichende Referenz für einen derart verantwortungsvollen Posten. Diesbezüglich wollte ein Teil der Geschäftsführung leider nicht auf mich hören.« Angesichts einer solch offensichtlichen Dummheit schüttelte er betrübt den Kopf. »Natürlich wurde ich gebeten, die Dame genauestens im Auge zu behalten, um gegebenenfalls sofort eingreifen zu können.«

»Wissen Sie schon, wer nun die Nachfolge antritt?«

»Darüber wurde noch nicht entschieden. Wir fanden es pietätlos, diese Frage zu erörtern, solange Frau Dorn noch nicht einmal beerdigt ist.« Er machte eine kurze Pause. »Aber natürlich werde ich zu gegebener Zeit einen geeigneten Kandidaten vorschlagen. Und diesmal wird mir die Geschäftsführung zweifelsohne zustimmen, nachdem sie mitansehen musste, wohin Frau Dorn sie gebracht hat.«

Hackenholt hielt einen Moment lang den Atem an. Das konnte dieser überhebliche Mensch doch wohl nicht ernst meinen! Erst als er sich wieder unter Kontrolle hatte, fragte er betont neutral: »Und wer wird das sein? Herr Raab?«

»Dieser Dilettant?«, schnaubte Naumann verächtlich. »Ganz sicher nicht!«

Es war bereits später Nachmittag, als der wachhabende Kollege der im selben Gebäudekomplex untergebrachten PI Mitte Hackenholt anrief. Ein älteres Ehepaar sei bei ihm und wolle eine Beobachtung im Zusammenhang mit dem Mordfall im Sternmann melden. Hackenholt dachte kurz nach, wem er die beiden aufs Auge drücken konnte. Er selbst schlug sich immer noch mit einem Lagebericht an die Staatsanwaltschaft herum. Stellfeldt und Baumann waren unterwegs, um die Nürnberger Juweliere abzuklappern. Wünnenberg überprüfte einige Hinweise, sodass auch er nicht im Haus war, und andere Kollegen waren mit dem Fall nicht so intensiv vertraut.

Mit einem Seufzen antwortete Hackenholt: »Ich brauche noch zehn Minuten, dann kümmere ich mich selbst um die Leute. Hättest du ausnahmsweise jemanden, der sie zu mir raufbringen kann?«

Kaum hatte er seinen Bericht unterschrieben, klopfte es auch schon an seiner Bürotür. Mit einem Lächeln musterte er das eintretende ältere Ehepaar. Anscheinend hatten sie sich für den Besuch bei der Polizei extra in Schale geworfen. Man erkannte es an der Sorgfalt, mit der sie den Rock vor dem Hinsetzen glatt strich und er die Bügelfalten seiner Hose zurechtzupfte.

»Mein Kollege sagte, Sie hätten am Samstagmorgen beim Sternmann-Discounter eine Beobachtung gemacht?«, kam Hackenholt auf den Grund ihres Besuchs zu sprechen, nachdem er ihre Personalien aufgenommen hatte.

Georg Wehner nickte, aber seine Frau ergriff schon das Wort. »Ihch woar nehmli haid fräih mied meinera Dochder ban Eikaafm. Un ban Brima in der Schwebbermannschdrass woara suer Blagåd, wou drafgschdandn woar, dass mer si meldn sollert, wemmer wos gseeng hod.«[18]

Der Ermittler runzelte die Stirn. Seines Wissens nach gab es bislang keine öffentlich ausgehängten Fahndungsaufrufe.

»Hilde, des is doch in Herrn Kommissar woschd!«, missdeutete ihr Ehemann Hackenholts Reaktion.[19]

»Obber er mou doch wissen, worum mer ned scho glei am Samsdooch kummer sin«, protestierte die Frau. An Hackenholt gewandt fuhr sie fort: »Ihch hob neemli erschd widder droudengd, wäiis Blågad gseeng hob. Un mei Moh hod fei aa nemmer droudengd, gell, Gerch?«[20]

Der Mann brummte unwillig.

»Woran haben Sie sich denn heute erinnert?«, fragte Hackenholt. Für ihn war das vor ihm sitzende Paar der Inbegriff des Urfranken. Die beiden klangen wie die zwei Schauspieler, die als ewig streitendes Ehepaar äußerst erfolgreich ihre Vorstellungen in der Comödie Fürth gaben. Sophie hätte ihre wahre Freude an den Zeugen gehabt. Hackenholt war diese fränkische Eigenart jedoch eher ungeheuer.

»Ans Wohnmobill«, antwortete der Mann rasch, um seiner Frau zuvorzukommen.

18 »Ich war nämlich heute Morgen mit meiner Tochter beim Einkaufen. Und beim Prima in der Schweppermannstraße hing so ein Plakat, dass man sich melden soll, wenn man etwas gesehen hat.«

19 »Hilde, das ist dem Herrn Kommissar doch egal!«, (...).

20 »Aber er muss doch wissen, warum wir uns nicht schon gleich am Samstag gemeldet haben«, (...). »Ich habe mich nämlich erst wieder erinnert, als ich das Plakat sah. Und mein Mann hat auch nicht mehr daran gedacht. Stimmt's Georg?«

Hackenholt horchte auf. Ein Wohnmobil?

»Gerch, du koonsd doch ned nerbblous ›Ans Wohnmobill‹ soong. Des verschdäid doch ka alde Sau!« Sie schüttelte den Kopf. »Am Wochnend is unser Dochder mied di Waggerla aus der Schweiz aaf Bsuch kumma. Un mei Moh hod gmaand, dass ihch zerfuur no zern Båder mäißert.«[21] Sie machte eine Handbewegung in Richtung Kopf, um dem Hauptkommissar, der so offensichtlich ein Nichtfranke war, auf die Sprünge zu helfen, dass mit Båder der Friseur gemeint war.

Hackenholt hoffte inständig, sie möge rasch zum Kern der Sache kommen, wusste aber nicht, wie er dies beschleunigen konnte, ohne noch größere Ausschweifungen zu provozieren. Also hüllte er sich in abwartendes Schweigen und konzentrierte sich auf den Dialekt, um auch nur ansatzweise zu verstehen, was die beiden ihm erzählen wollten.

»Nocherdla hob ihch ern Dermin ausgmachd. Un wals ersu bressierd hod, hod is Frailein Beedra nerblous no am Samsdooch fräih umera halber achde kenner.«[22]

»Un aafm Weech doddnhie hod mei Fraa des Wohnmobill ieberseeng un wär ball neigrumbld«, kürzte der Mann die Erzählung ab.[23]

»Ersuer bläids Gschmarri«, protestierte Hilde Wehner sofort.[24]

Hackenholt entfuhr ein Seufzen. »Vielleicht erzählen Sie mir das doch etwas genauer?«

Die Frau warf ihrem Mann einen triumphierenden Blick zu. »Der Båder is in der Biloddischdrass. Un ihch foar masdns durch däi glanne Schdrass hinder der Maddinskärch. Wissns scho, geecherieber vo der aldn Ducher-Brauerei. Also ned då, wou di Bosd is, sondern a Schdrass herwädds.«[25]

Hackenholt bemühte sich, seine Ungeduld zu verbergen, was ihm jedoch misslang.

»Un des is er Dreißger-Zoner. Un gscheid gladd woars. Nou binni

21 »Georg, du kannst doch nicht einfach nur ›Ans Wohnmobil‹ sagen. Das versteht doch niemand!« (...) »Am Wochenende kam unsere Tochter mit den Kindern aus der Schweiz zu Besuch. Und mein Mann meinte, ich soll vorher noch zum Friseur gehen.«

22 »Also habe ich einen Termin vereinbart. Aber weil es so kurzfristig war, hatte Fräulein Berta nur noch am Samstagmorgen um halb acht Zeit.«

23 »Und auf dem Weg dorthin hätte meine Frau das Wohnmobil übersehen und wäre fast damit zusammengestoßen«, (...).

24 »So ein Blödsinn«, (...).

25 »Der Friseur ist in der Pilotystraße. Und ich fahre meistens durch die kleine Straße hinter der Martinskirche. Sie wissen schon, gegenüber von der ehemaligen Tucher-Brauerei. Also, nicht da, wo die Post ist, sondern eine Straße früher.«

hald langsam durchd Grolandschdrass gfoarn. Affermol kummd dou vo rechts aus dera Einfoard vo di Schdernmoh er Wohnmobill grudschd. Bin ihch fei derschroggn, glabsders?«[26]

Sie hatten es also endlich bis zur entscheidenden Stelle geschafft. »Können Sie das Fahrzeug genauer beschreiben? Haben Sie sich das Kennzeichen notiert?«

»Naa, des is alles vill zu schnell ganger.«[27] Die Frau sah ihn erstaunt an.

Hackenholt verkniff sich ein lautes Aufstöhnen. So viel hatte er auch vorher schon gewusst.

Doch nun schlug Herrn Wehners große Stunde. Er war aufmerksamer gewesen. »Des Wohnmobill hodd er Fädder Kennzeing ghadd«, sagte er bestimmt. »Aaf däi andern Buchschdoom habbi ned aafbassd. Obber a Fädder wars gwieß, doudsicher. Ihch hob mer nemli no dengd –«[28]

»Ist Ihnen sonst etwas aufgefallen?«, unterbrach Hackenholt den Mann brüsk. Einer Abschweifung in die jahrhundertealten Streitigkeiten zwischen Nürnbergern und Fürthern fühlte er sich in diesem Augenblick nicht auch noch gewachsen. »Haben Sie die Marke oder das Modell erkannt?«

Georg Wehner schüttelte den Kopf. »Naa, mied suwos kenni mi ned aus. Obber aaf seiner Fårerdier woar ersu er Bläbberler. Er roude Sunner mied ern lacherdn Gsichd.«[29]

Hackenholt reichte ihm Papier und Bleistift und bat ihn um eine Skizze.

Mit ungelenken Strichen zeichnete Wehner einen Kreis. An den Außenrand malte er in gleichen Abständen spitze Dreiecke, die Strahlen darstellen sollten. Als Nächstes fügte er in den Kreis zwei runde Punkte als Augen und einen nach oben gebogenen Strich als Mund ein. Die Nase fehlte. Zufrieden betrachtete er sein Werk. Die ganze Zeit über musterte Hilde Wehner ihren Mann verblüfft.

---

26 »Das ist eine Zone 30. Außerdem war es sehr glatt. Deshalb bin ich langsam durch die Grolandstraße gefahren. Plötzlich kam von rechts aus der Einfahrt vom Sternmann ein Wohnmobil gerutscht. Ich bin unheimlich erschrocken.«

27 »Nein, das ging alles viel zu schnell.«

28 »Das Wohnmobil hatte ein Fürther Kennzeichen«, (...). »Auf die anderen Buchstaben habe ich nicht geachtet. Aber es war todsicher ein Fürther. Ich habe mir nämlich noch gedacht –«

29 »Nein, damit kenne ich mich nicht aus. Aber auf der Fahrertür gab es einen Aufkleber. Eine rote Sonne mit einem lachenden Gesicht.«

»Daderfo hosd mer ja gornix gsachd!«[30] Es klang anklagend.

Bevor die Eheleute sich in einer Diskussion darüber ergehen konnten, was Herr Wehner seiner Frau gesagt hatte und was nicht, fragte Hackenholt, ob sie sich noch an die Uhrzeit erinnern konnten.

»Bitte denken Sie genau darüber nach, der Zeitpunkt ist für uns von größter Bedeutung.«

Das brachte die beiden zum Schweigen. Fragend sahen sie einander an.

»Sou fümpf odder zeen Minuddn vuur halber achder«, murmelte die Frau unsicher.[31]

»Ummer halber häsd ban Båder sei mäin, un mir sin fümpf Minuddn zschbäd kummer«, hob Herr Wehner in selbstgerechtem Tonfall an. »Zeen vuur halber woars ned. Höxdens fümpf vuur!«[32]

Hackenholt dankte dem Ehepaar. Demonstrativ erhob sich, um sie zur Pforte zu geleiten.

In seinem Büro setzte sich Hackenholt wieder an seinen Schreibtisch und nahm ein leeres Blatt Papier zur Hand. In die Mitte schrieb er Annika Dorns Namen, außen herum verteilte er die Fakten und Personen, die ihm bislang bekannt waren. Er wusste von einem Liebhaber, der dem Opfer eine teure Kette geschenkt hatte. Dann gab es einen Mann, von dem Frau Dorn ein Kind erwartet hatte. Außerdem war da Ludwig Kork, der am Samstagmorgen eine Verabredung mit ihr gehabt hatte und von Kunden auf dem Parkplatz gesehen worden war.

War der Journalist der Schlüssel zur Lösung? War er der Liebhaber und gleichzeitig der Vater des Kindes? Verdiente er so viel Geld, um derart kostspielige Geschenke machen zu können? Nach Hackenholts bisherigem Eindruck schien der junge Mann eher ein armer Schlucker zu sein. Welches Motiv konnte er also haben, wenn er nicht der Kindsvater war? Eifersucht auf einen anderen Mann? Oder hatte er mit alldem gar nichts zu tun? Schließlich behauptete Sabine Morlock, sie sei seine Freundin. Aber wenn Ludwig Kork nicht der Vater war, wer war es dann, und wo war dieser Jemand? Warum meldete er sich nicht bei der Polizei? War vielleicht er der Täter und

30 »Davon hast du mir gar nichts gesagt!«
31 »Fünf oder zehn Minuten vor halb acht«, (...).
32 »Um halb acht hättest du beim Friseur sein sollen, und wir sind fünf Minuten zu spät gekommen«, (...). »Zehn vor halb war es nicht. Höchsten fünf vor!«

nicht der Journalist? Oder hatte ihm Frau Dorn am Ende gar nichts von der Schwangerschaft erzählt? Fragen über Fragen.

Die Schwangerschaft. Immer wieder kam Hackenholt auf sie zurück. Er musste endlich klären, ob die Tote selbst schon davon gewusst hatte. Im Telefonbuch schlug er die genaue Adresse des Gynäkologen nach, dessen Name er von Judith Eschbach erfahren hatte.

Ohne seinen Besuch anzukündigen, machte er sich auf den Weg zu Dr. Tarants Praxis im Mögeldorfer Ärztehaus gegenüber vom Marktkauf.

An der Anmeldung zeigte er seinen Dienstausweis und bat um ein Gespräch mit dem Doktor. Als die Sprechstundenhilfe ihn gelangweilt fragte, ob er einen Termin habe, und Hackenholt dies wahrheitsgemäß verneinte, teilte sie ihm, ohne Rücksprache mit ihrem Chef zu halten, schnippisch mit, dass der unter diesen Umständen nicht für ihn zu sprechen sei.

Hackenholt wurde es zu bunt. »Hören Sie, ich ermittle in einem Mordfall«, sagte er gefährlich ruhig. »Wenn Sie wohl die Güte hätten nachzufragen, ob Dr. Tarant mich jetzt und hier empfängt oder ob es ihm lieber ist, wenn ich ihm eine amtliche Vorladung zustellen lasse, damit er zu uns ins Präsidium kommt?«

Keine zehn Minuten später saß Hackenholt im Sprechzimmer des Arztes, der ein schlanker, mittelgroßer Mann um die sechzig war. Die wenigen ihm noch auf dem Kopf verbliebenen Haare trug er kurz rasiert, sodass man das Grau auch für Blond halten konnte. Seine sanfte, klare Stimme musste beruhigend auf die Patientinnen wirken. Hackenholt fand den Mann auf Anhieb vertrauenerweckend.

»Bitte entschuldigen Sie, wenn Sie warten mussten. Wir befinden uns gerade mitten in der Sprechstunde. Das ganze Wartezimmer ist voll.«

Hackenholt sah auf die Uhr. Es war kurz vor sechs am Faschingsdienstag!

Dr. Tarant bemerkte seinen Blick. »Wir haben zweimal pro Woche eine Abendsprechstunde eingerichtet«, erklärte er. »Viele Patientinnen sind berufstätig und können erst nach der Arbeit kommen. Heute haben wir bis zwanzig Uhr geöffnet. Aber was kann ich für Sie tun?«

»Ich komme wegen Annika Dorn. Nach meinen Informationen war sie bei Ihnen in Behandlung.«

Der Gynäkologe sah Hackenholt abwartend an. Als dieser nichts hinzufügte, fragte er vorsichtig: »Und wie soll ich Ihnen helfen, wenn wir einstweilen davon ausgehen, dass die Dame meine Patientin ist? Sie kennen die Bestimmungen hinsichtlich der ärztlichen Schweigepflicht genauso gut wie ich.«

Hackenholt nickte. »Frau Dorn wurde vergangenen Samstag getötet, wie Sie vielleicht in der Zeitung gelesen haben.«

»Nein, das wusste ich nicht ... der Mord im Sternmann?«, fragte er dann langsam.

Hackenholt bejahte.

»Wie schrecklich.« Einen Augenblick lang hing der Arzt seinen Gedanken nach. »Ich bin kein Jurist und kenne mich in solchen Dingen nicht so genau aus. Bislang lagen mir immer schriftliche Erklärungen meiner Patientinnen vor, wenn ich eine Stellungnahme abgeben sollte. Ich weiß nicht, inwiefern meine Verpflichtung mit dem Tod endet, aber wenn Sie den Leichnam obduziert haben, wissen Sie bereits mehr, als ich Ihnen sagen kann.«

»Es geht mir auch nur um die Bestätigung einer Tatsache«, erklärte Hackenholt. »Ich hätte von Ihnen gerne gewusst, wann Frau Dorn zum letzten Mal bei Ihnen war und ob sie von ihrer Schwangerschaft wusste.«

Dr. Tarant nickte, stand auf und ging zur Tür. »Ich hole rasch die Unterlagen. Einen Moment bitte.«

Weniger als zwei Minuten später war er zurück. Im Setzen klappte er den Patientenbogen auf.

»Frau Dorn kam vergangenen Dienstag zu uns. Also vor genau einer Woche. Bei diesem Besuch haben wir einen Schwangerschaftstest vorgenommen. Er war positiv.«

»Wie hat sie auf die Nachricht reagiert?«

»Sehr ruhig. Man merkte ihr keine Überraschung an. Aber ich glaube mich zu erinnern, dass sie erwähnte, sie hätte zu Hause schon selbst einen Test gemacht und wollte sich bei mir nur absolute Gewissheit verschaffen.«

»Hat Frau Dorn angedeutet, von wem das Kind war?«

»Nein. Über derlei Dinge spreche ich niemals mit meinen Patientinnen. Das ist deren Privatangelegenheit und geht mich nichts an.«

»Hatten Sie den Eindruck, Frau Dorn freute sich drüber?«

Der Arzt sah ihn nachdenklich an. »Es wäre reine Spekulation zu vermuten, dass sie das Kind nicht wollte. Manche Frauen reagieren zunächst ablehnend, freuen sich dann jedoch umso stärker, wenn sie den ersten Schock überwunden haben. Bei Frau Dorn hatte ich aber in der Tat den Eindruck, die Schwangerschaft käme ihr nicht sonderlich gelegen. Allerdings kann ich das nicht an einer ihrer Äußerungen festmachen. Es war vielmehr nur so ein Gefühl.«

Hackenholt nickte verstehend, dankte dem Arzt für die geopferte Zeit und überließ ihn wieder seinen Patientinnen.

Kaum hatte Hackenholt seine Wohnung betreten, hörte er Sophie im Schlafzimmer rumoren. Schranktüren schlugen zu, Kleiderbügel quietschten.

»Du bist schon da?«, fragte sie überrascht, als sie ihn sah. »Prima! Komm, lass uns gleich dein Kostüm anprobieren.«

Entgeistert schaute er sie an. »Mein was?«

»Ich habe eine Überraschung! Wir gehen heute Abend auf den Faschingsball im Lessingsaal beim Opernhaus. Sieglinde und Patricia haben mir ihre Karten geschenkt. Ihnen ist kurzfristig etwas dazwischengekommen«, erklärte Sophie strahlend.

Hackenholt schaffte es gerade noch, sich abzuwenden, damit sie sein Entsetzen nicht sehen konnte. Derzeit sehnte er sich nach nichts mehr als nach einem ruhigen, entspannten Abend fern jeglicher Hektik. Faul mit einem Buch auf dem Sofa zu liegen, vor sich hin zu dösen und dem einen oder anderen Gedanken nachzuhängen.

Als er nun in Sophies freudiges Gesicht blickte und ihre begeisterte Erregung wahrnahm, wusste er, dass es schlecht um seinen beschaulichen Abend stand. Er durfte ihr den Wunsch nicht abschlagen. Sogar ein Kostüm hatte sie ihm besorgt. Das zeigte doch, wie sehr sie hoffte, mit ihm auf den Ball zu gehen.

Und sie hatte recht!

In den letzten Tagen war sie wieder einmal zu kurz gekommen. Hackenholt war sich dessen schmerzlich bewusst. Zumindest ein Mal wollte sie während der Faschingstage mit ihm weggehen und sich amüsieren. Wie konnte er ihr das verdenken? Schließlich wusste sie noch nicht, wie sehr er Fasching hasste.

Also versuchte Hackenholt, gute Miene zum bösen Spiel zu machen. Er schlüpfte in die grünen OP-Kleider, legte sich das Stethoskop um den Hals, setzte die Haube auf und band den Mundschutz um. Ein bisschen kam er sich vor, als würde er gleich einen Tatort besichtigen.

Sophie zog ein knöchellanges, weißes Nachthemd an und stülpte sich eine blonde Lockenperücke über, die aussah, als habe sie sie dem amtierenden Christkind abgeschwatzt, um sich so in einen Engel zu verwandeln. Hackenholt musste unwillkürlich lachen, als sie schließlich noch ein Paar Flügel aus einer sackähnlichen Tüte kramte. Vielleicht würde der Abend doch nicht so schrecklich werden, wie er es im ersten Moment befürchtet hatte.

Er schlug vor, mit dem Taxi zu fahren, da es mit Parkplätzen rund ums Opernhaus schlecht aussah, sobald das nicht übermäßig große Parkhaus belegt war. Doch dann stellte Sophie fest, dass die geschenkten VIP-Karten nicht nur das Buffet, sondern auch einen reservierten Tiefgaragenplatz beinhalteten.

Nachdem sie die Engelsflügel im Fond des Wagens verstaut hatten, machten sie sich auf den Weg. Im Parkhaus schlüpfte Sophie aus ihrem Wintermantel, den sie achtlos auf den Rücksitz warf, und ließ sich von Hackenholt in die Flügel helfen. Da sich im Nachthemd keine Tasche befand und sie ihre Handtasche im Auto lassen wollte, drückte sie ihm ein paar Geldscheine in die Hand, die er für sie einstecken sollte.

Es herrschte reger Andrang. Anscheinend waren doch nicht alle Franken Faschingsmuffel. Das Foyer war voller mehr oder weniger originell kostümierter Menschen.

Die ersten zwei Stunden verbrachten Hackenholt und Sophie gemeinsam, plünderten das Buffet, holten sich Getränke und machten sich gegenseitig auf verschiedene Verkleidungen aufmerksam. Dabei kamen sie immer wieder mit wildfremden Leuten ins Gespräch.

Als Hackenholt wieder einmal vom Getränkeholen zurückkam, fand er Sophie erst nach viertelstündigem Suchen, sodass sie daraufhin einen Treffpunkt verabredeten. Eine reine Vorsichtsmaßnahme. Sollten sie sich aus den Augen verlieren, wollten sie zur vollen Stunde am Eingang des Foyers aufeinander warten.

Später am Abend wurde Hackenholt von einer als Clown maskierten Frau angesprochen und erkannte Dr. Beate Sunders, die Tochter des Polizeipräsidenten. Sie kannten sich von Hackenholts gelegentlichen Besuchen bei ihrem Vater. Bevor er sich in ein längeres Gespräch mit ihr vertiefte, sah er sich noch einmal um und entdeckte

Sophies blonde Perücke in einiger Entfernung. Auch sie unterhielt sich angeregt.

Als sein Handy läutete, spürte er mehr das Vibrieren, als dass er den Klingelton hörte. Die angezeigte Rufnummer gehörte dem Kriminaldauerdienst. Das verhieß nichts Gutes. Hackenholt drückte das Telefon gegen sein Ohr und hielt sich mit der freien Hand das andere zu. Doch obwohl der Kollege ihn anzubrüllen schien, konnte er nur »Ludwig Kork« und »Wache« verstehen. Mühsam bahnte er sich einen Weg nach draußen, um in Ruhe sprechen zu können. Die Menschenmenge war in den letzten Stunden noch größer geworden. Alle standen dicht an dicht, und sogar auf der Straße ging es laut und ausgelassen zu.

Wie elektrisiert beendete er schließlich das Gespräch und sah dann missmutig an sich hinunter. Es war ihm unangenehm, sich in einer solchen Verkleidung den Kollegen präsentieren zu müssen. Aber wenn er in seinen Mantel schlüpfte und ihn bis zum Kragen zuknöpfte, würde zumindest der diensthabende Pförtner seinen Aufzug nicht erkennen. Mit etwas Glück konnte er es ungesehen bis in sein Büro schaffen, wo er für den Notfall immer eine Garnitur Ersatzkleider im Schrank hängen hatte. Er war froh, dass Sophie kein Kostüm für ihn ausgesucht hatte, bei dem er sich hätte schminken müssen.

Apropos Sophie: Wie sollte er sie jetzt ausfindig machen? Es blieben noch fast fünfunddreißig Minuten bis zur nächsten vollen Stunde. Nachdem Hackenholt einen Teil des Foyers nach seiner Freundin abgesucht hatte, gab er auf, trat zu einem der Türsteher am Eingang und bat ihn, einem blonden Engel mit Namen Sophie die Nachricht zu überbringen, er sei ins Präsidium gerufen worden. Vorsichtshalber zeigte er dem Mann seinen Dienstausweis, um nicht Gefahr zu laufen, für einen Faschingsspinner gehalten zu werden. Einen Augenblick überlegte er, ob er auch noch seinen Autoschlüssel hinterlegen sollte, entschied sich dann jedoch dagegen. Wer wusste, ob der Türsteher wirklich den richtigen Engel fand. Sophie würde sich schon ein Taxi nehmen, wenn sie merkte, dass er verschwunden war.

Keine zehn Minuten später schälte sich Hackenholt in seinem Büro, das er, abgesehen vom Pförtner, unbemerkt erreicht hatte, aus dem Mantel. Gerade als er in voller Chirurgenmontur vor dem Schrank stand und seine Straßenkleidung herausnahm, näherten sich auf dem Flur laute Schritte. Ihm blieb nicht einmal mehr genug Zeit, wieder in den Mantel zu schlüpfen, da flog auch schon die Tür auf und Wünnenberg kam mit dem Beamten vom Dauerdienst herein.

Als sein Kollege ihn sah, brach er in schallendes Gelächter aus. »Ist das die Polizeiuniform des 22. Jahrhunderts?«, prustete er. »Mir erzählst du, Fasching sei etwas für Narren, und selbst?« Wünnenberg japste nach Luft. »Oder wolltest du mir nur die Chance vermiesen, die kleine Blonde vom Dauerdienst besser kennenzulernen?«

Hackenholt wusste, wie recht es ihm geschah. Seine lahme Rechtfertigung, Sophie habe Karten geschenkt bekommen, verkniff er sich. Wünnenberg hätte sie sowieso nicht geglaubt.

Mittwoch

Hackenholt musterte den ihm gegenübersitzenden Journalisten eingehend, bevor er die Vernehmung begann. Er belehrte den jungen Mann über seine Rechte und fragte, ob er einen Rechtsanwalt anrufen wolle.

Ungeduldig schüttelte Ludwig Kork den Kopf. »Ich bin hergekommen, um Ihnen zu helfen, den Täter zu finden. Dafür ist kein Anwalt nötig. Sonst hätte ich gleich einen mitgebracht.«

»Und warum möchten Sie erst heute Nacht mit uns sprechen und nicht schon letzten Samstag, als Sie vor dem Sternmann standen?«, fragte Wünnenberg sarkastisch. »Frau Dorn wurde vor vier Tagen ermordet! Vier! Haben Sie sich in der Zwischenzeit eine nette Geschichte ausgedacht, die Sie uns jetzt auftischen wollen?«

Hackenholt beobachtete Kork scharf, der den Blick senkte und tief Luft holte. Dann streckte er seinen Rücken durch und schaute unvermittelt wieder auf, wobei er es jedoch vermied, die Ermittler direkt anzusehen.

»Ich hatte einfach Angst«, gab er dann zu. »Um genau zu sein, habe ich sie sogar immer noch.«

»Angst? Wovor?«, fragte Hackenholt ruhig.

»Annikas Mörder sind auch hinter mir her und wollen mich als Nächsten umbringen. Also bin ich abgehauen und habe mich versteckt.«

»Und nun sind Sie zurückgekommen, um uns zu helfen, den Täter zu fassen?«

Der Verdächtige nickte.

»Nur damit ich Sie richtig verstehe«, provozierte Wünnenberg, seine ganze Aufmerksamkeit scheinbar auf die Kaffeemaschine gerichtet, die er soeben mit Wasser füllte. »Sie sind also voller Panik zum Bahnhof gerannt und zweihundert Kilometer weit weggefahren, weil Sie Angst hatten, man würde auch Sie töten. Und heute haben Sie gedacht: Ach, so ein schöner Tag, da fahre ich mal kurz nach Nürnberg zurück und erzähle den Deppen von der Kripo, nach wem sie suchen müssen. Richtig?«

»Nein, natürlich nicht«, widersprach der junge Mann. »Ich habe gestern in der Arbeit angerufen, und da sagte man mir, dass Sie mich suchen.«

Hackenholt starrte Kork ungläubig an. Von der Redaktion hatte es trotz ausdrücklicher Aufforderung niemand für nötig gehalten, der Ermittlungsgruppe mitzuteilen, dass Kork sich gemeldet hatte.

Der Journalist schien Hackenholts aufkeimenden Ärger zu spüren, denn er fuhr schnell fort: »Jedenfalls stehe ich Ihnen jetzt Rede und Antwort.«

»Na, da bin ich aber mal gespannt, was Sie uns erzählen wollen«, brummte Wünnenberg. »Sie waren also am Samstagmorgen im Sternmann?«

»Ich hatte einen Termin mit Annika Dorn und stand mit den wartenden Kunden *vor* dem Laden. Hinein konnte ja niemand. Ich war also genauso wenig *im* Sternmann wie alle anderen.« Kork schüttelte den Kopf. »Annika hatte mir eine SMS geschrieben. Ich sollte am Samstag zu ihr ins Geschäft kommen. Es gab ein paar Dinge, die wir vor ihrem Urlaub noch besprechen mussten. Und weil ich am Samstag viel vorhatte, wollte ich das gleich in der Früh erledigen.« Der junge Mann hielt in seiner Schilderung inne, und Hackenholt nickte ihm auffordernd zu. »Als ich auf dem Parkplatz ankam, war es schon zehn nach acht. Dennoch standen die Kunden und die Mitarbeiterinnen noch vor dem Laden. Ich gesellte mich zu ihnen und hörte einen Mann sagen, er würde jetzt die Polizei rufen, weil etwas passiert sein muss. Weil das Licht in der Filiale gebrannt hat, fragte ich eine der Angestellten, wo die Chefin wäre. Aber sie antwortete nur, dass niemand aufmachte. Anscheinend war Annika gar nicht da. In dem Moment wusste ich, dass ihr etwas zugestoßen sein musste. Ich kann es nicht erklären, aber ich war mir ganz sicher.« Wieder machte er eine Pause.

Hackenholt überlegte, ob Korks Betroffenheit echt war oder ob er einfach nur einen guten Schauspieler abgab. Zeit genug, die Rolle einzustudieren, hatte er schließlich gehabt.

»Ich verstehe nicht«, griff Wünnenberg das Gesagte auf, während er sich eine Tasse frischen Kaffee einschenkte, »wie Sie von dem Tod der Filialleiterin gewusst haben wollen. Es gab doch keinerlei Anzeichen. Sie war einfach nicht zur Arbeit erschienen. Zu diesem Zeitpunkt konnte niemand auch nur ahnen, was passiert war.«

Stirnrunzelnd sah der Journalist den Ermittler an. »Wie ich schon sagte, einen rationalen Grund kann ich Ihnen nicht nennen. Vor dem Laden herrschte so eine komische Stimmung. Ich wusste es einfach. Annika und ich waren einem irren Skandal auf der Spur. Uns war klar, dass es ein paar Leuten ganz und gar nicht gefallen würde, wenn wir unsere Ergebnisse an die Öffentlichkeit brächten.«

»Jetzt mal langsam. Bleiben wir erst einmal bei dem Mord, bevor wir uns diesen unsagbaren Knüller näher anschauen. Wer hat Frau Dorn also Ihrer Meinung nach getötet?«

»Die Fleischmafia«, kam die Antwort wie aus der Pistole geschossen.

Hackenholt und Wünnenberg tauschten einen vielsagenden Blick. Natürlich gab es auch in Nürnberg seit Jahren organisierte Kriminalität. Gelegentlich grabschte sogar ein Tentakel der krakenartigen Mafia in die fränkische Metropole. Aber was sollte die mit Fleisch zu tun haben?

»Welche Mafia?«, fragte Wünnenberg ungläubig nach.

»Der Betrieb, von dem Sternmann sein Fleisch bezieht«, antwortete der junge Mann schlicht.

»Konzentrieren wir uns zunächst auf den Samstagmorgen«, versuchte Hackenholt die Befragung wieder auf sicheren Boden zu bringen. »Sie sind zum Sternmann gelaufen, wo Sie mit den anderen Kunden vor dem Laden warteten. Was passierte dann?«

»Als der Streifenwagen kam, überfiel mich eine grenzenlose Panik. Ich bin nach Hause gerannt und habe fieberhaft überlegt, was ich tun sollte. Ich hatte Todesangst, verstehen Sie? Wenn die herausgekriegt hatten, dass Annika ihnen auf die Schliche gekommen war, wussten sie mit Sicherheit auch über mich Bescheid. Also habe ich meine Sachen gepackt und bin abgehauen.«

»Und welchen Grund soll der Fleischlieferant gehabt haben, Frau Dorn zu töten? Sie war eine einfache Filialleiterin, die nicht mal entscheiden konnte, von welcher Firma die Filiale beliefert wurde. Was hätte sie dem Lieferanten anhaben können? Ich finde, Ihre Theorie klingt ziemlich hanebüchen.«

»Ein Teil des Fleisches, das zum Verkauf in die Filiale gebracht wurde, war verdorben. Annika hat das bemerkt und wollte etwas dagegen unternehmen.«

Der Ermittler sah den Journalisten mit hochgezogenen Augenbrauen an. »Sie meinen Gammelfleisch?«

Kork nickte.
»Hier? In Nürnberg?«, fragte Hackenholt ungläubig.
»Ja doch! Hier in Nürnberg. Die Firma hat uraltes Fleisch geliefert.«

Hackenholt stellte immer neue Fragen, um Licht ins Dunkel zu bringen, aber der Journalist blieb bei seiner Geschichte und wollte nichts mehr zu diesem Thema sagen. Als Wünnenberg argumentierte, es müsse doch Beweise für derartige Behauptungen geben, wand sich Kork wie ein Aal und wurde immer einsilbiger.

Hackenholt beschloss, das Verhör abzubrechen. Es war fast drei Uhr nachts, und seine Augen brannten vor Müdigkeit. Außerdem schwirrte ihm der Kopf von den abenteuerlichen Geschichten, die Kork in den vergangenen Stunden zum Besten gegeben hatte.

Gemeinsam brachten er und Wünnenberg den Journalisten in die polizeiliche Haftanstalt. Kork sollte sich dort ein paar Stunden auszuruhen, bevor sie die Befragung am Morgen fortsetzten.

Leise sperrte Hackenholt seine Wohnungstür auf. Da Sophie längst schlafen musste, verzichtete er darauf, das Licht einzuschalten, und zog seine Schuhe im Dunkeln aus. Vorfreude machte sich in ihm breit. Auf Zehenspitzen schlich er zum Schlafzimmer, stieß behutsam die Tür einen Spaltbreit auf und sah hinein. Das Bett war indes leer, Sophie nicht zu ihm nach Hause gekommen.

Sofort packte ihn sein schlechtes Gewissen, weil er sie so sang- und klanglos auf dem Faschingsball zurückgelassen hatte. Doch nun war es zu spät. Nachts um halb vier brauchte er sie auch nicht mehr anzurufen oder zu ihr zu fahren, um sich zu entschuldigen. Das würde bis zum Morgen warten müssen. Über sich selbst verärgert legte er sich ins Bett, schlief aber dennoch auf der Stelle ein. In der Nacht verfolgte ihn ein wirrer Traum: Er rannte vor einem mannsgroßen Mülleimer davon, der ihn zu fangen und in sich hineinzustopfen versuchte. Wünnenberg stand am Straßenrand und sah dem Spektakel feixend zu. Mal feuerte er den Mülleimer an, mal Hackenholt.

Das Klingeln des Weckers ließ Hackenholt ein paar Stunden später im Bett auffahren. Er fühlte sich wie gerädert. Sein Rücken schmerzte. Es rächte sich immer schnell, wenn er, wie in den letzten Tagen, keinen Sport trieb. Er erhob sich unter Ächzen und Stöhnen, schaltete die Kaffeemaschine ein und stellte sich lange unter die heiße Dusche. Als er angekleidet aus dem Badezimmer kam, war auch der Kaffee durch die Maschine gelaufen und verströmte ein verführerisches Aroma. Während Hackenholt die erste Tasse trank, erwog er kurz, Sophie anzurufen, ließ es dann aber bleiben. Sie gehörte zu den Langschläfern, die es nicht sonderlich schätzten, früh am Morgen geweckt zu werden. Er erinnerte sich noch sehr deutlich an ihr ungnädiges Brummen, das er bei früheren Gelegenheiten hatte schlucken müssen. Wenn er bereits in den Dienst ging, drehte sie sich noch einmal um und schlief weiter. Er würde sich später bei ihr melden.

Im Präsidium ging er nicht in sein Büro, sondern auf direktem Weg zu den Haftzellen. Von dem Kollegen, der für den Wachdienst eingeteilt war, erfuhr er, dass sich Ludwig Kork die Nacht über unauffällig verhalten und bereits gefrühstückt hatte.

Der Journalist sah denn auch den Umständen entsprechend gut aus. Zwar waren seine Kleider zerknittert und der erste Anflug eines Geruchs nach ungewaschenem Körper ging von ihm aus, aber die spärlichen Bartstoppeln ließen ihn eher jungenhaft als ungepflegt wirken. Alles in allem vermittelte er einen ausgeruhten Eindruck.

Zuerst brachte Hackenholt Kork zum Erkennungsdienst. Obwohl sie längst Fingerspuren in seiner Wohnung genommen hatten, mussten sie doch die Originalabdrücke nehmen. Auch einer Speichelprobe zur Erstellung eines genetischen Fingerabdrucks stimmte der Journalist ohne Zögern zu und fragte lediglich nach, wann das über ihn gesammelte Wissen wieder aus den Polizeicomputern gelöscht werden würde.

Als alles erledigt war, versprach Mur, sich um die daktyloskopische Untersuchung der Fingerabdrücke zu kümmern und die Speichelprobe schnellstmöglich ins LKA zu senden.

Hackenholt nahm Kork mit zu sich ins Büro, wo Wünnenberg schon mit dampfendem Kaffee auf die beiden wartete. Er schloss die Tür und begann mit denselben Fragen wie in der Nacht zuvor. So, als säße er Ludwig Kork gerade zum ersten Mal gegenüber. Doch der Journalist ließ sich nicht beirren und blieb bei seiner Aussage: Er sei nicht Annika Dorns Mörder, sondern habe ihr geholfen, einen Skandal aufzudecken.

»Wenn wir Ihnen das glauben sollen, müssen Sie uns lückenlos berichten, was Sie am Samstag getrieben haben und wer Sie dabei gesehen hat«, merkte Wünnenberg an. »Beginnen wir mit dem Morgen. Wann sind Sie aufgestanden?«

»Um sieben. Ich musste unbedingt bei der Telefonhotline wegen meines Internets anrufen. Am Abend zuvor gab es in meiner Wohnung einen Kurzschluss, und als ich die Sicherungen wieder reingeschraubt hatte, war mein DSL-Modem völlig verspult und ich konnte nicht mehr online gehen. Leider war es da schon zu spät, um bei der Gesellschaft einen Techniker ans Telefon zu bekommen. Die arbeiten nur bis zweiundzwanzig Uhr. Aber für meine Recherchen bin ich auf das Internet angewiesen. Ich kann kein ganzes Wochenende darauf verzichten, also habe ich den Wecker gestellt, um gleich in der Früh dort anzurufen. Ich wollte nicht ewig in deren Warteschleife hängen. Sie kennen das ja. Da ruft man an, und dann dudelt einem erst mal eine Viertelstunde lang Musik ins Ohr, bis endlich jemand frei wird. Jedenfalls kam ich am Morgen sofort durch und erwischte einen relativ freundlichen und geduldigen Herrn. Wir haben über eine halbe Stunde telefoniert, bis er endlich den Fehler fand und ich mich wieder ohne Probleme ins Internet einwählen konnte. Anschließend blieb allerdings kaum noch Zeit. Ich bin schnell unter die Dusche gesprungen und dann zu Annika gelaufen. Nicht einmal zum Frühstücken reichte es noch.«

»Gibt es Zeugen, die das bestätigen können?«

»Vielleicht erinnert sich der Mann von der Hotline an mich. Immerhin haben wir lange telefoniert, und ich war sein erster Anrufer. Außerdem meinte er, es sei ein sehr ungewöhnlicher Fehler. Ich glaube, er musste auch ein Protokoll schreiben, zumindest hat er am Anfang viele Fragen gestellt und die Antworten in seinen Computer eingetippt.«

Wünnenberg nickte. »Sie sagten, Sie sind zu Fuß zum Sternmann gegangen. Gibt es dafür Zeugen? Hat Sie unterwegs jemand gesehen? Ein Bekannter, der sich an Sie erinnert?«

Der Journalist sah die Kommissare ratlos an. Zum ersten Mal wirkte er verunsichert. »Ich weiß nicht. Ich habe nicht weiter auf andere Leute geachtet. Woher sollte ich denn wissen, dass das später wichtig sein würde?«

Er verfiel in brütendes Schweigen. Seine Finger trommelten nervös auf seinen Knien herum. Mit einem Mal hellte sich sein Gesicht auf. »Die Nachbarin im Erdgeschoss hat mich weggehen sehen«, triumphierte er. »Sie hat die Treppe geputzt und sich schrecklich aufgeregt, weil ich mit angeblich schmutzigen Schuhen durch den feuchten Flur gelaufen bin.«

Wünnenberg warf Hackenholt einen fragenden Blick zu, der ihn mit einem Nicken erwiderte. Mittlerweile war es kurz vor Mittag. Sie mussten eine Pause im Verhör machen, um Korks Angaben zu überprüfen, außerdem wollte Hackenholt mit Christine Mur sprechen.

Bevor die beiden Beamten das Präsidium verließen, ging Hackenholt ins Geschäftszimmer und bat die Schreibkraft, ein sofortiges Ersuchen an die Telekom zu schicken. Er benötigte dringend einen Verbindungsnachweis für Ludwig Korks Telefonanschluss. Die richterliche Anordnung dafür hatte er bereits eingeholt. Außerdem sollte sie den entsprechenden Bericht über Korks Anruf beim Techniker anfordern. Am Schluss teilte ihm die Schreibkraft noch mit, dass Christine Mur gegen sechzehn Uhr zur Besprechung kommen werde. Bis dahin hoffte die Kollegin, auch die lang ersehnten Untersuchungsergebnisse erhalten zu haben.

Danach fuhren Hackenholt und Wünnenberg in die Burgschmietstraße. Erst jetzt fiel dem Hauptkommissar auf, dass neben dem Haus, in dem Kork wohnte, eine der sieben von Adam Kraft geschaffenen Kreuzwegstationen stand, die vom Tiergärtner Tor zum Johannisfriedhof führten. Der Journalist wohnte direkt an der Nürnberger Via Dolorosa.

Die Nachbarin aus dem Erdgeschoss hatte zwar äußerlich keine Ähnlichkeit mit der viel beschrienen Else Kling aus der Lindenstraße, aber in puncto Neugierde und Geschwätzigkeit stand sie ihr in nichts nach. Hackenholt empfand es als äußerst anstrengend, die weit ausschweifende Frau immer wieder zum Thema zurückzuführen. Nicht einmal Wünnenberg mochte mit ihr schäkern, um einen Kaffee angeboten zu bekommen, und das sollte etwas heißen. Immerhin konnte sie den Verdächtigen tatsächlich entlasten. Nicht nur bestätigte sie, dass Ludwig Kork um Viertel vor acht durch ihr frisch gewischtes Treppenhaus gerannt war, sie wusste darüber hinaus auch, dass er gegen halb neun wieder zurückgekommen war, wobei er sie schändlicherweise nicht gegrüßt hatte. Er sei ihr aber schon in der Vergangenheit mehrfach wegen seiner Unhöflichkeit aufgefallen. Sogar an seine Kleidung konnte sie sich erinnern. Er trug blaue Jeans, einen dicken, beige-blau gemusterten Norwegerpullover und eine Lederjacke.

Damit war für die Beamten klar: Der Journalist hatte in dieser Hinsicht nicht gelogen. Vielmehr hatte er ihnen schon in der Nacht anstandslos die schmutzige Kleidung samt Reisetasche zur Verfügung gestellt, um alles im Labor auf Fasern und Blutspuren untersuchen zu lassen.

Eilig verabschiedeten sich die Ermittler und berieten vor der Haustür kurz, ob es hilfreich sei, auch noch Korks Nachbarn im ersten Stock zu befragen. Immerhin hatte er am Sonntag Sabine Morlocks Kommen und Gehen bemerkt. Das Klingeln verhallte jedoch ungehört: Der Mann war nicht zu Hause.

Im Präsidium gingen die Beamten zu einem schnellen Mittagessen in die Kantine und widmeten sich dann abermals Ludwig Kork. Auch der Journalist hatte zwischenzeitlich das Kantinenessen genießen dürfen und es offenbar für akzeptabel befunden. Zwar wäre es übertrieben, ihn als gut gelaunt zu beschreiben, doch vermittelte er nach wie vor den Eindruck eines selbstsicheren Mannes, der sich nichts hatte zuschulden kommen lassen.

Den Nachmittag über ließen sich Hackenholt und Wünnenberg immer wieder schildern, wieso der Journalist und Annika Dorn geglaubt hatten, es handele sich bei dem frisch gelieferten Fleisch um verdorbene Ware. Hier kamen sie an den einzigen Punkt, bei dem Hackenholt sich sicher war, den Mann beim Lügen zu ertappen. Wenn er wirklich einer derart großen Sache auf die Spur gekommen wäre, müsste es eindeutige Beweise geben. Kein noch so drittklassiges Blatt würde sich darauf einlassen, eine Geschichte zu veröffentlichen, die ohne nachprüfbare Fakten der Fantasie eines Journalisten entsprungen sein konnte. Als Hackenholt Kork seine Überlegung in aller Deutlichkeit darlegte, erreichte er damit jedoch lediglich, dass der junge Mann fortan nur noch oberflächlich und einsilbig antwortete.

Wünnenberg wurde es als Erstem zu bunt, sodass er auf andere Weise zum Kern der Aussage vorzudringen versuchte.

»Herr Kork, lassen Sie uns für den Moment einmal annehmen, Sie hätten uns mit Ihrer Geschichte tatsächlich die Wahrheit gesagt. Wenn es wirklich so ist, wie Sie uns glauben machen wollen, wenn Sie aus Nürnberg geflüchtet sind, weil der Mörder auch hinter Ihnen her ist, so ist die Gefahr für Sie erst vorüber, wenn wir ihn gefasst haben.«

Ludwig Kork sah den Kripobeamten abwartend an.

»Nehmen wir weiter an, Sie seien ein junger, aufstrebender Journalist, der tatsächlich über einen Knüller gestolpert ist. Dann wäre es natürlich naheliegend zu glauben, dass Sie diesen in einem Artikel an die Öffentlichkeit bringen wollen. Ihrer Karriere würde das mit Sicherheit gewaltig auf die Sprünge helfen. Sie bekämen Angebote von anderen Zeitungen und müssten nicht mehr die Laufburschenarbeit bei Ihrem Blatt erledigen. Können Sie mir so weit folgen?«

Der Journalist nickte zögerlich. Er konnte nicht abschätzen, worauf Wünnenberg hinauswollte.

»Wenn Sie also etwas wissen, was einen Zusammenhang zwischen Ihren Vermutungen über den Fleischlieferanten und Frau Dorns Ermordung herstellt, dann sind Sie verpflichtet, uns dies zu offenbaren. Andernfalls, und lassen Sie sich das gesagt sein, werde ich Sie höchstpersönlich wegen des Verdachts der Strafvereitelung anzeigen und vor Gericht bringen. Und glauben Sie mir, danach wird Ihnen nie mehr eine Redaktion etwas Besseres als Laufburschenarbeit anbieten.«

Letzteres war ausgemachter Blödsinn – das wusste Wünnenberg, doch machte Kork nicht gerade einen abgebrühten Eindruck. Im Gegenteil, Wünnenberg konnte sich absolut nicht vorstellen, dass es der junge Mann in seinem Beruf jemals zu etwas bringen würde. Aber wenn es half, dem unerfahrenen Journalisten zu verdeutlichen, welchen juristischen Ärger er sich mit der Unterdrückung von Beweismitteln in einem Kapitalverbrechen einhandelte, erfüllte die Drohung ihren Zweck. »Denken Sie bitte noch einmal in aller Ruhe darüber nach.«

Damit ließ Wünnenberg den Mann vorerst in der Obhut eines Kollegen und ging mit Hackenholt ins Besprechungszimmer, wo Christine Mur schon ungeduldig auf sie wartete.

Die Leiterin der Spurensicherung hatte die Zeit damit überbrückt, einen kleinen dicken knallgelben Kugelschreiber auseinanderzubauen. Die Neuigkeiten, die sie für Hackenholt und Wünnenberg hatte, waren niederschmetternd, wenngleich sie nicht völlig unerwartet kamen. Ludwig Kork war mit an Sicherheit grenzender Wahrscheinlichkeit nicht der Täter. Seine Fingerabdrücke stimmten mit keinen der im Sternmann gefundenen überein. Das stand unumstößlich fest.

Zwar wurde die am Samstag von ihm getragene Kleidung noch auf Spuren von Annika Dorns Blut hin untersucht, doch gab die Kollegin zu bedenken, dass die auf der Toten sichergestellten Fremdfasern schon farblich nicht mit den von Kork getragenen Kleidungsstücken übereinstimmten. Blutspuren seien also nicht zu erwarten.

Natürlich dauerte es noch zwei oder drei Tage, bis von der am Morgen eingereichten Speichelprobe ein genetischer Fingerabdruck erstellt sein würde, doch lag mittlerweile immerhin die DNA-Analyse der in Ludwig Korks Bett sichergestellten Haare vor. Christine Mur war davon überzeugt, sie dem Journalisten zuordnen zu können, mit dem Tatort hingegen konnte die DNA nicht in Verbindung gebracht werden. Und damit gab es keinerlei biologische Indizien, die Ludwig Kork mit der Tat belasteten.

Der am Nachmittag eingetroffene Einzelverbindungsnachweis zeigte, dass von Korks Anschluss aus zum Tatzeitpunkt telefoniert worden war. Zusammen mit der vorläufig telefonisch eingeholten Bestätigung des Technikers legte der Umstand nahe, dass der Journalist auch in diesem Punkt nicht gelogen, sondern tatsächlich persönlich mit dem Mann gesprochen hatte. Beide gaben übereinstimmende Details der Unterhaltung an. Darüber hinaus hatten die Ermittler die Aussage der Nachbarin, die Ludwig Korks Angaben hinsichtlich der Zeit bestätigte, wann er zum Sternmann gegangen sein wollte.

Hätte das Fehlen auch nur einer dieser Fakten noch ausgereicht, den Tatvorwurf aufrechtzuerhalten, ließ deren Zusammentreffen die erhoffte Argumentationskette wie ein Kartenhaus in sich zusammenstürzen. Hackenholt konnte nicht anders als einzuräumen, dass er keinerlei Beweise gegen den Journalisten in Händen hielt. Entsprechend gedrückt ging er in sein Büro zurück.

»Sie dürfen das Präsidium jetzt verlassen, allerdings müssen Sie sich morgen gegen zehn Uhr noch einmal zu einer Zeugenbefragung einfinden«, teilte er dem jungen Mann verdrossen mit.

Kork ließ sich das nicht zweimal sagen und verabschiedete sich eilig.

Der in der Nacht versäumte Schlaf sowie die Enttäuschung über den Misserfolg ließen auch Hackenholt unmittelbar nach Ludwig

Kork das Gebäude verlassen. Allerdings fuhr der Ermittler nicht auf direktem Weg nach Hause, sondern spazierte stattdessen durch die Fußgängerzone. Vorbei an der Jakobskirche mit ihrem typisch spitzen fränkischen Kirchturm, der im krassen Gegensatz zu der gegenüberliegenden runden Kuppel von Sankt Elisabeth stand, trugen ihn seine Füße in Richtung Kornmarkt zu seinem Stammantiquariat. Dort blätterte er durch ein paar Geschichtsbücher und entdeckte ein sehr gut erhaltenes, uraltes Heraldikbuch, das er mitnehmen wollte.

Beim Bezahlen fiel sein Blick auf ein zerfleddertes fränkisches Kochbuch von 1912. Vielleicht konnte er Sophie damit eine Freude machen? Sie besaß eine große Kochbuchsammlung, aber solch ein Exemplar war ganz sicher noch nicht darunter. Also kam auch das auf seine Rechnung.

Sophie. Den ganzen Tag über hatte er es nur zweimal geschafft, bei ihr anzurufen, und beide Male war der Anrufbeantworter angesprungen. Somit stand ihm also noch eine Aussprache wegen des verpatzten Faschingsballs bevor. Spontan überlegte er, ob er ihr auch noch einen Blumenstrauß kaufen sollte. Aber damit sähe er zu sehr wie ein geprügelter Ehemann aus, der sich bei einem Seitensprung hatte erwischen lassen und nun mit den üblichen Geschenken um Entschuldigung bat.

Oder sollte er sie in ein teures Restaurant ausführen und versprechen, Derartiges werde nie wieder vorkommen, obwohl er doch wusste, dass sich eine solche Situation jederzeit wiederholen konnte? Im Grunde genommen gab es nur einen Ausweg, wenn er nach einem schiefgegangenen Abend nicht wieder nach Hause kommen und feststellen wollte, dass Sophie nicht da war: Eine gemeinsame Wohnung musste her. Zwar fragte er sich, ob es klug war, so etwas gerade jetzt vorzuschlagen, aber er wollte ein Erlebnis wie den gestrigen Abend und dessen Folgen für die Zukunft ausschließen.

Beschwingt passierte Hackenholt mehrere Touristengruppen, die trotz des schlechten Wetters Nürnbergs mittelalterliche Bauten bestaunten, und ging zurück in Richtung des präsidiumseigenen Parkplatzes, wo sein Auto auf ihn wartete.

Als er den Schließmechanismus entriegelte und die Fondtür öffnete, um die Tragetasche mit den Büchern auf den Rücksitz zu stellen, fiel sein Blick auf einen dunklen Stoffhaufen. Irritiert schaute er genauer hin. Er konnte sich nicht erinnern, eine Decke ins Auto gelegt zu haben, und schon gar nicht in dieser Farbe. Als er danach griff, erstarrte er mitten in der Bewegung. Sein Herz tat einen Satz.

Unmittelbar neben dem Ehekarussell, das von der Mehrheit der Nürnberger auch nach über zwanzig Jahren wegen seiner derben Darstellungen abgelehnt wurde, blieb Ludwig Kork am Weißen Turm stehen. Er hatte keine Ahnung, wohin er gehen sollte. Im ersten Moment war er froh gewesen, nicht länger unter Tatverdacht zu stehen und endlich das Gebäude verlassen zu können. Doch schon jetzt war die Erleichterung neuen Problemen gewichen: Wo sollte er unterkommen? Denn eigentlich hatte sich seine Situation nur unwesentlich geändert. Zwar hatte er die Ermittler davon überzeugen können, dass er nicht der Mörder war, aber die Geschichte über die Fleischmafia hatten sie nur äußerst widerwillig geschluckt, wenn überhaupt. Kork war sich nicht einmal sicher, ob sie seinen Hinweisen überhaupt nachgehen würden.

Getreu seinem Motto »Wenn du nicht gesehen werden willst, verstecke dich in einer Menschenmenge« wandte er sich in Richtung Hefnersplatz und schlüpfte in das stets gut gefüllte Café Mohr in der Färberstraße.

Bei einem Humpen Milchkaffee versuchte er den Ablauf der nächsten Tage zu planen. Zurück zu Franz Ferdinand auf den Bauernhof konnte er leider noch nicht. Schließlich musste er sich dringend über einige Dinge Klarheit verschaffen und mit ein paar Leuten hier in Nürnberg reden.

Die derzeit drängendste Frage aber war, wo er übernachten sollte. Seine Wohnung kam nicht infrage. Dort würde man ihn als Erstes suchen. Insofern war die polizeiliche Haftzelle ein durchaus sicherer Aufenthaltsort gewesen. Sich in der eigenen Stadt ein Hotel zu nehmen, erschien ihm als widersinnig. Außerdem musste er sein Geld zusammenhalten. Wer konnte schon wissen, wie lange sich dieses Versteckspiel hinziehen würde. Auch in der Redaktion wollte er sich bis auf Weiteres nicht blicken lassen. Herr Regener, sein Chef, würde die Geschichte mit Sicherheit aus ihm herauskitzeln und ganz groß herausbringen. Und dieser Ruhm gebührte nun wirklich ihm selbst.

Blieb noch Sabine Morlock. Doch auch bei ihr gab es zwei Probleme: Zum einen war er sich nicht sicher, wie sie reagieren würde, wenn er plötzlich vor ihrer Tür stand. Schließlich hatte er sich seit seiner Flucht nach Aschaffenburg nicht mehr bei ihr gemeldet. Zum anderen fragte er sich, ob ihm ihre Wohnung überhaupt Schutz bot. Vielleicht hatte der Mörder ihn unbemerkt beschattet und seine Gewohnheiten sowie Freunde und Bekannte ausgespäht? In Ermangelung weiterer Alternativen musste er es jedoch auf einen Versuch ankommen lassen. Bei C&A kaufte er sich rasch einen günstigen Pulli und eine einfache Hose. Dann machte er sich mit der U-Bahn auf den Weg zu Sabine Morlocks Wohnung. Wohl war ihm nicht dabei. Immer wieder drehte er sich um und überprüfte, ob ihm jemand folgte.

Sabine reagierte völlig anders als erwartet. Statt reserviert zu sein, fiel sie ihm um den Hals. Verstehe einer die Frauen, dachte er, war aber heilfroh, nicht die Tür vor der Nase zugeschlagen zu bekommen.

»Wo warst du, Lu? Ich hatte solche Angst, dir könnte etwas passiert sein«, schniefte sie, während ihr Tränen über die Wangen liefen.

»Ich musste kurzfristig untertauchen«, entgegnete Kork geheimnisvoll.

»Aber die Polizei sucht dich!«

»Das habe ich schon geregelt. Ich komme gerade vom Präsidium.« Behutsamer, als er es sich selbst zugetraut hätte, bugsierte er sie ins Wohnzimmer und drückte sie aufs Sofa. Dann holte er ihr ein Bier aus dem Kühlschrank. »Nun trink erst mal einen Schluck, dann sieht die Welt gleich anders aus.« Er merkte selbst, wie schrecklich platt er klang. »Kann ich heute Nacht bei dir schlafen?«, schob er rasch die Frage nach, die ihm am meisten unter den Nägeln brannte. »Ich kann erst mal nicht in meine Wohnung zurück.«

»Wieso? Was ist eigentlich los, Lu?« Sofort wurden Sabine Morlocks Bewegungen wieder fahriger, und ihre Stimme drohte zu kippen.

»Nichts, du musst dir wirklich keine Sorgen machen. Es ist nur, weil ich im Moment nicht alleine sein mag«, log er. »Ich gehe jetzt mal duschen, und danach erzähle ich dir alles.« Zwar hatte er ganz und gar nicht vor, Letzteres in die Tat umzusetzen, doch musste er sich erst noch überlegen, was für eine Geschichte er seiner Freundin auftischen sollte. »Magst du beim Italiener eine Pizza bestellen? Ich habe einen Riesenhunger. Und dann machen wir es uns gemütlich, ja?«

Sabine nickte verwirrt.

Mit einem Mal sah Hackenholt die gestrige Szene im Parkhaus wieder vor sich: Sophie hatte ihren Wintermantel ausgezogen und auf den Rücksitz geworfen, bevor sie in die Engelsflügel geschlüpft war. Es traf ihn wie ein Blitz aus heiterem Himmel. Er hatte sie nicht nur auf dem Faschingsball zurückgelassen, ohne ihr Bescheid zu sagen, sondern auch noch des Mantels und ihrer Handtasche beraubt. Denn diese förderte er als Nächstes zutage.

Hatte er bislang noch auf ihr Verständnis für seinen Beruf gehofft, machte sein Fund dies umgehend zunichte. Es war einfach unverzeihlich von ihm, so gedankenlos gehandelt zu haben. Wo hatte er nur wieder seinen Kopf gehabt? Zugegeben, das wusste er ganz genau: bei Ludwig Kork.

Kurz überlegte er, ob er Sophie stehenden Fußes anrufen sollte. Doch dann beschloss er, auf der Stelle zu ihr zu fahren. Wer einen solchen Bock schoss, musste dem anderen wohl oder übel Gelegenheit geben, seinen Unmut von Angesicht zu Angesicht zu äußern. Dieser vermaledeite Journalist! Er hatte es geschafft, nicht nur die Ermittlungen, sondern auch sein Privatleben in Aufruhr zu versetzen.

Also machte sich Hackenholt auf zu Sophie in die Meuschelstraße. Sollte sie nicht da sein, konnte er immer noch in seine Wohnung fahren und sehen, ob sie dort auf ihn wartete. Aber mittwochs trafen sie sich eigentlich immer bei ihr. Außerdem würde sie wohl kaum in seiner Wohnung warten, wenn sie auf ihn sauer war.

Mit ihrem Mantel und ihrer Handtasche sowie der Einkaufstüte und seinem Aktenkoffer bepackt klingelte er an ihrer Tür, was er höchst selten tat. Da sie nicht öffnete, kramte er schließlich doch den Schlüssel hervor und sperrte auf.

»Sophie?«, rief Hackenholt fragend, während er eintrat. In der sonst stets mit Leben gefüllten großen Jugendstilwohnung war es mucksmäuschenstill. Kein Radio dudelte vor sich hin, und der Computer war ausgeschaltet. Dennoch musste sie da sein: Die Wohnungstür war nicht abgeschlossen gewesen.

Er stellte die Tüten ab, hängte Mantel und Jackett auf und zog seine Schuhe aus. Angestrengt lauschte er, bis er schließlich, ein Husten aus dem Schlafzimmer vernahm.

Auf Strümpfen lief er den Flur entlang und klopfte leise, bevor er die Tür öffnete. Als er hineinsah, bot sich ihm ein Bild des Jammers.

Sophie lag unter zwei dicken Daunendecken im Bett. Ein Tuch war um ihren Hals gebunden, die Haare klebten ihr strähnig am Kopf, und ihre Augen schimmerten glasig.

Hackenholt zuckte zusammen, als habe jemand direkt neben ihm einen Luftballon platzen lassen. Mit einem Blick erfasste er den kleinen Berg zusammengeknüllter Taschentücher auf dem Boden, die fast leere Teekanne auf dem Nachttisch und den Teller mit den Resten einer nur zur Hälfte gegessenen Orange.

»Oh nein, Schatz«, flüsterte er. »Es tut mir so leid. Das wollte ich nicht.« Er ging neben Sophie in die Hocke. Mit einem Finger strich er ihr über die fieberheiße Stirn. »Ich habe einfach nicht daran gedacht, dass dein Mantel und die Handtasche auf dem Rücksitz lagen. Ich habe gehofft, du würdest mit dem Taxi heimfahren, aber das ging natürlich nicht, weil du kein Geld bei dir hattest. Bist du den ganzen Weg nach Hause gelaufen?«

Sophie nickte.

»Und wie bist du reingekommen? Dein Schlüssel war doch in deiner Handtasche.«

»Ich habe einen Ersatzschlüssel im Garten in einem Blumentopf versteckt«, flüsterte sie heiser. Dann verzog sie die Mundwinkel zu einem Lächeln, schob ihre Hand unter der Bettdecke hervor und strich ihm sanft über die Wange. Für Hackenholt fühlte sich die zärtliche Berührung wie eine Generalabsolution für seine Gedankenlosigkeit an. Er beugte sich vor und küsste sie auf die Stirn.

»Geh weg! Sonst stecke ich dich am Ende noch an. Und das kannst du wohl kaum gebrauchen.« Dennoch hielt sie ihn in einer lockeren Umarmung fest. »Wie war dein Tag?«

»Furchtbar. Lass mich schnell duschen und etwas anderes anziehen, dann setze ich mich zu dir und erzähle dir alles.«

Sophie nickte. »In der Küche steht ein Topf Nudelsuppe, falls du Hunger hast. Patricia hat ihn mir heruntergebracht.«

Hackenholt sah sie beschämt an. »Warum hast du mich nicht angerufen? Ich hätte dir auch etwas kochen oder für dich in die Apotheke gehen können.«

»Ach Frank. Du kannst doch nicht einfach alles stehen und liegen lassen und nach Hause rennen, um mir einen Topf Suppe zu machen. Was würden denn deine Verdächtigen dazu sagen?«, versuchte Sophie zu scherzen. »Und Patricia hatte sowieso nichts vor.«

Eine Viertelstunde später kam Hackenholt frisch geduscht ins Schlafzimmer zurück und setzte sich wie versprochen zu Sophie. »Soll ich dir frischen Tee kochen?« Als sie ablehnte, griff er nach ihrer Hand. Zögerlich strich er über jeden einzelnen Finger. »Ich habe dich heute Nacht vermisst, als ich nach Hause kam«, gestand er endlich. »Ich dachte, du wärst sauer und bist deswegen nicht zu mir gefahren. Es war mitten in der Nacht, und dann war ich einfach zu müde, um noch zu dir zu kommen.«

»Wie kannst du nur glauben, ich wäre so böse auf dich, dass ich nicht bei dir sein wollte? Frank, du kennst mich doch inzwischen besser als jeder andere Mensch. Ich liebe dich. Und ich bin mir durchaus bewusst, was dein Beruf von dir verlangt. So etwas wird wohl noch öfter vorkommen.«

Hackenholts Herz hüpfte vor Freude über diese Worte. »Was würdest du davon halten, mit mir zusammenzuziehen?«, fragte er schließlich. »Ich meine, nicht nur in eine unserer Wohnungen. Wir könnten etwas Neues für uns beide suchen.«

Ein wenig fürchtete er, Sophie könne ihm ihre Hand entziehen und Nein sagen. Immerhin lebte sie schon in ihrer Traumwohnung, die sie sicherlich nicht so ohne Weiteres aufgeben würde. Aber ihre Hand blieb entspannt in seiner liegen.

»Es wird zwar nicht leicht werden, etwas Passendes zu finden, aber ich glaube, du hast recht. Es ist an der Zeit, sich nach etwas Gemeinsamem umzuschauen.«

In Hackenholt machte sich ein kaum zu bändigendes Glücksgefühl breit. Wie musste es sich erst anfühlen, wenn er Sophie eines Tages einen Heiratsantrag machen und sie annehmen würde?

Donnerstag

Fercen Törün schreckte auf. Es war halb drei, und sie hatte kaum eine Stunde geschlafen. Im Zimmer nebenan lag ihr zwei Monate alter Sohn schreiend in seinem Bettchen. Wie schon die ganze Nacht litt er auch jetzt wieder an Blähungen. Völlig übermüdet stand sie auf und ging hinüber, ohne Licht zu machen. Mitsamt seiner winzigen Bettdecke hob sie den Säugling aus der Wiege und drückte ihn an ihre Schulter, was ihn jedoch nur für einen Augenblick beruhigte. Sanft schaukelnd trug sie ihn durch die Wohnung. Da ihr Mann Nachtdienst hatte, konnte sie ungehindert im Wohn- und Schlafzimmer umherwandern. Sie summte eine leise Melodie vor sich hin, murmelte ab und zu ein paar tröstende Worte und streichelte dem Kleinen beruhigend den Rücken.

Als er nach einer halben Stunde noch immer weinte, ging sie in die Küche, um ein Fläschchen Fencheltee zuzubereiten. Nachdem sie den Flaschenwärmer eingeschaltet hatte, trat sie ans Fenster und sah hinaus. Vor ihr erstreckte sich der Innenhof des Nachbargebäudes: ein riesiger Wohnblock, der von der Schweppermannstraße sogar noch ums Eck in die Pilotystraße reichte. Da im Erdgeschoss des Neubaus ein prima-Discounter, ein Waschsalon, eine Drogerie und ein Bäcker untergebracht waren, galt im gesamten Hof Parkverbot. Er war die Lieferzone der Geschäfte.

Der Blick aus Fercen Törüns Küchenfenster bot nie einen sonderlich schönen Anblick: Entweder schaute man auf Lastwagen oder auf ein Sammelsurium alter Holzpaletten, leerer Kartonagen und anderen Gerümpels, das gestapelt neben dem Ladetor des Supermarktes stand. Nun aber loderte dort ein Feuer. Lange Flammen züngelten an der Fassade empor.

Feuer! Sobald Fercen Törüns Gehirn die Bedeutung dessen, was sie sah, erfasst hatte, erwachte die Türkin aus ihrer Erstarrung. Ungeachtet des nach wie vor schreienden Säuglings rannte sie ins Wohnzimmer und wählte 112.

Die morgendliche Besprechung der Ermittlungsgruppe begann gedrückt. Nur Hackenholt war guter Stimmung, obwohl er die Nacht auf dem Sofa hatte verbringen müssen. Sophie hatte darauf bestanden. Wenn er neben ihr schliefe, würde sie ihn mit ihrem Geschniefe ständig aufwecken. Aber allein die Aussicht, bald mit ihr in einer gemeinsamen Wohnung zu leben, machte ihn glücklich.

Wünnenberg schilderte den Kollegen die Ergebnisse von Ludwig Korks Vernehmung, welche Gegebenheiten den Journalisten nachweislich entlasteten, und wer nach Korks Meinung Annika Dorns Mörder sei.

»Des glingd obber ferdechdich, wenner drodz seinerer Angsd kanne kongredn Ångåm machn meecherd«, stellte Saskia Baumann fest.[33]

Wünnenberg grinste die Kollegin breit an, enthielt sich jedoch eines Kommentars hinsichtlich ihres Dialekts.

Auch der altgediente Kollege Stellfeldt verzog das Gesicht – er dachte allerdings an die etwaig existierende Fleischmafia. »Das erscheint mir wirklich alles sehr abwegig«, erklärte er, während er gedankenverloren seine Glatze polierte. »Ich kenne keinen Konzern in Nürnberg, der ein Monopol auf Fleischlieferungen hätte. Die Firmen sind meines Wissens nach viel zu klein. Aber gut, darin bin ich nicht mehr sonderlich bewandert. In den letzten Jahren kann sich natürlich so einiges geändert haben. Du solltest dich mal mit einem Kollegen von der Lebensmittelkontrolle unterhalten«, schlug er Hackenholt vor.

»Ich habe Herrn Kork für heute Vormittag nochmals zu einem Gespräch vorgeladen. Er weiß mehr über die Sache, als er bislang zugeben wollte. Hoffentlich hat er nachgedacht und macht nun konkretere Angaben. Schließlich ist es in seinem eigenen Interesse, dass wir den Mörder schnellstmöglich kriegen. In der Zwischenzeit könntet ihr versuchen herauszufinden, woher die Sternmann-Filialen ihr Fleisch beziehen.

Danach werde ich mich mit der Lebensmittelkontrolle in Verbindung setzen und feststellen, ob ihnen der Lieferant schon einmal negativ aufgefallen ist. Vielleicht können sie ja auch kurzfristig eine Kontrolle durchführen. Außerdem müssen wir die entsprechenden Dokumente in der Filiale in der Grolandstraße sicherstellen.«

Anschließend gab Stellfeldt einen Überblick über die Juweliere

33 »Das klingt aber verdächtig, wenn er trotz seiner Angst keine konkreten Angaben machen wollte«, (...).

und Pfandhäuser, die er und Baumann in der Hoffnung, einen Hinweis auf Annika Dorns Kette zu erhalten, schon abgeklappert hatten. Bisher war die Suche jedoch ohne greifbaren Erfolg verlaufen.

»Was meint ihr, sollen wir das Foto in einem Fahndungsaufruf in den Tageszeitungen veröffentlichen?«, fragte der Hauptkommissar in die Runde.

Stellfeldt schüttelte entschieden den Kopf. »Nicht vor nächster Woche. Dann sind die Faschingsferien vorbei, sodass wir mehr Leser erreichen. Außerdem haben wir noch nicht alle Möglichkeiten ausgeschöpft.«

Es war immer eine Gratwanderung zu entscheiden, inwieweit solche bislang nur intern bekannten Details der Öffentlichkeit mitgeteilt werden sollten. Einerseits erhöhte es in diesem Fall die Möglichkeit, Hinweise sowohl auf Hersteller als auch auf den Verbleib des Schmuckstückes zu erhalten. Andererseits würde das Vorgehen den Täter warnen, der, wenn er klug war, die Ermittlungen in den Nachrichten verfolgte.

Als Nächstes brachte Hackenholt nochmals seine Unterhaltung mit den Eheleuten Wehner zur Sprache, der seiner Meinung nach am Vortag zu wenig Beachtung geschenkt worden war.

»Un er erinnerdsi wärgli blous nu an des Fädder Kennzeing?«, fragte Saskia Baumann, während ihre Finger über die Skizze des Aufklebers fuhren. »Kann andern Buchschdåm oddera Zahl?«[34]

Hackenholt schüttelte den Kopf.

»Bei einer solchen Beschreibung können wir monatelang nach dem Wohnmobil suchen«, beschied Wünnenberg und stellte seine Tasse mit einem solchen Schwung auf den Tisch, dass der Kaffee überschwappte.

»Obachd!«, warnte Baumann und holte schnell die Küchenrolle, die auf der Ablage über dem Spülbecken lag, um die Pfütze zu beseitigen, bevor sie über die Tischkante auf den Boden tropfte.[35]

»Hast du schon bei der Zulassungsstelle angefragt, wie viele Fahrzeuge infrage kommen?«

»Es werden bestimmt Hunderte sein«, mutmaßte Stellfeldt. »In absehbarer Zeit schaffen wir das höchstens, wenn wir einen Zug der

---

34 »Und er erinnert sich wirklich nur an das Fürther Kennzeichen?«, (...). »An keinen weiteren Buchstaben oder an eine Zahl?«

35 »Pass auf!«, (...).

Einsatzhundertschaft zugeteilt bekommen. Ausgerechnet ein Fürther Kennzeichen! FÜ steht ja nicht nur für die Stadt, da gehört auch der gesamte Landkreis dazu. Wir müssen ein riesiges Einzugsgebiet absuchen: von Stein über Roßtal nach Großhabersdorf, westlich bis nach Wilhermsdorf und im Norden über Puschendorf bis nach Obermichelbach. Also fast bis Herzogenaurach.« Er seufzte. »Könnte es Saskia nicht noch mal bei dem Ehepaar versuchen? Vielleicht erinnern sich die beiden ja doch an die Automarke, wenn sie Fotos verschiedener Modelle aus unserer Kartei sehen.«

Hackenholt zögerte. Wie er die Wehners einschätzte, würden sie sich auf zwei völlig unterschiedlich aussehende Fahrzeuge festlegen. Andererseits hatten die Beamten nichts zu verlieren. Die Nachfrage konnte die Suche nachhaltig voranbringen und enorm viel Zeit sparen.

»Einen Versuch ist es wohl wert«, stimmte er daher zu.

An dieser Stelle meldete sich Christine Mur, die bislang konzentriert mit einem weißen Kugelschreiber mit der Aufschrift LKA Baden-Württemberg gespielt hatte, schroff zu Wort.

»Ich bin nicht sicher, ob das Wohnmobil unsere einzige wichtige Spur ist«, brachte sie ihren Zweifel zum Ausdruck. »Ihr erinnert euch sicher an die Taschentücher, die wir in dem Miniwäldchen gegenüber vom Supermarkt gefunden haben?« Eine rhetorische Frage, auf die sie keine Antwort erwartete. »Das DNA-Gutachten ist jetzt da. Mit einer Wahrscheinlichkeit von eins zu einundzwanzig Milliarden stammt das Blut auf den Taschentüchern von Annika Dorn.«

Ein Ruck ging durch die Beamten. Die Mitteilung brachte ganz neue Aspekte in die Diskussion. Waren die Fundstücke bislang eher als ein ungewisses Puzzleteil in der Peripherie der Ermittlungen betrachtet worden, rückte die Aussage des Rentners, der den Hund gesehen und gehört hatte, nun in den unmittelbaren Fokus.

»Wennsi der Däder nochn Verlassn vom Dådodd in den Wäldler saubergmachd hodd, nåcherdler is des er Hinweis, dasser ned miedn Wohnmobill kummer is«, mutmaßte Saskia Baumann. »Schließli hädder sein Hund ned annerern Baam hiebundn, wennern aa in den Wohnmobill hädd lossn kenner.«[36]

36 »Wenn sich der Täter nach Verlassen des Tatorts in dem Wäldchen saubergemacht hat, ist das doch ein Hinweis, dass er nicht mit dem Wohnmobil gekommen ist«, (...). »Schließlich hätte er seinen Hund nicht an einen Baum gebunden, wenn er ihn auch im Wohnmobil hätte lassen können.«

»Halt«, unterbrach Stellfeldt sie. »Das kannst du so nicht sagen. Wer weiß, ob der Taschentuchbesitzer auch der Hundebesitzer ist. Das kann alles reiner Zufall sein. Es gibt bisher keinen konkreten Hinweis, der beides miteinander in Verbindung bringt.«

Christine Mur nickte zustimmend. »Außerdem müsst ihr eins bedenken: Mit zwei Taschentüchern kann man sich höchstens die Fingerspitzen abwischen. Und ihr habt selbst gesehen, wie viel Blut bei dem Mord geflossen ist. Der Täter hätte mindestens ein Handtuch und einen Eimer Wasser gebraucht, um sich von dem gesamten Blut zu befreien, das zweifellos an ihm geklebt hat.«

»Aber wer außer dem Mörder sollte Taschentücher mit Frau Dorns Blut durch die Gegend tragen?«, insistierte Wünnenberg.

»Es könnten auch zwei Täter gewesen sein«, entgegnete Mur mild, schnippte zweimal mit ihrem Kuli und stand dann ohne Vorankündigung auf, um das Besprechungszimmer zu verlassen.

Hackenholt schwieg. Er musste erst einmal in Ruhe über das Gesagte nachdenken. Spekulationen halfen nicht weiter. Ganz im Gegenteil. Sie konnten der Ermittlung zum Verhängnis werden.

Als Hackenholt von der Besprechung in sein Büro zurückkam, fand er eine Telefonnotiz auf seinem Schreibtisch. In seiner Abwesenheit hatte Ludwig Kork im Geschäftszimmer angerufen: Er sei bedauerlicherweise verhindert und könne diese Woche nicht mehr ins Präsidium kommen. Außerdem habe er schon alles gesagt, was es zu sagen gebe.

Wütend griff Hackenholt zum Telefon und wählte Korks Privatnummer. Niemand meldete sich. Aus purem Trotz ließ er es so lange klingeln, bis die Verbindung automatisch unterbrochen wurde. Danach versuchte er es unter Sabine Morlocks Anschluss, aber auch die junge Frau ging nicht an ihren Apparat. Zuletzt rief er bei der Zeitung an. Der Chefredakteur sei außer Haus, informierte ihn die Sekretärin.

Insgeheim fragte sich Hackenholt, ob die drei, Kork, Morlock und der Chefredakteur, nicht vielleicht gerade zusammen in einem Café saßen und Kriegsrat hielten. Während Hackenholt seinem obskuren Gedanken nachhing, plapperte die Redaktionssekretärin munter weiter.

»Seit dem Besuch Ihrer Kollegen haben wir noch nichts von Lu gehört. Sonst hätten wir Sie selbstverständlich umgehend verständigt«, flötete sie zuckersüß in den Hörer.

»Verkaufen Sie mich nicht für blöd!«, blaffte Hackenholt zurück. »Herr Kork hat gestern selbst zugegeben, bei Ihnen angerufen zu haben.«

Am anderen Ende der Leitung herrschte für einen Moment betretenes Schweigen. »Dann verstehe ich aber nicht, was Sie noch von mir wollen, wenn Sie schon mit Lu gesprochen haben.« Die Frau lachte gekünstelt.

Hackenholt wurde es zu dumm. »Sagen Sie Herrn Kork, wenn Sie ihn sehen oder hören, er soll sich umgehend bei mir melden!« Grußlos beendete er das Gespräch.

Als Wünnenberg ins Zimmer kam, erzählte Hackenholt ihm von Korks erneutem Untertauchen. Ungläubig schüttelte der Kollege den Kopf, zuckte dann aber mit den Schultern.

»Zumindest verschwenden wir so nicht unsere Zeit mit ihm. Mit seiner Einstellung hätte er uns ganz sicher nichts Brauchbares erzählt. Fahren wir stattdessen in die Sternmann-Filiale und schauen uns die Bürounterlagen an?«

Zustimmend fischte Hackenholt Annika Dorns Schlüsselbund aus seiner Schreibtischschublade und erhob sich.

Beim Betreten der Filiale schlug ihnen ein unangenehmer Geruch entgegen. Obst und Gemüse gammelten in verschiedenen Fäulnisstadien vor sich hin. Ein Schwarm winziger Fruchtfliegen erhob sich von den Auslagen und ließ Hackenholt unwirsch mit den Händen vor seinem Gesicht hin und her fuchteln.

Bevor sie ihre Aufmerksamkeit dem Büro widmeten, gingen die Beamten geradewegs zu den Kühlregalen. Vorbei an Tiefkühlpizzen, -fisch und -gemüse kamen sie zu den Truhen mit Eis und Kuchen. In der Reihe dahinter standen zwei große Behälter mit gekühltem Fleisch. Das Thermometer zeigte sieben Grad. Soweit sich Hackenholt erinnern konnte, lag der Wert damit innerhalb des vorgeschriebenen Bereichs. Das war aber auch schon alles, was er über die Lagerbedingungen wusste.

Woran erkannte man, ob es sich um Frisch- oder Gammelfleisch handelte? Zögernd schob er den Deckel eines Faches auf und nahm zwei Fleischpackungen heraus. Beide wirkten absolut unauffällig.

Als er die eine Packung umdrehte, sah er, dass das Mindesthaltbarkeitsdatum seit zwei Tagen abgelaufen war. Nichts Ungewöhnliches. Schließlich hatte seit fünf Tagen kein Kunde mehr das Geschäft betreten. Somit mussten die Angestellten nach der Freigabe des Ladens nicht nur Obst und Gemüse, sondern auch das Fleisch entsorgen. Allerdings interessierte Hackenholt dies nur am Rande. Vielmehr wurde ihm bewusst, dass er den Rouladen nicht ansehen konnte, wie alt sie tatsächlich waren.

Wünnenberg, der neben ihm stand und die Päckchen genauso eingehend inspizierte, sprach aus, was der Hauptkommissar dachte: »Wir brauchen einen Spezialisten. Es ist sinnlos, wenn wir uns das Fleisch alleine anschauen. Wir haben zu wenig Ahnung. Ein Lebensmittelkontrolleur muss her.«

Damit legten sie die Rouladen zurück, schlossen die Truhe und wandten sich dem Büro zu. In den Aktenschränken fanden sie schnell, wonach sie suchten. Die farblich unterschiedlich gekennzeichneten Ordner enthielten sämtliche Lieferscheine der letzten Jahre. Geordnet nach Datum und Warengruppe fanden sich Belege für Wareneingang sowie -retouren. Auch Entsorgungsnachweise waren darunter. Hackenholt merkte, welch falscher Vorstellung er erlegen war, und stöhnte. Auch hier benötigten sie einen Kollegen vom Kommissariat für Wirtschaftskriminalität, vielleicht sogar einen Spezialisten vom LKA. Auf jeden Fall jemanden mit sehr guten betriebswirtschaftlichen Kenntnissen, der anhand der Zahlen sehen konnte, ob alles seine Richtigkeit hatte. Allerdings ging Hackenholt eher davon aus, hier keine Unregelmäßigkeiten zu finden. Wenn überhaupt, dann waren sie in den Büchern des Großhändlers versteckt. Glaubte man Ludwig Kork, verkaufte der Lieferant verdorbene Ware gemeinsam mit frischer. Ein Verschulden der Filiale wäre in diesem Fall nicht gegeben – sofern die Mitarbeiter nichts von dem Betrug wussten. Wünnenberg zog sein Handy aus der Tasche und bestellte zwei Kollegen mit Transportkartons und einem VW-Bus zur Filiale, um die Unmengen von Unterlagen fortzuschaffen.

Im Präsidium ging Hackenholt den Ordner mit den letztmonatigen Lieferscheinen Seite für Seite durch. Dabei stellte er fest, dass das Frischfleisch von einer Firma Gübinger Fleischgroßhandels GmbH & Co. KG geliefert wurde, Tiefkühlware bezog der Sternmann-Konzern aus dem östlichen Ausland. Hackenholt hatte die Lieferscheine noch vor sich liegen, als er beim Veterinäramt anrief und darum bat, mit Gerhard Schätzle verbunden zu werden. Den Namen hatte ihm Stellfeldt als Kontakt genannt. Schätzle war einer der altgedientesten Lebensmittelkontrolleure Nürnbergs. Er kannte nicht nur den Fleischgroßmarkt in- und auswendig, sondern hatte auch jahrelang den Schlachthof und sämtliche Nürnberger Metzgereien kontrolliert. Sein Spezialgebiet waren Fleisch- und Wurstwaren. Stellfeldt kannte Schätzle noch aus den Tagen, als dieser Streifenpolizist gewesen war, bevor er zu der städtischen Behörde wechselte.

Seine ehemalige Zugehörigkeit zum Polizeivollzugsdienst machte Schätzle in Hackenholts Augen doppelt wertvoll, brauchte er ihm doch nicht lang zu erklären, wie viel Fingerspitzengefühl die Ermittlung in einem Mordfall erforderte. Darüber hinaus hatte Stellfeldt versichert, der Kontrolleur habe einen einwandfreien Leumund. Eine Fraternisierung mit einem zu kontrollierenden Unternehmen sei bei ihm absolut ausgeschlossen. Der einzige echte Nachteil war, dass der Kollege gesundheitsbedingt nur noch Teilzeit arbeitete.

Aber Hackenholt hatte Glück und erreichte Schätzle sofort. Sie verabredeten sich für vierzehn Uhr in dessen Büro am Inneren Laufer Platz. Bevor Hackenholt auflegte, erwähnte er noch kurz, für welche Firma er sich interessierte.

Gerade als der Hauptkommissar sein Büro verlassen wollte, um zum Mittagessen zu gehen, klingelte sein Telefon.

»Hast du den Lagebericht gelesen?«, fragte Christian Berger.

Hackenholt verneinte.

»Heute Nacht hat es im prima-Discounter in der Schweppermannstraße gebrannt. Personen kamen nicht zu Schaden, aber das Lager der Filiale wurde verwüstet. Im Bericht steht, dass das Feuer gegen zwei Uhr ausgebrochen ist. Ich dachte, es interessiert dich vielleicht, weil der Supermarkt so nah beim Sternmann liegt.«

Hackenholt stieß einen leisen Pfiff aus, dankte dem Kollegen und las dann selbst aufmerksam die entsprechende Tagebuchmeldung durch. Das Mittagessen musste ausfallen. Stattdessen machte er sich sogleich auf den Weg, um vor seiner Verabredung mit dem Lebensmittelkontrolleur noch einen Abstecher in die Schweppermannstraße zu machen.

Wenn – wie beim nächtlichen Brand im prima-Discounter – keine Menschen zu Schaden kamen und es sich auch nicht um einen Großbrand handelte, nahmen die Beamten vom KI2 erst am folgenden Tag ihre Arbeit an der Brandstelle auf. Hackenholt konnte also hoffen, vor Ort einen Brandermittler anzutreffen, der ihm Näheres zur Ursache des Feuers sagen konnte.

Wünnenberg, dem er von seinen Besuch erzählte, wollte nicht mitkommen. Er hatte vor, sich mit einer Kollegin vom Kommissariat für Wirtschaftskriminalität zusammenzusetzen, um gemeinsam die Lieferscheine und sonstigen Belege hinsichtlich des Fleischumsatzes der Sternmann-Filiale durchzuarbeiten. Sie hofften, herauszufinden, ob die Zahlen für Einkauf, Verkauf und Entsorgung übereinstimmten.

»Was machst du denn hier? Das war doch bloß ein kleines Feuerchen. Und noch dazu ohne Tote«, begrüßte der Brandermittler Matthias Heerweger Hackenholt erstaunt.

Das *kleine Feuerchen* hatte immerhin große Teile der rückwärtigen Fassade des Gebäudekomplexes rußgeschwärzt. Das Glas des einzigen in den Hinterhof gehenden vergitterten Supermarktfensters war aufgrund der Hitze zersprungen. Auch das breite Rolltor hatte dem Brand nur bedingt standgehalten: Die einzelnen Türlamellen waren zusammengeschmort, die dahinter lagernden Kartons mit Lebensmitteln in Brand geraten. Das Feuer hatte zwar nicht direkt auf die eigentlichen Geschäftsräume übergegriffen, durch Ruß und Löschwasser waren sie jedoch trotzdem stark in Mitleidenschaft gezogen worden. Der entstandene Sachschaden musste mehrere zehntausend Euro betragen.

»Keine Sorge, ich nehme dir keine Arbeit weg«, scherzte Hackenholt. »Ich war gerade in der Nähe und wollte mich nur kurz umsehen. Weißt du schon etwas über die Ursache?«

Heerweger schüttelte den Kopf. Er war am Vormittag im Büro aufgehalten worden und erst vor einer Viertelstunde in der Schweppermannstraße eingetroffen. Da er noch ganz am Anfang der Sichtung und Sicherung der Spuren stand, konnte er Hackenholt rein gar nichts sagen, versprach jedoch, ihm eine Kopie seines Ermittlungsberichtes zu schicken, sobald er seine Arbeit abgeschlossen hatte. Hackenholt nickte einen Dank und wandte sich zum Gehen.

Darauf hatte Renate Simon gewartet, die schon während des Gesprächs in der Einfahrt gestanden hatte. Auch heute sah sie aus wie aus dem Ei gepellt. Ohne Einleitung ließ sie ihrem Ärger freien Lauf.

»Glauben Sie mir jetzt endlich, dass das im Sternmann nur ein Überfall war?«

Hackenholt sah sie fragend an.

»Ich habe es doch von Anfang an gesagt. Annika wurde bei einem Raubüberfall umgebracht! Der Täter muss ausgerastet sein, als sie ihm kein Geld gab. Genauso wie er hier Feuer gelegt hat, weil er nicht ins Geschäft hineinkam.«

»Ich fürchte, ich kann Ihnen nicht folgen.« Hackenholt hatte keine Ahnung, worauf sie hinauswollte.

Renate Simon verdrehte die Augen. Offenbar fragte sie sich, wie eine derart begriffsstutzige Person mit einer Mordermittlung betraut werden konnte. Ihr Tonfall war denn auch bemüht geduldig, so als müsse sie den Sachverhalt einem Kind erklären.

»Sie wissen ganz genau, dass die Gegend hier um den Nordbahnhof ein sozialer Brennpunkt ist. Vor allem die ausländischen arbeitslosen Jugendlichen machen immer wieder Probleme. Sicher haben sich ein paar von ihnen zu einer Gang zusammengerottet und versuchen nun an Geld zu kommen, indem sie die Läden überfallen. Die Polizei muss endlich etwas tun, oder soll es etwa noch mehr Tote geben?« Damit ließ sie den angesichts dieser klischeehaften Vorurteile nun erst recht sprachlosen Hauptkommissar stehen.

Auf dem Weg zu Schätzles Büro, das neben dem historischen Laufer Schlagturm lag, hielt Hackenholt in der Theresienstraße, um dem Bratwursthäusle neben der Sebalduskirche in der Fußgängerzone einen schnellen Besuch abzustatten. Zwar blieb ihm nicht mehr genügend Zeit, sich hinzusetzen und acht Rostbratwürste mit Weinsauerkraut zu bestellen, die immer auf einem dekorativen Zinnteller serviert wurden, aber für Drei im Weggla reichte es allemal.

Pünktlich um vierzehn Uhr klopfte er an Gerhard Schätzles Bürotür. Der Lebensmittelkontrolleur erwies sich als mittelgroßer, schlanker Mann mit schlohweißem Vollbart. Auch sein Haar war von einem Weiß, das Hackenholt bislang nur bei über Achtzigjährigen gesehen hatte.

Schätzle erhob sich und trat ihm mit ausgestreckter Hand entgegen. »Schön, Sie endlich persönlich kennenzulernen. Sie scheinen eine echte Bereicherung fürs Präsidium zu sein, bei allem, was ich schon über Sie gehört habe.« Bevor Hackenholt einen Witz darüber machen konnte, fuhr sein Gegenüber schon fort: »Wenn es nicht stört, können wir gerne zum Du übergehen. Wir sind ja fast Kollegen.«

Hackenholt nickte und richtete die Grüße aus, die Stellfeldt ihm aufgetragen hatte. Für einen Moment schienen Schätzles Augen aufzuleuchten.

»Das waren noch Zeiten, als mir Manfred zugeteilt wurde. Er war noch grün hinter den Ohren, und ich musste ihm erst einmal klarmachen, dass man die Hände nicht in die Hosentaschen steckt, wenn man auf Streife ist.« Unwillkürlich musste er bei der Erinnerung lachen.

Hackenholt bedauerte, nicht mehr Zeit für derlei Geschichten mitgebracht zu haben. Der ehemalige Polizist hätte mit Sicherheit die eine oder andere lustige Anekdote erzählen können.

»Dir geht es also um die Firma Gübinger«, kam der Kontrolleur auf das eigentliche Thema zu sprechen. »Die Gübingers sind ein Familienbetrieb. Bodenständige Leute, auch wenn es bei ihnen ziemlich rau zugeht. Der polternde Ton gehört in dem Gewerbe einfach dazu, sind eben waschechte Franken.« Er grinste.

Auch Hackenholt war dieser Charakterzug schon mehrfach aufgefallen. Saßen in einer fränkischen Wirtschaft zwei Männer am Stammtisch beisammen, schwatzten sie nie freundlich miteinander, wie sie es bei ihm zu Hause in Münster tun würden, sondern führten einen fast ärgerlich klingenden Schlagabtausch, als wären sie kurz davor, sich gegenseitig an die Gurgel zu springen. Auch wenn Sophie ihm schon mehrfach belustigt versichert hatte, die Leute unterhielten sich zwar angeregt, aber durchaus freundlich, überraschte es ihn immer wieder aufs Neue, dass solche Gespräche nicht in tätlichen Auseinandersetzungen endeten. Im Fränkischen gab es Redewendungen, deren wirkliche Bedeutungen einem Zugezogenen weder auf den ersten noch auf den zweiten Blick verständlich waren.

»Kennst du dich mit Fleisch aus?«

Der Hauptkommissar schüttelte den Kopf. »Nein. Ich schmecke gerade mal, ob es sich um Schweine- oder Rindfleisch handelt, das war's dann aber auch«, scherzte er.

In der darauffolgenden halben Stunde erhielt er von Schätzle einen

Schnellkurs in puncto Fleisch, Schlachtung und Hygiene. Danach gab Schätzle ihm einen Überblick über den Fleischhandel in Nürnberg im Allgemeinen und die Arbeit der Lebensmittelkontrolleure im Besonderen. Hackenholt erfuhr, dass die Gübingers in zweiter Generation eine Schlachterei am Hafen betrieben. Das sei durchaus eine Besonderheit, denn früher war der Fleischbedarf hauptsächlich durch den städtischen Schlachthof gestillt worden. Die Firma hatte sich über Jahrzehnte hinweg einen guten Namen erarbeitet und verzichtete fast völlig auf Angestellte, die nicht der Familie entsprangen. Auch der Zukunft, so Schätzle, könne das Unternehmen gelassen entgegensehen. Die zwei Söhne waren nach dem tüchtigen Vater geraten, und die Tochter half der Mutter mit der Buchhaltung und beim Putzen.

»Wann wurde der Betrieb zum letzten Mal kontrolliert?«

Schätzle griff nach einer Aktenmappe auf seinem Schreibtisch, schlug sie auf und setzte seine schmale Lesebrille auf. »Das ist schon eine Weile her. Wie ich dir vorhin erklärt habe, gibt es bei uns keinen festen Turnus, vielmehr gehen wir nach dem Zufallsprinzip vor. Sonst könnten sich die Unternehmen ja ausrechnen, wann sie wieder an der Reihe sind, und der Sinn der Überprüfung wäre hinfällig. Ich selbst war letztes Jahr im Mai bei den Gübingers, aber einer meiner Kollegen hat Ende August noch einmal bei ihnen nach dem Rechten gesehen. Seither wurden sie nicht mehr kontrolliert. Sie müssten also bald wieder an der Reihe sein. Ein produzierendes Unternehmen wird im Schnitt alle halbe Jahre besucht.« Damit klappte er die Akte wieder zu. »Aber vielleicht kann ich dir besser helfen, wenn ich weiß, worum es konkret geht.«

Während Hackenholt berichtete, wurde der Gesichtsausdruck des Kontrolleurs zunehmend besorgter.

»Selbstverständlich gibt es auch in dieser Branche schwarze Schafe, die die Vorschriften nicht beachten. Bei gefrorenem Fleisch entdecken wir immer wieder überlagerte Ware. Aber das ist meistens auf einer Kärwa, wo die Ware von sonst woher stammt. Dass ein ortsansässiger Betrieb Fleisch mit überschrittenem Verfallsdatum einsammelt, umetikettiert und dann einfach mit der nächsten Lieferung erneut in Verkehr bringt, hatten wir Gott sei Dank noch nicht. Aber grundsätzlich ist es natürlich machbar; darüber mussten wir ja wirklich oft genug in der Presse lesen.«

»Merkt man das denn nicht? Ich meine, ich hatte damit noch nie etwas zu tun, aber verdorbenes Fleisch riecht, und es muss doch auch irgendwie anders aussehen.« Mit einer gewaltigen Willensanstrengung schob Hackenholt Bilder ungeklärter Todesfälle beiseite, zu denen er gerufen worden war. Bilder von Menschen, die oft wochenlang unentdeckt in ihren Wohnungen gelegen hatten.

Schätzle schien Hackenholts Gedanken erraten zu haben. Ein nachsichtiges Lächeln umspielte seinen Mund. »Wir reden hier von geschlachteten Tieren, die unter höchsten hygienischen Bedingungen zerteilt, abgepackt und bei knapp über null Grad gelagert werden. Ein Mindesthaltbarkeitsdatum ist, was der Name besagt: das Datum, bis zu welchem das Fleisch mindestens hält. Mindestens. Nicht höchstens. Wenn die Kühlkette nicht unterbrochen wird, kann es wesentlich länger dauern, bis es zu riechen anfängt oder gar seine Farbe verändert. Und dann musst du bedenken, wie einfach es ist, den Geruch und die Farbe zu kaschieren. Wenn du das Fleisch in eine dicke Gewürzmarinade einlegst, merkt keiner etwas.«

Angeekelt verzog Hackenholt das Gesicht. »Das muss doch furchtbar schmecken!«, protestierte er.

»Was glaubst du, wie viele Konsumenten tonnenweise Mayonnaise oder Ketchup auf ihr Fleisch kippen?«, fragte der Kontrolleur. »Auch andere Gewürze sind beliebt. Schau dir beispielsweise einen Döner an. Zwischen Brot und Salat schmeckst du das bisschen Fleisch kaum noch raus. Vor allem dann nicht, wenn noch ein tüchtiger Schuss Knoblauchsoße darüber gekippt wird.«

»Und was ist mit Krankheiten?«

»Das Schlimmste, was dir passieren kann, ist eine Salmonellenvergiftung. Und die wird hauptsächlich Alten und Kindern gefährlich. Wenn ich mich recht an die letzten Zahlen vom Robert-Koch-Institut entsinne, starben in Deutschland im vergangenen Jahr weniger als sechzig Menschen an einer solchen Vergiftung. Seit 1992 geht die Anzahl der Erkrankungen stetig zurück. Wenn du das Fleisch komplett durchgarst, werden die Erreger abgetötet, und dir passiert überhaupt nichts.«

»Und woran erkenne ich nun, ob das Fleisch in der Sternmann-Filiale verdorben ist?«

»Solange es verpackt ist, gar nicht. Du musst daran riechen, seine Konsistenz prüfen und beobachten, ob sich die Farbe des Fleisches an der Luft verändert. Aber all das sind lediglich Hinweise, Auffälligkeiten. Gewissheit kann dir nur eine Laboranalyse geben.«

»Heißt das, es würde überhaupt nichts bringen, wenn du mich in die Filiale begleitest und dir das Fleisch anschaust?«

Schätzle nickte. »Ich komme gerne mit, aber da der Laden seit Samstag geschlossen ist, müsste inzwischen eigentlich der gesamte Vorrat abgelaufen sein. Wenn nicht jemand so dumm war, ein neues Etikett über das alte zu kleben, kann ich dir mit bloßen Augen nicht helfen.«

Hackenholt schwieg enttäuscht. »Und wie stelle ich nun fest, ob die Aussage unseres Zeugen wahr oder frei erfunden ist?«, fragte er dann ratlos.

»Wenn der Journalist es ernst meint, muss es Verdachtsmomente gegeben haben. Vielleicht hat er eine Laboruntersuchung veranlasst, nachdem ein Kunde frisch gekauftes Fleisch zurückgebracht hat? Wenn es dir hilft, mache ich morgen einen eingeschobenen Besuch bei den Gübingers und halte die Augen offen. Vielleicht finde ich ja etwas.«

»Und wenn nicht?« Hackenholt blieb pessimistisch.

»Dann gibt es noch die Möglichkeit, in den nächsten Wochen die Läden zu kontrollieren, die von der Firma Gübinger beliefert werden. Einen solchen Vorwurf müssen wir auf jeden Fall ernst nehmen. Nicht auszudenken, was das für einen Skandal gäbe, wenn in der Supermarktkette verdorbenes Fleisch verkauft würde und wir dem trotz Hinweis nicht nachgegangen wären!«

Hackenholt beschloss nach seinem Gespräch mit Gerhard Schätzle spontan, nochmals zum Sternmann in die Grolandstraße zu fahren. Während er in seinem Auto das uralte Kopfsteinpflaster der Tetzelgasse hinaufholperte, dachte er nach. Zwar wusste er nun, wie gering die Chance war, etwas zu entdecken, was Korks Theorie stützte, doch hatte sich in seinem Gehirn Schätzles Satz über die doppelt etikettierte Ware festgesetzt. Immerhin das konnte und wollte er auf der Stelle überprüfen.

In der Filiale ging er direkt zu den Kühltruhen. Systematisch entnahm er der ersten sämtliche Fleischpakete und stapelte sie vor sich auf der Ablage. Dann inspizierte er jede einzelne Packung. Überrascht war er vor allem von der Menge marinierten Fleisches, die er fand. Doch nachdem er konzentriert beide Truhen durchgesehen hatte, war er keinen Deut schlauer. Mit Sicherheit konnte er nur sagen, dass jedes der Pakete lediglich ein einziges Etikett trug.

Beim Anblick des in der Gefriertruhe gestapelten Tiefkühlfleisches kam ihm ein Gedanke: Konnte man Frischfleisch, dessen Mindesthaltbarkeitsdatum überschritten war, nicht einfach einfrieren und so dem Kunden vorgaukeln, es sei frisch? Gefrorenes Fleisch roch nicht und hatte generell eine blassere Farbe. Auch wenn er in diesem Fall das Tiefkühlfleisch ausschließen konnte, da es von einem anderen Hersteller geliefert wurde, nahm sich Hackenholt vor, Gerhard Schätzle am kommenden Tag zu fragen. Für heute hatte er mehr als genug von Fleisch und den Möglichkeiten seiner illegalen Haltbarmachung.

Freitag

Um fünf Uhr siebenundzwanzig erreichte ein Notruf die Einsatzzentrale der Polizei. Umgehend schickte der zuständige Koordinator mehrere Funkstreifen der PI Süd zu dem angegebenen Objekt. Zwei junge Beamte der Bereitschaftspolizei, die an diesem Freitag dazu eingeteilt worden waren, die wie so oft unterbesetzte reguläre Nachtschicht zu unterstützen, trafen als Erste am Hafengelände ein. Schon von der Einfahrt aus bemerkten sie eine auf der Laderampe zusammengekauert sitzende Gestalt. Wie es aussah, hatte sie sich gerade übergeben.

Als der Mann die beiden Uniformierten sah, die auf ihn zukamen, zeigte er durch das hinter ihm offen stehende Rolltor in die Halle. Die Polizeibeamten forderten ihn auf, sie ins Innere zu begleiten. Für den Bruchteil einer Sekunde blickte der Mann sie panisch an, dann schüttelte er vehement den Kopf. Ohne auch nur ein Wort gesagt zu haben, beugte er sich vor und übergab sich ein weiteres Mal. Mittlerweile war die zweite Streifenwagenbesatzung eingetroffen, und obwohl sie schnell handeln mussten, versuchte die nun anwesende Polizistin behutsam, Einzelheiten aus dem Mann herauszubekommen. Doch der stieß stotternd nur immer wieder hervor, er könne unmöglich nochmals dort hineingehen. Nach einer Weile geduldigen Zuredens nannte er ihr immerhin seinen Namen: Maximilian Gübinger, Juniorchef der Fleischfirma. Als er um Viertel nach fünf mit der Arbeit beginnen wollte, habe er einen Toten in der Kühlhalle entdeckt. Unter einem neuerlichen Würgeanfall bedeutete er den Polizisten, dem Lichtschein zu folgen. Dann musste er sich wieder übergeben, obwohl er mittlerweile nur noch bittere Galle erbrach.

Die Beamten teilten sich auf. Zwei blieben bei Maximilian Gübinger, die anderen beiden schlichen mit gezogener Waffe durch die Lagerhalle zum Kühlraum. Bereits von der Türschwelle aus konnten sie den Grund für das Entsetzen des Juniorchefs erkennen.

Entlang der gesamten Längsseite des Raumes waren Deckenschienen angebracht, an denen ordentlich aufgereiht eine Schweinehälfte neben der anderen hing. Am entgegengesetzten Ende baumelte jedoch eine menschliche Gestalt von einem der Hacken herab. An seinen zusammengebundenen Füßen war der Mann verkehrt herum aufgehängt worden. Die Hände schwebten nur wenige Zentimeter über dem Fußboden. Ein leichter Luftzug drehte den Körper langsam um seine eigene Achse. Quer über dem Hals des Toten klaffte eine tiefe Schnittwunde, die den Kopf in einem grotesken Winkel herunterhängen ließ. Der weit geöffnete Mund schien einen letzten stummen Schrei auszustoßen.

Im Raum herrschte absolute Stille, nur das Keuchen des jüngeren Beamten war zu vernehmen. Dann wandte er sich abrupt um und stolperte den Weg zurück, den sie gekommen waren. Hinaus an die frische Luft, weg von dem schauerlichen Anblick. Obwohl er mehrfach versuchte, tief durchzuatmen, konnte er den Brechreiz nicht unterdrücken. Auch sein Kollege, der eine Minute später ins Freie trat, war merklich bleicher um die Nase.

Unsanft wurde Hackenholt vom Klingeln seines Handys geweckt. Er sah auf die Uhr. Fünf Minuten nach sechs.

»Du musst sofort kommen«, hörte er Christine Mur wie durch einen Nebel hindurch sagen. Die Telefonverbindung war schlecht. Immer wieder knackte es in der Leitung. Es klang, als riefe sie ihn von Grönland aus an. »Bei Gübingers wurde ein Toter gefunden.«

Ungeduscht und unrasiert, aber hellwach schlüpfte Hackenholt in seine Kleider und befand sich binnen zwei Minuten auf dem Weg zum Hafen. Mur schraubte gerade den Deckel von ihrer Thermoskanne ab, als er an der Absperrung vorbei auf das Gelände fuhr. Schnell stellte sie die Kanne zurück auf den Boden und winkte ihm, ihr zu folgen.

Erst unmittelbar vor der Tür des Kühlhauses drehte sie ihm ihr Gesicht zu. »Es ist ein grauenhafter Anblick.« Sie wirkte noch ernster als sonst.

Hackenholt stellten sich die Haare an seinen Unterarmen auf. Forschend sah er ihr in die Augen. »Wer ist der Tote?«

Ohne zu antworten, trat Mur von der offenen Tür weg und gab die Sicht auf das Innere des Kühlraumes frei. Hackenholts Blick glitt von ihrem Gesicht in den hell erleuchteten Raum, streifte die Schweinehälften und blieb schließlich an der dahinter kaum verborgenen Gestalt hängen. Augenblicklich erkannte er Ludwig Kork.

Wut ergriff Hackenholt. Was hatte dieser dumme Journalist nur getan? Wie konnte er auf eigene Faust weiterforschen? Warum hatte er der Polizei nur einen Bruchteil dessen erzählt, was er wusste? Hätte er den Beamten vertraut, anstatt sie mit vagen Angaben abzuspeisen, dann wäre es mit Sicherheit nie so weit gekommen. Hackenholt drehte sich weg. Mehr wollte er für den Moment nicht sehen.

Genauso schnell, wie die Wut ihn erfasst hatte, ebbte sie auch wieder ab. Kurz nagten Zweifel an ihm, ob er nicht mehr hätte tun können. Resigniert rieb er sich mit Daumen und Zeigefinger über die Augen.

»Alles in Ordnung?«, fragte Mur ungewohnt sanft, Hackenholts Geste missdeutend. Unbemerkt war sie ihm gefolgt und drückte ihm nun ihren Kaffeebecher in die Hand.

»Es ist nur –«, begann er zögernd.

»Fang gar nicht erst mit solchen Gedanken an!«, unterbrach sie ihn barsch. »Er hätte dir all das Material, das er während seiner Recherchen gesammelt haben muss, übergeben und so zur Aufklärung des Mordes beitragen können. Aber er hat es vorgezogen, selbst herumzuschnüffeln, um seine tolle Erfolgsstory ganz groß herausbringen zu können. *Journalist löst den Fall der ermordeten Filialleiterin – Polizei tappt nach wie vor im Dunkeln*, erfand sie die reißerische Schlagzeile eines Boulevardblattes.

Aber Hackenholt ging nicht darauf ein. Seine Aufmerksamkeit wurde von weiteren Fahrzeugen abgelenkt, die in diesem Augenblick auf das Firmengelände fuhren.

Trotz oder vielleicht auch gerade wegen der frühen Stunde war Dr. Puellen bester Laune. Nach einer kurzen Begrüßung wandte sich Hackenholt Wünnenberg und einem ungefähr vierzigjährigen, muskulösen Mann zu, die beide vor der Laderampe neben einem Streifenwagen warteten. Als er näher trat, bemerkte er zu seinem Erstaunen, wie bleich und zittrig der Mann war, den Wünnenberg ihm als Maximilian Gübinger, den ältesten Sohn der Unternehmerfamilie, vorstellte.

»Sie haben den Toten gefunden?«, fragte Hackenholt.

Der Metzger hob den Kopf und sah in die Richtung, aus der die Stimme gekommen war. Doch es dauerte einen Moment, bis sich sein Blick auf Hackenholt fokussierte.

»Wurde wie ein Schwein abgestochen«, murmelte er statt einer

Antwort. Geistesabwesend wiederholte er die letzten Worte. »Wie ein Schwein.« Ein Schauder durchlief seinen Körper und ließ ihn schwanken. Er beugte sich vor und begann einmal mehr zu würgen. Sein Magen war mittlerweile allerdings so leer, wie er nur sein konnte. Hackenholt gab Maximilian Gübinger ein paar Minuten Zeit, um sich wieder zu fassen, dann öffnete er die Schiebetür des Fahrzeugs und bat ihn, sich zu setzen.

»Kennen Sie den Toten?«, begann Wünnenberg die Befragung.

Gübinger schüttelte den Kopf. »Hab ihn nie zuvor gesehen. Weiß überhaupt nicht, was der bei uns in der Lagerhalle zu suchen hatte. Oder wie er reingekommen ist. War alles abgesperrt, als ich heut Morgen kam.«

Hackenholt registrierte die letzte Information mit großem Interesse und speicherte sie für später in seinem Kopf ab. Nun, da der Mann endlich zu erzählen angefangen hatte, wollte er ihn nicht sofort wieder unterbrechen.

»Weiß auch niemanden, der uns so etwas antun sollte. Sind ein bodenständiges Unternehmen. Kleine Leute. Haben niemanden aus dem Geschäft gedrängt, wofür man sich an uns rächen könnte.«

Gübinger klang aufrichtig, sodass Hackenholt geneigt war, ihm zu glauben. Wer brachte schon jemanden um und hängte den Toten dann für alle sichtbar in der eigenen Firma auf? So etwas würde nur ein ganz abgebrühter Täter wagen.

»Schlachten nicht mal mehr selbst seit letztem Jahr. Machen andere für uns. Zerlegen nur noch und liefern aus.« Der Juniorchef redete wie unter einem inneren Zwang weiter.

Hackenholt kannte dieses Verhalten zur Genüge. Menschen, die unter Schock standen, sagten entweder gar nichts oder redeten sinnlos drauflos.

»Der Mann könnte versucht haben, eine inkorrekte Machenschaft in Ihrer Firma aufzudecken«, schlug er vor, da er die Reaktion des Schlachters sehen wollte. »Man hört immer wieder von Betrieben, die nicht sauber arbeiten und die Hygienevorschriften nicht einhalten. Manche deklarieren sogar billiges Fleisch als teures.«

»Nicht bei uns«, wischte Gübinger den Einwand beiseite. »Passiert nur in diesen riesigen Fleischfabriken im Norden. Sind ein Familienunternehmen. Mach ich alles selbst.« Verzweifelt schüttelte er den Kopf.

Hackenholt spürte, wie er ob der scheinbaren oder tatsächlichen Naivität des Mannes ungehalten wurde. Aber solange er weder Korks Unterlagen über den Fleischskandal in Händen hielt, noch irgendwelche anderen Hinweise gefunden hatte, musste er sich mit Anschuldigungen zurückhalten. »Unsere Kollegen bringen Sie jetzt in die Dienststelle. Dort können wir uns ausführlicher unterhalten«, sagte er deshalb knapp.

Dr. Puellen war mit seiner vorläufigen Untersuchung fertig und trat Hackenholt entgegen. Ohne sich lange mit Höflichkeiten aufzuhalten, kam er direkt zur Sache.

»Zum Todeszeitpunkt kann ich dir nicht viel sagen, bevor ich ihn nicht aufgemacht habe. Durch die Temperatur im Kühlhaus haben sich alle Prozesse verändert. Die Leichenstarre ist aber bereits vollständig eingetreten. Meiner Schätzung nach ist er sechs bis acht Stunden tot.«

Hackenholt quittierte die Information mit einem Nicken.

»Hast du dir den Schnitt aus der Nähe angesehen? Er wurde mit einer einzigen Bewegung ausgeführt. Kein Testschnitt, kein Zögern. Der Täter wusste, was er tat und wie viel Kraft es erforderte. Wer so schneidet, macht das nicht zum ersten Mal. Außerdem braucht man dafür eine gewisse Nervenstärke. Mehr gibt es derzeit nicht zu sagen.«

Hackenholt dankte ihm, auch wenn es nur wenig Neues war, was er erfahren hatte.

»Wegen dem Obduktionstermin hörst du noch von mir.« Damit ging der kleine vierschrötige Mann davon und überließ den Hauptkommissar wieder seinen Gedanken.

Plötzlich schallten von der Absperrung laute Rufe herüber. Hackenholt sah sich erstaunt um. Ein Mann versuchte an den die Zufahrt bewachenden Polizisten vorbei auf den Hof zu kommen. Der Hauptkommissar gab dem inzwischen eingetroffenen Stellfeldt ein Zeichen, sich um den Kerl zu kümmern. Er selbst wollte Christine Mur nach ersten Erkenntnissen fragen und ging durch die Lagerhalle zum Kühlraum zurück. Die Kollegin kniete gerade auf dem Fliesenboden und tupfte mithilfe eines Wattestäbchens mit sterilem Wasser gelöste Blutspuren aus einer Ecke des Raumes. Als sie Hackenholt bemerkte, stand sie auf und kam herüber.

»Kannst du mir schon Anhaltspunkte zum Tatablauf geben?«

Sie nickte und wollte sich, wie sie es oft tat, mit der Hand die Haare aus dem Gesicht streichen, bis sie merkte, dass sie unter ihrer weißen Schutzkleidung versteckt waren. Etwas linkisch dirigierte sie die erhobene Hand mitten in der Bewegung um und deutete auf die mit getrockneten Blutspritzern übersäten Wände.

»Kork wurde in diesem Raum ermordet. Das ist ganz eindeutig. Den Spuren an Wand und Decke nach zu urteilen, befand er sich dort drüben bei der anderen Tür. Die Verteilung der Blutspritzer beweist, dass er stand, als er getötet wurde, und nicht zuvor niedergeschlagen worden war.«

»Dann kannte er die Person, die bei ihm war, und vertraute ihr, sonst hätte er sie nicht so nah an sich herangelassen.«

Mur nickte zustimmend. »Wahrscheinlich war er einen Augenblick lang abgelenkt. Vielleicht hat ihn auch der Anblick der toten Tiere überrascht, oder er wollte sich einen der Veterinärstempel auf dem Fleisch näher besehen. Währenddessen bemerkte er nicht, dass sein Begleiter das Messer zückte. Und als er ihn schließlich von hinten gepackt hat, war Kork viel zu erstaunt, um sich noch zur Wehr setzen zu können. Es muss alles sehr schnell gegangen sein.«

Die Vorstellung ließ Hackenholt erschaudern. »Bei Annika Dorn hat der Täter einfach nur zugestochen. Ludwig Kork jedoch wurde die Kehle durchgeschnitten. Glaubst du, das hat eine besondere Bedeutung?«

Mur schüttelte den Kopf. »Dorn ist auf ihren Mörder zugelaufen, wollte mit ihm sprechen. Kork hingegen hat ihm den Rücken zugekehrt und trug außerdem noch eine dicke Winterjacke. Da wäre es unmöglich gewesen zu sehen, wohin man sticht. Es war also sicherer, in den Hals zu stechen als auf den Körper zu zielen. Das anschließende Aufhängen geschah meiner Meinung nach ebenfalls aus praktischen Gründen. Alles war voller Blut. Boden, Wände und mindestens die Hand, wahrscheinlich sogar der ganze Arm des Täters. Um zum Wasseranschluss hier drüben zu gelangen«, sie deutete in eine Ecke der Kühlhalle, »musste er quer durch den Raum laufen. Dabei hinterließen seine Schuhe natürlich Abdrücke auf dem Boden. Die musste er unbedingt wieder beseitigen. Also hat er den Toten aufgehängt. Somit konnte er ganz bequem mit dem Hochdruckreiniger alle verräterischen Spuren entfernen.«

Erst jetzt bemerkte Hackenholt, dass der Fußboden im Gegensatz zu den über und über mit Blut befleckten Wänden sauber war.

»Er wollte also deiner Meinung nach durch das nachträgliche Aufhängen keine bestimmte Botschaft kommunizieren?«

»Nein. Ich kann mir sogar vorstellen, dass er es mehr aus Gewohnheit als aus einem anderen Grund getan hat.«

Hackenholt starrte Mur an.

»Das mag jetzt ein schlechtes Beispiel sein, aber wenn du als Straßenfeger tagein tagaus herumliegenden Müll einsammelst, wirfst du selbst keine Papierchen auf den Boden. Und so wird es wohl auch bei einem Schlachter sein. Er tötet die Tiere und hängt sie dann auf.«

»Willst du damit sagen, der Täter ist jemand aus der Firma?«

Mur zählte an ihren Fingern ab: »Erstens, wer immer es war, er hatte einen Schlüssel, um hier hereinzukommen. Zweitens wusste er, wo er einen Strick findet, den er brauchte, um die Füße des Opfers zusammenzubinden, dasselbe gilt für den Fleischerhaken, und schließlich«, damit reckte sie den dritten Finger in die Höhe, »wusste er, wie man die Hydraulik bedient, um den toten Körper in die Laufschiene an der Decke zu bringen. Mal ganz abgesehen davon, was Dr. Puellen über den Schnitt gesagt hat. Damit sollte doch sonnenklar sein, wer als Täter in Betracht kommt.«

»Vielleicht aber auch zu klar«, murmelte Hackenholt. Allerdings konnte er seinem Gedanken nicht weiter nachgehen, da in diesem Augenblick ein Unbekannter auf sie zugestürmt kam. Er hatte Stellfeldt brüsk beiseitegestoßen und rannte nun durch die Halle. Die Aufregung dauerte jedoch nur wenige Sekunden, dann hatten Wünnenberg und ein uniformierter Kollege den Mann zu Fall gebracht und mit Handschellen gefesselt. Obschon er heftig keuchte, trat der am Boden Liegende noch immer mit den Füßen um sich und schrie, dass er in seiner Firma tun und lassen dürfe, was er wolle. Die Beamten hätten kein Recht, ihn am Betreten der Räume zu hindern und ihn derart zu behandeln. Er musste Alexander Gübinger, der zweite Juniorchef, sein.

Stellfeldt ließ sich indes nicht von dem Geschrei beeindrucken. Er schnitt eine Grimasse und verfrachtete ihn mit Wünnenberg in eins der wartenden Streifenfahrzeuge. Währenddessen rief ein Polizist von der Absperrung Hackenholt zu sich.

Die neben dem Uniformierten stehende Frau stellte sich als Natalie Gübinger vor. Somit war nun also auch der dritte und letzte Sprössling der Familie auf der Bildfläche erschienen. Nervös flog ihr Blick zwischen Leichenwagen und Streifenfahrzeug hin und her, in das ihr gefesselter Bruder gerade gesetzt worden war.

Hackenholt nahm die junge Frau beiseite und winkte Saskia Baumann zu sich.

»Kannst du mit Frau Gübinger bitte im Büro warten? Ich muss noch ein Telefonat führen, aber dann möchte ich sie hier vor Ort vernehmen, so kann sie uns gegebenenfalls auch gleich ein paar Unterlagen zeigen. Schließlich sind ihre Brüder schon auf dem Weg zum Präsidium.«

Baumann nickte und folgte Natalie Gübinger, die ihr den Weg zum Büro zeigte, das über der Lagerhalle lag. Hackenholt holte sein Mobiltelefon aus der Tasche. Er hoffte, Gerhard Schätzle schon so früh am Morgen zu erreichen, da er ihn bitten wollte, sofort zum Hafen zu kommen. Der Lebensmittelkontrolleur konnte am besten beurteilen, ob es in der Firma irgendwelche Auffälligkeiten gab. Doch unter Schätzles Büroanschluss hob niemand ab. Hackenholt ärgerte sich, weil er nicht daran gedacht hatte, sich auch dessen Mobilnummer geben zu lassen. Missmutig steckte er das Handy weg. Er überlegte noch, welche Alternativen er hatte, Gerhard Schätzle zu erreichen, als ein orangefarbenes Stadt-Nürnberg-Auto vor der Absperrung hielt.

Erfreut winkte Hackenholt den Lebensmittelkontrolleur herein und zeigte ihm, wo er auf dem Hof parken konnte. Als Schätzle ausstieg, betrachtete er interessiert den Menschenauflauf.

»Wenn ich das hier so sehe, kann das nichts Gutes zu bedeuten haben. Komme ich ungelegen?«

»Ganz im Gegenteil! Du kommst keine Minute zu früh«, antwortete Hackenholt erleichtert. Dann erzählte er Schätzle, was passiert war.

Mit der Routine jahrelanger Erfahrung holte der Kontrolleur seine Aktentasche aus dem Kofferraum und stieg die Außentreppe zum Büro hinauf. Er klopfte kurz und energisch, bevor er gemeinsam mit Hackenholt eintrat.

Natalie Gübinger saß vor der gegenüberliegenden Wand an einem Schreibtisch. Ihre langen schwarzen Haare hingen ihr offen über die Schultern. Sie trug der Mode entsprechend eine übergroße Brille, die sie nach Hackenholts Meinung wie eine tollpatschige Zeichentrickfigur aussehen ließ.

»Guten Morgen, Frau Gübinger. Ich bin's mal wieder.« Gerhard Schätzle versuchte einen unbeschwerten Ton anzuschlagen.

Die Frau blickte auf und erbleichte. Zumindest hatte Hackenholt kurz den Eindruck, was allerdings auch bloße Einbildung gewesen sein konnte, denn Natalie Gübinger fasste sich sofort wieder und antwortete mit herzlicher Liebenswürdigkeit: »Na, das wurde aber auch mal wieder Zeit! Sie haben sich lange nicht mehr bei uns blicken lassen. Und dann ausgerechnet heute.«

»Ich habe schon gehört«, seufzte Schätzle mitfühlend. »Ich komme nicht sonderlich gelegen. Aber wenn sonst niemand hier ist, dann können Sie mich und den Herrn Hauptkommissar auf unserer Tour durch die Firma begleiten.« Er machte eine einladende Handbewegung zur Tür hin. »Und vergessen Sie nicht die veterinärärztlichen Zertifikate der Tiere.«

»Nein, nein. Die habe ich alle griffbereit.« Sie wies auf einen prall gefüllten Aktenordner. »Aber Sie wissen ja, dass wir seit einem halben Jahr nicht mehr selbst schlachten.«

»Wieso das denn?« Schätzle war sichtbar überrascht.

»Vater meint, es lohne nicht mehr«, entgegnete die junge Frau mit einem Schulterzucken. »Und was er sagt, wird gemacht.«

Der Kontrolleur nickte nachdenklich. »Na gut, dann lassen Sie uns mal runterschauen.«

In der Halle wies Schätzle im Vorbeigehen mit dem Kopf auf die großen Abfallcontainer. »Strukturieren Sie um, nachdem Sie jetzt nicht mehr selbst schlachten?«

Nun war es an Natalie Gübinger zu nicken. »Kaum einer ist bereit, anständig für unsere Arbeit zu bezahlen. Es geht nur noch darum, möglichst billig an Fleisch zu kommen.« Ihre wegwerfende Handbewegung zeigte, was sie davon hielt. »Aber um ihren Müll loszuwerden, greifen die Firmen immer tiefer in die Taschen. Deswegen haben wir eine neue Firma gegründet: Seit Kurzem holen wir auch den Lebensmittelabfall ab und entsorgen ihn fachgerecht. Wollen Sie die Papiere sehen?«

Schätzle lehnte ab und zog stattdessen einige Röhrchen aus seinem Koffer. Dann suchte er wahllos zehn Packungen Fleisch aus den Körben heraus, legte sie zur Seite und entnahm Proben. Die gut verschlossenen Behälter beschriftete er sorgfältig, während Natalie Gübinger ihm die tierärztlichen Unbedenklichkeitsbescheinigungen vorlegte. Auch die Stempel auf dem Fleisch kontrollierte er.

Danach besichtigten sie gemeinsam die Verarbeitungshallen und prüften die Maschinen auf ihre Sauberkeit. Schätzle trug alles gewissenhaft in ein amtliches Formular ein, dann händigte er Natalie Gübinger einen Durchschlag aus und steckte die Originale in seine Mappe zurück. Nachdem er sich von ihr verabschiedet hatte, begleitete Hackenholt ihn zurück zu seinem Auto.

Sobald sie außer Hörweite waren, sah Schätzle ihn betroffen an. »Irgendetwas stimmt da nicht. Dass der alte Gübinger nicht mehr selbst schlachtet, ergibt für mich keinen Sinn. Er ist mit Leib und Seele Metzger.« Abwesend strich er über seinen Bart. »Die Hygienevorschriften haben sie jedenfalls eingehalten. Das hast du selbst gesehen. Alles war ordentlich geputzt. Jetzt können wir nur die Laborergebnisse abwarten.«

Sobald Schätzle den Hof verlassen hatte, ging Hackenholt zu Frau Gübinger ins Büro zurück.

»Warum sind Ihre Eltern eigentlich noch nicht hier? Ihr Vater leitet doch die Firma, wenn ich recht verstanden habe. Und Ihre Mutter hilft auch mit.«

»Oh, die beiden sind gerade im Urlaub. Gönnen sich mal was. Habe ich das vorhin gar nicht erwähnt?«, antwortete sie scheinheilig.

Hackenholt betrachtete sie mit hochgezogenen Augenbrauen. Die Frau war eine so schlechte Lügnerin, dass sie besser daran getan hätte, es gar nicht erst zu versuchen.

»Nåcherdla geems uns hald däi Delefonnummer vo den Hoddell odder derer Bension, in ders wooner«, sagte Baumann, ohne die Miene zu verziehen. »Mäins scho verschdee, dassmer mied ihner blaudern mäin.«[37]

»Ähm ... da gibt es kein Telefon. Sie sind ...« Die junge Frau rang die Hände. »Jedenfalls weiß ich keine Nummer.«

»Frau Gübinger, lassen Sie das doch. Wovor wollen Sie Ihre Eltern schützen?« Hackenholt setzte sich auf die Schreibtischkante und sah sie eindringlich an.

---

37 »Dann geben Sie uns eben die Telefonnummer vom Hotel oder der Pension, in der sie wohnen«, (...). »Sie müssen schon verstehen, dass wir mit ihnen sprechen müssen.«

»Ich … Meine Brüder … Niemand darf davon wissen.«

Hackenholt schwieg beharrlich.

Natalie Gübinger kämpfte sichtlich mit sich. »Also gut. Aber Sie dürfen es nicht weitersagen – und schon gar nicht der Lebensmittelkontrolle. Unser Vater hatte letztes Jahr im Spätsommer einen Schlaganfall, von dem er sich nicht mehr erholt hat. Er ist halbseitig gelähmt. Aber wir konnten ihn in kein Heim geben. Er wollte das nicht, und Mutter hätte das auch nie zugelassen. Sie pflegt ihn jetzt zu Hause. Also haben wir, Maximilian, Alexander und ich, die Firma übernommen, aber eben nur inoffiziell. Und weil Maximilian die Schlachterei nicht alleine schafft, wir aber auch nicht genügend Geld haben, um einen zusätzlichen Metzger einzustellen, mussten wir die Firma umstrukturieren. Maximilian zerlegt nur noch bereits geschlachtete Tiere, und Alexander hat sich die Entsorgungsfirma als Zubrot aufgebaut.«

»Und warum muss das alles ein Geheimnis bleiben?«, fragte Hackenholt verwirrt.

»Maximilian meint, womöglich würden zu viele Kunden zur Konkurrenz wechseln und wir hätten dann irgendwann nichts mehr zu tun. Er selber war völlig gegen die Umstrukturierung. Hat immer gesagt, wir würden das schon schaffen, wenn wir alle mitanpacken und Alexander beim Schlachten hilft. Aber das wollte der nicht. Er konnte das Gebrüll der Viecher noch nie ertragen.«

Als Christine Mur Hackenholt aus dem Büro kommen sah, winkte sie ihn eilig zu sich.

»Ich habe etwas entdeckt«, sagte sie knapp und führte ihn durch das Firmeninnere zur entgegengesetzten Querseite des Gebäudes.

Unweit der rückwärtigen Tore waren verschiedene Trennmauern eingezogen. Hinter der letzten befand sich eine alte, unscheinbare Eisentür, die stark verrostet war. Mur drückte die Klinke hinunter und stieß die Tür mit nur einem Finger auf, um deren Leichtgängigkeit zu demonstrieren. Kein Geräusch war zu hören.

Hackenholt sah seine Kollegin überrascht an. Er hätte wetten können, die Türangeln wären derart eingerostet, dass sich die Tür nicht einmal dann hätte öffnen lassen, wenn sie sich zu zweit dagegengestemmt hätten. »Willst du damit sagen, die Tür war die ganze Zeit über unversperrt?«, fragte er ungläubig.

»Sieht ganz danach aus. Du solltest also bei deinen Vernehmungen nicht nur herausfinden, wer alles einen Schlüssel für die Vordertür hat, sondern auch, wer diese Hintertür benutzt hat.« Sie deutete wie immer mit einem Kugelschreiber auf das Schloss. »Alle anderen Türen und Tore gehören zu einer modernen Schließanlage. Nur für diese eine scheinbar vergessene Tür braucht man noch einen alten Bartschlüssel.«

»Ist es möglich, im Labor festzustellen, ob das Schloss zuletzt mit einem Schlüssel oder einem Dietrich geöffnet und, vor allem, ob es erst kürzlich benutzt wurde?«

Mur nickte. »Klar, das LKA kann derlei Dinge problemlos feststellen, vorausgesetzt ich bekomme das Schloss heraus.« Sie verzog das Gesicht. »Wer auch immer die Tür in Schuss gehalten hat, hat nur die Angeln und den Schließzapfen geölt. Das Einsteckschloss ist festgerostet. Möglicherweise brauchen wir die Feuerwehr, um es herauszuschneiden.«

Zurück im Büro suchte Hackenholt als Erstes Sabine Morlocks Telefonnummer heraus. Als sich unter ihrem Anschluss jedoch nur der Anrufbeantworter meldete, hinterließ Hackenholt keine Nachricht. Er würde es später erneut versuchen.

Anschließend ging er die Akten nach Ludwig Korks Familienangehörigen durch. Während die Beamten vor noch nicht einmal einer Woche nach dem Journalisten gefahndet hatten, hatte Saskia Baumann herausgefunden, dass Korks Mutter in einem Pflegeheim lebte.

Der Kollege, dem es zugefallen war, die Frau nach dem Aufenthaltsort ihres Sohnes zu befragen, hatte vermerkt, dass die Siebzigjährige an Alzheimer litt und sich nicht einmal mehr an Ludwigs Namen erinnern konnte. Das betreuende Pflegepersonal hatte auf Befragung hin erklärt, die Mutter erkenne Ludwig Kork schon seit mehreren Jahren nicht mehr, aber er komme sie auch nicht sonderlich regelmäßig besuchen.

Obwohl es Hackenholt grundsätzlich widerstrebte, derlei Dinge am Telefon zu besprechen, rief er dennoch im Altenheim an und ließ sich mit der Pflegedienstleitung verbinden. Die Schwester versprach ihm, der alten Dame die traurige Nachricht vom Tod ihres Sohnes zu überbringen; auch wenn die sie nicht verstehen und umgehend wieder vergessen werde. Immerhin konnte ihm die Mitarbeiterin einen Onkel in Hamburg als weiteren Angehörigen nennen.

Mit einem Blick auf die Uhr stellte Hackenholt entsetzt fest, wie spät es schon war. Er musste sich dringend um die Zeugenvernehmungen der Gübingers kümmern. Saskia Baumann konnte Natalie Gübinger übernehmen und Stellfeldt Maximilian, aber mit Alexander, dem jungen Mann, der sich am Morgen so unverhältnismäßig benommen hatte, wollte er selbst reden. Ohne weitere Zeit zu verlieren, erhob er sich, um den Zeugen in sein Büro zu holen.

Hackenholt sollte schnell erfahren, von welch aufbrausender Natur der jüngste Spross der Gübingers war. Kaum eine Frage beantwortete er direkt, zumeist konterte er mit einer Gegenfrage. Eine Taktik, die die Vernehmung ungeheuer in die Länge zog und nicht gerade dafür sprach, dass der Mann ein reines Gewissen hatte.

Irgendwann wurde es Hackenholt zu dumm. Er brach die Vernehmung ab und brachte Gübinger zum Erkennungsdienst, wo er ihm Vergleichsabdrücke seiner Fingerspuren abnehmen ließ und ihn auch um eine Speichelprobe bat. Dann schickte er ihn in dem Wissen nach Hause, ihn nicht zum letzten Mal gesehen zu haben.

Anschließend fuhr Hackenholt in die Burgschmietstraße. Jemand musste sich um Korks Wohnung kümmern, und er hatte beschlossen, diese Aufgabe selbst zu übernehmen, zumal er die Wohnung bereits kannte.

Beim Eintreten befiel ihn augenblicklich das Gefühl, dass schon mehrere Tage lang niemand mehr hier gewesen war. Er hätte nicht sagen können, woran er diese intuitive Ahnung festmachte. Vielleicht lag es an der Mischung aus ungelüftetem Raum und dem Staub, der sich wie ein feiner Film über alles gelegt hatte, oder an den Rückständen des Graphits, die von der letzten erkennungsdienstlichen Untersuchung der Wohnung stammten und nach fast einer Woche noch immer nicht weggewischt worden waren.

Die auf den Fußboden gefallene leere Müslipackung lag unverändert an ihrem Platz. Hackenholt verglich die Beschreibung des Durchsuchungsprotokolls sorgfältig mit dem jetzigen Zustand der Wohnung. Einzig das Stromkabel für den Laptop war zwischenzeitlich verschwunden. Dann erst machte sich der Hauptkommissar daran, nach Unterlagen zu suchen, die in irgendeiner Weise mit dem Fleischbetrug in Zusammenhang stehen konnten.

Das Zimmer bot nicht viele Verstecke. Der Schreibtisch war schnell durchgesehen und die darin gefundenen CD-ROMs eingepackt. Hackenholt graute davor, sich alle anschauen zu müssen. Selbst wenn sie die Arbeit unter sämtlichen Kollegen aufteilten, würde das eine gefühlte Ewigkeit in Anspruch nehmen.

Von einem Wandregal nahm er mehrere Aktenordner, die auf den ersten Blick nur alte, bereits erschienene Artikel enthielten. Vorsichtshalber packte er sie dennoch in den mitgebrachten Karton. Von Korks Laptop fehlte jede Spur. Für Hackenholt stand fest, dass er in der Wohnung vergebens nach brisantem Material suchte. Falls es einmal hier gewesen war, hatte der Ermordete es samt seinem Computer mitgenommen. Weit davon entfernt, mit dem Ergebnis zufrieden zu sein, begab sich Hackenholt ins Badezimmer und anschließend in die Küche, doch auch hier konnte er nichts Aufschlussreiches zutage fördern.

Erst als er aus der Wohnung gegangen war und gerade das amtliche Siegel an der Tür anbringen wollte, fiel ihm ein, dass er den Kühlschrank unbeachtet gelassen hatte. Natürlich würde er darin weder Laptop noch Papiere finden, dazu war es dort viel zu feucht, aber der Journalist hatte einen Fleischskandal recherchiert. Wo anders als im Kühlschrank oder dem Gefrierfach würde er eventuell gefundenes Fleisch aufbewahren? Schnell sperrte Hackenholt die Wohnungstür erneut auf und eilte zurück in die Küche.

Im Kühlschrank stand eine Tüte säuerlich riechender Milch, ein Glas Senf und eine angebrochene Flasche Orangensaft, die Gefrierlade enthielt tatsächlich eine Packung Schnitzel von Sternmann.

Trotz genauester Betrachtung konnte Hackenholt daran jedoch keine Auffälligkeiten erkennen. Er überlegte, was er nun tun sollte: Nahm er das Fleisch mit, würde es zwangsläufig auftauen, da es im Präsidium keinen Gefrierschrank gab. Andererseits mussten die Schnitzel so schnell wie möglich zur Untersuchung ins Labor des Veterinäramtes. Schließlich zog er sein Handy aus der Tasche und rief Gerhard Schätzle unter dessen Mobilnummer an, die dieser ihm am Morgen gegeben hatte, da im Amt ab Freitagmittag zwölf Uhr niemand mehr zu erreichen war.

Schätzle nahm sofort ab und versprach, alles Nötige zu veranlassen.

Als Hackenholt am Abend erschöpft nach Hause kam, fand er Sophie gegen einen Berg Kissen gelehnt im Bett sitzen. Ihr Fieber war zurückgegangen, sodass sie die Gelegenheit nutzte, eine Übersetzung zu Ende zu bringen. Um sie herum waren Fotografien, lose Seiten und zwei Wörterbücher ausgebreitet.

Das einzige Zugeständnis an ihre angeschlagene Gesundheit bestand darin, die übersetzten Texte handschriftlich zu notieren. In den Computer würde sie sie erst später eintippen.

Trotzdem strengte sie die Arbeit mehr als gewöhnlich an, was sie sich natürlich nicht eingestehen wollte. Ihre immer stärker werdenden Kopfschmerzen konnte sie allerdings allmählich beim besten Willen nicht mehr leugnen.

Hackenholt sah sie mit gerunzelter Stirn an. »Meinst du nicht, du bist noch zu krank, um zu arbeiten?«

Sophie lächelte ihn schuldbewusst an und raffte die Papiere um sich herum zusammen, damit er sich auf die Bettkante setzen konnte. »Schon, aber das ist eine Terminsache, ich muss die Übersetzung am Montag beim Verlag abgeben.«

»Wenn man krank ist, ist man krank«, insistierte Hackenholt.

Sophie streckte die Hand aus und zog ihn spielerisch am Ohr. »Daran werde ich dich bei Gelegenheit erinnern, wenn du mal wieder lieber alle Kollegen im Kommissariat ansteckst und deinen Verbrechern hinterherjagst, anstatt im Bett zu bleiben, um dich auszukurieren.«

»Woran arbeitest du denn?«, wechselte Hackenholt rasch das Thema, da er nicht zugeben mochte, wie gut sie ihn auch in dieser Hinsicht schon kannte.

»Am Schusserboum«, antwortete Sophie mit einer Grimasse. Obwohl sie gebürtige Nürnbergerin war, ging ihr der fränkische Dialekt nie sonderlich leicht über die Lippen.

»Woran?«

»An einem Bildband über die Lorenzkirche.«

»Und was ist ein Schusserboom?«

»Nicht Boom«, verbesserte sie ihn lachend, was gleich wieder einen Hustenanfall auslöste. »Ein Schusserbub.« Sie blickte suchend um sich und fischte aus dem Stapel Papiere eine Fotografie, die sie ihm hinstreckte. »An der Lorenzkirche gibt es links neben dem Hauptportal einen kleinen Brunnen, der direkt an den nördlichen der beiden Türme angebaut wurde. Darüber befinden sich diese Sandsteinfiguren.«

Hackenholts Interesse war geweckt. »Und wie ich die Nürnberger kenne, gibt es sicherlich auch eine Sage dazu.«

Sophie konnte ein breites Grinsen nicht unterdrücken. »Es ist sogar eine, die jeder Polizist kennen sollte.«

»Na, jetzt bin ich aber gespannt, was ihr euch da wieder ausgedacht habt«, stichelte Hackenholt, der die Nürnberger Sagen- und Geschichtenwelt liebte. »Der Junge sieht nicht sonderlich glücklich aus.«

»Soll er auch nicht, denn er wird gerade vom Teufel geholt.«

»Nun erzähl endlich die Geschichte.«

»Also, Schusser ist die Nürnberger Bezeichnung für Murmeln. Natürlich waren die im Mittelalter nicht aus Glas, sondern aus Stein. Aber die Kinder haben sehr gerne damit gespielt. Einst soll es einen Buben gegeben haben, der es mit der Ehrlichkeit nicht so genau nahm. Beim Schussern in der Pause mit seinen Klassenkameraden hat er immer geschummelt. Als ihn die anderen Jungen daraufhin zur Rede stellten, stritt er jedoch alles ab. Er beteuerte seine Unschuld und sagte schließlich, wenn er beim Schussern betrogen hätte, sollte ihn auf der Stelle der Teufel holen. Daraufhin war ein Donnern und Brausen zu hören, und es erschien tatsächlich der Teufel, der das Kind am Kragen packte, um es mit sich in die Hölle zu nehmen. Hier auf dem Bild siehst du, wie der Teufel den bösen Buben, der vor Schreck seine Schiefertafel und Bücher fallen lässt, am Schlafittchen packt.«

Hackenholt lachte. »Du denkst also, ich soll zukünftig jeden Verdächtigen diesen Satz sagen lassen, und wenn er dann nicht sofort vom Teufel geholt wird, ist er unschuldig?«

Sophie grinste. »Aber nur nach vorheriger Rücksprache mit dem Ermittlungsrichter. Könnte sein, dass er das anders sieht.«

Samstag

Am folgenden Morgen fuhr Hackenholt direkt zu Christine Mur im Hafen. Sie hatte ihn noch am späten Abend angerufen und mitgeteilt, dass sie für den Vormittag Taucher von der Bereitschaftspolizei angefordert hatte, weil die Suchhunde bislang keine Tatwaffe gefunden hatten. Hackenholt stieg aus dem Wagen und begrüßte die Kollegin.

Mur sah müde aus.

»Warst du etwa die ganze Nacht hier?«, fragte er bestürzt.

Sie schüttelte den Kopf und murmelte etwas von »Konnte nicht schlafen« und »Katze von Auto angefahren«. Allerdings wurde Hackenholt daran gehindert, genauer nachzufragen, da die Fahrzeuge der Bereitschaftspolizei um die Ecke bogen.

Er beneidete die Kollegen nicht um ihre Aufgabe, in dem eiskalten Wasser des Kanalbeckens den Grund nach dem Tatwerkzeug absuchen zu müssen. Schon vor längerer Zeit hatte ihm ein Taucher einmal erklärt, dass seine Arbeit deshalb so anstrengend war, weil sie nur in den seltensten Fällen etwas sahen. Normalerweise waren sie ausschließlich auf ihren Tastsinn angewiesen und wussten damit nie, was sie als Nächstes anfassten. Eine Aufgabe, die stets höchste Konzentration erforderte.

Gemeinsam mit dem Einsatzleiter legten Mur und Hackenholt das Gebiet fest, in dem nach dem Messer gesucht werden sollte. Da die Firma am Ende eines langen künstlichen Arms des Hafenbeckens lag, an dem kaum Strömung herrschte, konnten sie den Suchbereich auf knapp einhundert Meter eingrenzen.

Sobald auch Wünnenberg eingetroffen war, beschloss Hackenholt, sich zusammen mit dem Kollegen das Hafengebiet ein wenig genauer anzuschauen. Nicht dass der Nürnberger Hafen diese Bezeichnung wirklich verdiente. Er bestand lediglich aus ein paar langgezogenen Becken und dem üblichen dazugehörigen Industriegebiet.

Langsam fuhren sie die wenigen Straßen ab. Hackenholt suchte nach Tankstellen, Kiosken, Restaurants oder anderen Etablissements, in denen sie nachfragen konnten, ob jemand vorletzte Nacht etwas Auffälliges beobachtet hatte.

»Manfred ist gerade bei der Obduktion, aber Saskia hat sich gestern noch einen Lageplan im Büro der Hafenverwaltung besorgt, auf dem alle Firmen eingezeichnet sind. Jetzt versucht sie, die Inhaber telefonisch zu erreichen und festzustellen, wo es Überwachungskameras gibt und welche Unternehmen von Sicherheitsdiensten betreut werden. Vielleicht ist einem von deren Mitarbeitern auf seiner Runde etwas aufgefallen. Wäre ja immerhin möglich. Außerdem will Saskia heute Vormittag nochmals zu diesem Ehepaar Wehner fahren. Dafür war gestern in dem Trubel keine Zeit mehr.«

Hackenholt nickte geistesabwesend, während seine Augen die verschiedenen Firmengelände entlang der Straße absuchten. Es konnte doch nicht sein, dass es am Nürnberger Hafen außer der Kantine im Gebäude der Hafenverwaltung keine einzige öffentliche Gaststätte oder sonstige Fressbude gab! Bislang waren sie nur an einer hinter einem Containerlager versteckten Tankstelle vorbeigekommen, die lediglich aus einer einzigen Zapfsäule mit Kartenbedienung bestand und damit unbemannt war.

»Hier ist nicht einmal ein Kiosk!«, stellte er fassungslos fest.

»Eine Tasse Kaffee wäre jetzt in der Tat nicht schlecht«, griff Wünnenberg die Steilvorlage auf.

Hackenholt überhörte die versteckte Klage geflissentlich. »Was ich nicht verstehe, ist, wo all die Lastwagenfahrer, die hier zwangsläufig herkommen müssen, tanken oder ihre Vesper kaufen.«

»Die werden wohl alle in die Kantine gehen, aber die hat am Wochenende geschlossen.«

Abrupt hielt Hackenholt auf dem Seitenstreifen und stieg aus. Er hatte er drei Lastwagenfahrer entdeckt, die rauchend vor ihren Führerhäusern standen und sich unterhielten. Allerdings stellte sich schnell heraus, dass sie sich im Hafen keinen Deut besser auskannten als der Hauptkommissar. Sie stammten aus Rumänien und sollten hier nur Güter aufnehmen.

Schließlich wies ein Mann, der bei einer Glasrecyclingfirma arbeitete, den Beamten den Weg zu einem auf einem Parkplatz stehenden Imbisswagen, der jedoch ebenfalls geschlossen hatte.

Unverrichteter Dinge und entsprechend frustriert kehrten Hackenholt und Wünnenberg zum Gübinger'schen Gelände zurück.

Die Taucher hatten sich schon einige Meter weit vorangearbeitet und auch mehrere Gegenstände an die Oberfläche geholt; allerdings war nichts darunter, was auch nur im Entferntesten die Mordwaffe hätte sein können.

Anschließend fuhr Hackenholt in die Wölckernstraße zu Sabine Morlocks Adresse. Er hatte am vergangenen Nachmittag sowie heute im Laufe des Vormittags mehrfach bei ihr angerufen, sie aber nach wie vor nicht erreicht. Nun wollte er persönlich vorbeischauen, um vielleicht einen Hinweis darauf zu finden, wo sie sich aufhielt. Galgenhof stellte nach Hackenholts Meinung kein sonderlich attraktives Wohnviertel dar: eine nach dem Krieg schnell hochgezogene Wohnsiedlung. Mauer an Mauer, schnurgerade Straßen und bar jeglicher Grünfläche. Vereinzelt mal ein altes Sandsteinhaus, das per Zufall den Krieg überstanden hatte. Ein paar hundert Meter weiter, wenn man nach Gleißhammer kam, sah das alles schon wieder ganz anders aus.

Sabine Morlock wohnte in einem vierstöckigen Wohnsilo aus den sechziger Jahren. Es wunderte Hackenholt nicht sonderlich, dass er nur gegen die Haustür zu drücken brauchte, um ins Treppenhaus zu gelangen. Ein unangenehmer Geruch nach kaltem Zigarettenrauch und altem Fett schlug ihm entgegen. Gleich rechts im Flur waren die Briefkästen in die Wand eingelassen. Alte metallene Behälter, die gegen die Flut der Werbesendungen nicht ankamen. So lagen denn auch Prospekte von Pizza-Lieferdiensten und drei verschiedenen Supermarktketten durcheinander auf dem Boden verstreut herum. Offenbar machten sich die Mieter nicht die Mühe, unerwünschte Sendungen in die blaue Altpapiertonne zu werfen, die nur wenige Meter entfernt stand.

Auch Sabine Morlocks Briefkasten quoll über. Die Zeitung vom Freitag steckte darin, und mit großem Kraftaufwand hatte jemand auch noch die Wochenendausgabe in den viel zu kleinen verbliebenen Schlitz gestopft. Das Resultat war eine zu drei Vierteln aus dem Briefkasten ragende Zeitung, die diesen nun für alle weiteren Sendungen blockierte.

Hackenholt stieg die Treppen hinauf und kontrollierte auf jedem Absatz die Namen der Klingelschilder – sofern es welche gab. Im dritten Stock wurde er endlich fündig. Zunächst horchte Hackenholt an der Tür, doch aus der Wohnung drang kein Laut, und auch auf sein Klingeln hin regte sich nichts.

Dann versuchte er es bei den Nachbarn gegenüber. Ein kleines asiatisch aussehendes Mädchen öffnete ihm. Wie ein Zerberus kam sofort mit lauten Rufen die Mutter hinter ihr hergerannt und riss sie von der Tür und damit dem Fremden weg. Erst nachdem sich Hackenholt als Polizist ausgewiesen hatte, erlaubte sie ihm, ihr ein paar Fragen zu stellen, konnte ihm jedoch nicht weiterhelfen, da sie keinerlei Kontakt zu ihrer Nachbarin hatte. Währenddessen stieg eine ältere Frau aus dem Aufzug. Unter dem Arm trug sie Zeitungen, die sie auf Frau Morlocks Fußabtreter legte. Hackenholt wandte sich ihr zu und begann einmal mehr zu erklären, wer er war und wen er suchte.

»Sabine ist übers Wochenende zu ihren Eltern nach Hause gefahren«, verriet ihm die Nachbarin. »Sie hat mir gesagt, ich bräuchte mich nicht um ihre Post zu kümmern, weil ihr Freund vorübergehend hier wohnt. Aber Sie sehen ja: Nicht mal die Zeitung holt er hoch!«

Wo Sabine Morlocks Eltern lebten, wusste die Rentnerin nicht. Sie hatte sowieso nur mitbekommen, dass Sabine Morlock verreisen wollte, weil die junge Frau sie gefragt hatte, ob sie ihr eine Orchidee aus ihrer Zucht verkaufen würde, da ihre Mutter ihren fünfzigsten Geburtstag feierte. Wann sie zurückkommen würde, hatte sie ihr nicht verraten, so gut kannte man sich dann auch wieder nicht.

Im Anschluss an die erfolglose Suche nach Sabine Morlock machte sich Hackenholt auf den Weg zur Zeitungsredaktion, in der Ludwig Kork gearbeitet hatte. Schließlich musste jemand, der den Journalisten gekannt hatte, die Leiche offiziell identifizieren.

Am späten Nachmittag saß Hackenholt an seinem Schreibtisch im Büro und ging die Vernehmungsprotokolle der Gübinger-Geschwister vom Vortag durch. Alle drei hatten angegeben, den Toten nicht zu kennen und noch nie gesehen zu haben. Von der Seitentür hinten in der Halle hatten zwar alle gewusst, jedoch behauptet, sie hätten angenommen, die Tür sei abgesperrt und das Schloss eingerostet.

Zumindest habe Maximilian sie nicht aufbekommen, konnte sich Natalie Gübinger an einen vergeblichen Versuch erinnern, als sämtliche Schlösser im Gebäude ausgewechselt worden waren. Der Schlüssel für die Tür müsse schon vor Jahren verloren gegangen sein.

Hackenholt war gerade bei der Zusammenfassung angekommen,

in welcher der Kollege vermerkt hatte, alle drei Gübingers hätten einer DNA-Probe zugestimmt, als sein Telefon ihn unterbrach.

Der Anrufer stellte sich als Pieter van Bergen vor. Er war gebürtiger Belgier und stammte aus Antwerpen. Bei der Erwähnung der Stadt an der Schelde musste Hackenholt unwillkürlich an Diamanten denken. Tatsächlich war das, im weitesten Sinne, auch der Grund des Anrufs.

Pieter van Bergen war Goldschmied und betrieb eine kleine Werkstatt in Schwabach. Wie passend, dachte Hackenholt, war die südlich von Nürnberg gelegene Stadt doch ehemals für ihre Goldschläger berühmt gewesen.

»In den vergangenen Tagen habe ich mit meiner Familie meine Eltern in Belgien besucht. Die Kinder hatten ja Schulferien. Andere gehen Ski fahren, wir gehen Edelsteine kaufen.« Der Goldschmied lachte verlegen. »Jedenfalls habe ich Ihren Brief erst heute gefunden.«

Hackenholt wurde hellhörig. Mit Brief konnte nur der Fahndungsaufruf gemeint sein, den Stellfeldt in van Bergens Briefkasten mit der Bitte zurückgelassen hatte, sich zu melden, falls etwas über das Schmuckstück bekannt sei.

»Sie können uns also Hinweise auf die Kette geben?«, fragte er hoffnungsvoll.

Van Bergen zögerte. »Nun ja, ich kann nicht sagen, in wessen Besitz sich das Collier nun befindet. Tut mir leid, wenn ich Sie in dieser Hinsicht enttäuschen muss. Aber ich weiß etwas über seine Herkunft.«

Hackenholt hielt den Atem an.

»Ich selber habe diese Halskette letzten Herbst hier in meiner Werkstatt gefertigt.«

»Sind Sie ganz sicher? Kann es nicht einfach nur ein ähnliches Stück sein? Das Foto ist leider sehr schlecht.«

»Ausgeschlossen«, lachte der Goldschmied. »Ich erkenne jedes meiner Werke auch nach Jahren wieder. In meinem Beruf hat man ein sehr geschultes Auge.« Der sympathische Akzent nahm die Spitze aus den harschen Worten. »Ich habe die Unterlagen von dem Auftrag vor mir liegen: Fotos, Kaufquittung, ein Datenblatt mit Gewicht und Wertigkeit der Steine. Sogar die Entwurfsskizze ist noch vorhanden. Möchten Sie vorbeikommen und sich die Belege ansehen?«

Am liebsten hätte Hackenholt schon am Telefon nach dem Namen des Käufers gefragt, aber er bezwang den Drang und ließ sich stattdessen eine präzise Wegbeschreibung zur Goldschmiede geben.

Er schaute auf die Uhr. Selbst wenn er den Samstagnachmittagsverkehr in der Stadt miteinrechnete, könnte er es bis kurz nach fünf nach Schwabach schaffen.

Die Goldschmiede lag in einem malerischen Gässchen. Das alte, zweistöckige Haus wirkte mit den Buchsbäumen links und rechts des Eingangs äußerst pittoresk. Im einzigen Schaufenster waren nur wenige Schmuckstücke ausgestellt, die jedoch waren mithilfe vieler kleiner Lichtspots umso geschickter in Szene gesetzt worden. All die wunderschönen Kleinigkeiten, die Hackenholt erblickte, vermittelten den Eindruck, dass der Belgier ein Meister seines Faches war. Den Laden sollte er sich für besondere Gelegenheiten merken, auch wenn die Preise mit dem Einkommen eines Hauptkommissars wohl kaum zu vereinbaren waren.

Die Ladentür war verschlossen, doch neben einem alten Klingelzug prangte ein kleines Schild mit der Gravur: Bitte läuten. Nachdem das Klingeln verhallt war, erschien eine bildhübsche junge Frau und sperrte auf. Sie trug einfache Jeans zu einer weißen Bluse, ihr blondes Haar hatte sie zu einem Pferdeschwanz gebunden.

»Herr Hackenholt?«, fragte sie mit einem freundlichen Lächeln, das ihre ebenmäßigen Zähne entblößte.

Er nickte und zeigte seinen Dienstausweis.

»Bitte treten Sie ein. Mein Vater erwartet sie in der Werkstatt.«

Sorgfältig sperrte sie hinter ihm die Tür wieder ab, bevor sie sich umwandte und ihn aufforderte, ihr zu folgen. Durch einen schmalen Gang gelangten sie in einen großen rechteckigen Raum, in den tagsüber durch fünf gewaltige Doppelfenster helles Sonnenlicht hereinfallen musste. Die Werkstatt maß mindestens fünfzig Quadratmeter und lag in einem Anbau, der dem Haus offenbar erst in jüngerer Zeit zugefügt worden war. Entlang der Fenster standen Werkbänke, die Mitte des Raumes nahm ein mächtiger Holztisch ein. Die junge Frau setzte sich an dessen fernes Ende und nahm ihre Arbeit wieder auf, bei der sie von Hackenholts Ankunft unterbrochen worden war.

Aus einem angrenzenden Raum kam ein hochgewachsener blonder Mann mit einer Kaffeetasse in der Hand herein. Als er Hackenholt erblickte, stellte er den Becher zur Seite und trat mit ausgestreckter Hand auf ihn zu. Verwirrt fragte sich Hackenholt, ob die junge Frau, die ihm geöffnet hatte, tatsächlich die Tochter des Mannes sein konnte. Er wirkte viel zu jugendlich. Was den Hauptkommissar jedoch noch mehr erstaunte, war die Kleidung des Goldschmieds, die ebenfalls aus legeren Jeans und einem hellen Norwegerpullover bestand. Kein Anzug. Keine Krawatte. Offenbar sah sich Pieter van Bergen als Künstler und nicht als Händler hochwertiger Steine, für die so manch einer mehrere Monatsgehälter hinblättern musste.

Der Belgier griff nach einem schmalen Ordner und entnahm ihm mehrere Seiten. Sofort erkannte Hackenholt die Kette. Der Glanz der einzelnen Glieder kam auf den Fotografien des Goldschmieds jedoch wesentlich eindrucksvoller zur Geltung als auf dem Video der Überwachungskamera.

»Sie geht auf ein antikes Vorbild zurück«, erklärte van Bergen. »Die Kette besteht aus fünfzehn Bernsteinen, die in rechteckiger Form geschliffen und mit Gold gefasst wurden. An einem schlanken Frauenhals sehen sie wie Strahlen aus. Fällt genügend Licht darauf, funkeln sie wie eine aufgehende Sonne.«

Hackenholt nickte fasziniert.

»Natürlich machen der Bernstein und das Gold die Kette sehr schwer. Das ist ein großer Nachteil, aber der Kunde bestand auf den Materialien. Ich sollte das Collier so und nicht anders fertigen.«

»Es war eine Auftragsarbeit?« Endlich fand der Hauptkommissar die Sprache wieder.

Van Bergen nickte. »Ein junges Paar. Sie kamen letzten Sommer mit dieser Skizze zu mir in die Werkstatt.« Er deutete auf eine einfache Zeichnung. »In jede Bernsteinfassung sollte ich einen Buchstaben eingravieren.«

Der Belgier zeigte auf ein weiteres Foto, auf dem man die Rückseite der Kette sehen konnte. Mit angehaltenem Atem las Hackenholt die Buchstaben: A N N I K A • P A T R I C K •

»Können Sie die Kunden beschreiben?«

»Nicht so gut wie die Kette«, antwortete van Bergen verlegen lächelnd. »Ich achte weniger auf Menschen. Die zwei Mal, die sie hier waren, haben sie auf mich den Eindruck gemacht, in großer Eile zu sein.«

Nachdem Hackenholt die folgende spärliche Beschreibung notiert hatte, zog er aus seiner Jacketttasche ein Bild von Annika Dorn.

»Ja, das ist die Frau«, sagte der Goldschmied überrascht. »Der funkelnde Bernstein passte sehr gut zu ihren Augen.«

»Sie sagten, Sie hätten noch die dazugehörige Rechnung?«

Pieter van Bergen nickte und wies auf ein weißes Blatt, an das ein gelber Beleg geheftet war. »Die Anzahlung hat der Mann mit Kreditkarte geleistet, den Rest hat er dann in bar bei Abholung gezahlt.«

Patrick Hettenbach. Hackenholt grübelte. Der Name kam ihm bekannt vor. Dann fiel es ihm wieder ein: Renate Simons Ehemann. Hackenholt war wie elektrisiert.

»Darf ich die Unterlagen mitnehmen? Ich verspreche Ihnen, Sie werden sie unbeschädigt zurückbekommen.«

Der Belgier winkte ab. »Nehmen Sie, was immer für Sie von Wichtigkeit ist.«

Hackenholt hatte es eilig, ins Präsidium zurückzukommen und entschied, über die B 2 zu fahren, da sich auf dem Frankenschnellweg der Verkehr mal wieder wegen einer Baustelle staute. Von unterwegs aus rief er Wünnenberg an und bat ihn, die Ermittlungsgruppe zur Abendbesprechung zusammenzutrommeln.

Bei seiner Ankunft hatten sich schon alle im Besprechungszimmer versammelt. Selbst Christine Mur war vom Hafen hergekommen. Knapp schilderte Hackenholt sein Gespräch mit dem Goldschmied und zeigte die Rechnung samt Kreditkartenbeleg sowie die Fotografien der Kette herum.

Stellfeldt pfiff leise durch die Zähne und massierte seine Glatze. »Das könnte der Durchbruch sein.«

»Ach Godderler! Der Heddnbach wår der Liebhåber vo der Dorn. Un wäis vo ihn schwanger worn is«, mutmaßte Saskia Baumann, »hodders loswern mäin, waller verheiråd is. Obber då bassd der Ludwich Korg ned ins Bild.«[38]

»Dees is doooch gaaaanz simpel«, zwinkerte Wünnenberg seiner Kollegin zu. »Kork hat Hettenbach gesehen, oder Annika Dorn hat ihm etwas gesagt, und er wollte daraufhin auch diese Geschichte *ganz groß rausbringen.*« Die letzten Worte markierte er mit in die Luft gemalten Gänsefüßchen. An Hackenholt gerichtet fügte er

---

38 »Oh Gott! Herr Hettenbach war Frau Dorns Liebhaber. Und als sie von ihm schwanger wurde«, (...), »musste er sie loswerden, weil er verheiratet ist. Aber da passt der Ludwig Kork nicht ins Bild.«

hinzu: »Wollen wir Hettenbach gleich ins Präsidium holen?« Dabei stellte er seine Kaffeetasse so schnell ab, dass es aussah, als wolle er augenblicklich losfahren.

Mur schüttelte vehement den Kopf. »Ich glaube, du spinnst! Schau mal auf die Uhr! Wir hatten alle einen anstrengenden Tag. Außerdem haben wir mit der Besprechung gerade erst angefangen. Bis wir fertig sind, ist es locker halb neun. Wir könnten also frühestens um neun bei Hettenbach sein. Und dann schau dir an, was wir bislang gegen ihn in der Hand haben. Die Unterlagen«, sie zeigte auf die vor Hackenholt liegenden Papiere, »besagen doch nur, dass sich Hettenbach und Dorn letztes Jahr nahestanden. Damit ist er noch lange nicht der gesuchte Täter. Wir können ihn also allenfalls als Zeugen befragen. Und das macht sich am Samstagabend um neun ganz schlecht!«

»Du vergisst die Aussage des Rentners, der den Hund gehört hat. Hettenbach besitzt so ein kleines dickes Tier.«

»Und wie viele kleine dicke Hunde gibt es in Nürnberg? Einen? Zwei? Zwanzigtausend? Der Zeuge konnte ja nicht einmal sagen, um welche Rasse es sich bei dem Hund gehandelt hat!«, schnaubte Mur verächtlich. »Warum schalten wir nicht die Kollegen vom Mobilen Einsatzkommando ein? Sie könnten versuchen, unauffällig in einer Kneipe ein Glas mit Hettenbachs Fingerabdrücken mitgehen zu lassen. Vielleicht schaffen sie es sogar, einen DNA-Träger zu ergattern. Damit könnten wir feststellen, ob er wirklich am Tatort war.«

»Vorausgesetzt der Ermittlungsrichter stimmt einer verdeckten Erhebung zu«, warf Stellfeldt ein.

»Gut«, entschied Hackenholt. »Ich kläre das mit dem Staatsanwalt ab, und dann bitten wir die Kollegen um Unterstützung. Wenn wir bis Montag weder Fingerabdrücke noch eine DNA-Probe haben, müssen wir überlegen, wie wir weitermachen.«

»Was haben denn eigentlich die Taucher zutage gefördert?«, wechselte Stellfeldt das Thema.

Mur sah von ihrem halb zerlegten Kugelschreiber auf und seufzte resigniert. »Viel, aber nichts, was uns interessiert. Dennoch, es ist einfach unglaublich, was die Leute so alles ins Hafenbecken werfen!«

»Gibt es auch ohne Tatwaffe eine Möglichkeit nachzuweisen, dass die beiden Morde von ein und demselben Täter begangen wurden?« Stellfeld sah seine Kollegin aufmerksam an.

»Dafür ist es noch zu früh. Wir haben Unmengen an Spuren gefunden, die erst in den nächsten Tagen ausgewertet werden können. Bislang haben wir vom LKA lediglich die Rückmeldung, dass an dem auseinandergebauten Messer, mit dem Annika Dorn getötet wurde, tatsächlich Hautabrieb gesichert werden konnte. Der daraus gefertigte genetische Abdruck ist identisch mit einem der Haare, die wir auf der Kleidung der Leiche sichergestellt haben. Damit können wir nachweisen, dass der Benutzer des Messers auch wirklich der Täter ist.«

»Dann sind wir ja schon einen ganzen Schritt weiter«, brummte Wünnenberg kopfschüttelnd.

»Wurden bei dem Brand in der Schweppermannstraße eigentlich irgendwelche DNA-Träger gefunden, die wir mit unseren bisherigen Spuren vergleichen können?« Hackenholt sah Mur fragend an.

»Von was für einem Brand redest du?«, fragte sie ihn plötzlich wieder gereizt.

»Donnerstagnacht«, versuchte Hackenholt ihr auf die Sprünge zu helfen. »Die prima-Filiale in der Schweppermannstraße.«

Mur schüttelte verärgert den Kopf. »Davon höre ich gerade zum ersten Mal. Wer bearbeitet das?«

»Matthias Heerweger vom KI2, Brandermittlungen.«

»Dann brauchst du dich nicht zu wundern, wenn ich nichts davon weiß. So ein Eigenbrötler, wie der einer ist!« Mur legte ihre ganze Abneigung gegen den Kollegen in die Worte.

»Ich frage am Montag selbst mal bei ihm nach«, lenkte Hackenholt ein. »Saskia, hast du schon herausbekommen, welche Firmen auf dem Hafengelände von der Wach- und Schließgesellschaft betreut werden und welche eigene Überwachungskameras haben?«

»Vo fuchzg Firmer hobbi bei fümpferdreissg nerblous in Ånrufbeandwodder erreichd. Zähermål is kanner hieganger, drei Ånschlüss egsisdiern nimmer, un blous bei zwaa hobbi ern Midarbeider derwischd. Däi homm obber gsachd, dass weder ern Sicherheidsdiensd beschäfdichn, noch dass Ieberwachungskameras gibbd. Un vor Mondåch wermer vo denner andern ned vill erfårn.«[39]

---

39 »Von fünfzig Firmen habe ich fünfunddreißigmal nur den Anrufbeantworter erreicht. Zehnmal ging keiner hin, drei Anschlüsse existieren nicht mehr, und bloß bei zwei habe ich einen Mitarbeiter erwischt. Die haben aber gesagt, dass sie weder einen Sicherheitsdienst beschäftigen, noch dass es Überwachungskameras gibt. Und vor Montag werden wir von den anderen nicht viel erfahren.«

Hackenholt schnitt eine Grimasse. »Es wird uns also nichts anderes übrig bleiben, als uns nachts selbst auf die Straßen im Hafen zu stellen und alle Passanten und Lastwagenfahrer zu befragen. Konnte Dr. Puellen wenigstens die Tatzeit genauer einkreisen, Manfred?«

»Der Todeszeitpunkt von Kork liegt zwischen dreiundzwanzig Uhr Donnerstagnacht und ein Uhr am Freitagmorgen«, ergriff Stellfeldt das Wort. »Ansonsten ist bei der Obduktion nichts Überraschendes rausgekommen.«

»Könntest du dich darum kümmern, dass wir für ein paar Nächte vier Kollegen von der Bereitschaftspolizei zur Unterstützung erhalten?«

»Ich nehme an, mit ein paar Nächten meinst du von heute Abend bis einschließlich kommenden Freitag?«

Hackenholt nickte nachdenklich. »Die Nacht von Donnerstag auf Freitag ist besonders wichtig, da müssen wir unbedingt selbst mit raus. Und auch sonst sollte immer mindestens einer von uns vor Ort sein.«

»Ich kann die erste Nacht übernehmen. Hab heute sowieso nichts Besonderes vor«, bot Stellfeldt an.

»Danke, Manfred.« Hackenholt klang erleichtert. »Wie ist es dir eigentlich bei den Eheleuten Wehner ergangen?«, wandte er sich Baumann zu.

Sie zuckte ergeben mit den Schultern. »Bassd scho. Däi zwaa wårn wärgli ådli. Obber sie homm kanns vo denne Modelle kennd. Iech fürchd, dassis mied denner Foddo nu meerer durchernand brachd hobb. Nerblous mied den Fädder Kennzeing wårsi der Moo sicher. Derweeng hobbi ban zuschdänding Amd er Lisdn mied alle in Fädd zouglassner Wohnmobille abgruffm.« Sie deutete auf den vor ihr liegenden Aktenordner. »Des sin dausndeinhunderdaanerdachzg Fårzeuche.«[40]

Hackenholt stöhnte. »Falls es wirklich ein Fürther war.«

»Frag doch die Kollegen von den Revieren in Fürth, Zirndorf und Stein um Hilfe«, schlug Wünnenberg Baumann vor. »Sie sollen während der Streife nach dem Caravan Ausschau halten.«

---

40 »Kein Problem. Die beiden waren wirklich putzig. Aber sie haben keins der Modelle erkannt. Ich fürchte, ich habe sie mit den ganzen Fotos nur noch mehr durcheinandergebracht. Lediglich mit dem Fürther Kennzeichen war sich der Mann sicher. Deswegen habe ich beim zuständigen Amt eine Liste sämtlicher in Fürth zugelassener Wohnmobile abgerufen.« (...). »Das sind tausendeinhunderteinundachtzig Fahrzeuge.«

Stellfeldt nickte. »Gute Idee, trotzdem kommen wir nicht umhin, uns auch selbst um die Liste zu kümmern.«

»Nein«, widersprach Hackenholt, »dafür haben wir jetzt wirklich nicht genug Leute. Nach dem Camper suchen wir erst, wenn wir all die anderen, frischeren Spuren abgearbeitet haben. Bislang ist das Fahrzeug nur eine äußerst vage Fährte. Wir wissen nicht einmal, ob es wirklich in irgendeinem Zusammenhang mit Frau Dorns Ermordung steht. Es kann auch einfach nur über Nacht auf dem Parkplatz abgestellt worden sein.«

Obwohl es schon spät war, fuhr Hackenholt nach der Besprechung noch in die Dienststelle des Mobilen Einsatzkommandos, um Hettenbachs Observation zu veranlassen.

Im Büro des Diensthabenden saß ein langhaariger Obdachloser, nach dessen Alkoholausdünstungen der gesamte Raum stank. Um seinen Stuhl herum lagen drei Supermarkttüten mit leeren Plastikbierflaschen.

Dem vertrauten Umgang des Gruppenleiters mit dem Mann entnahm Hackenholt, dass der vermeintliche Sandler zum Team gehören musste. Zwar wusste der Hauptkommissar, wie gut manche Beamte mit dem Umfeld der zu observierenden Person verschmolzen, aber es erstaunte ihn trotzdem zu sehen, wie weit dieser Mann gegangen war.

Hackenholt schilderte den beiden das Ziel der gewünschten Überwachung und beschrieb Hettenbach, da sie von ihm bislang noch kein Foto hatten.

»Peter und ich können schon mal anfangen«, schlug der unechte Obdachlose seinem Chef vor. »Und wenn du das restliche Team zusammengestellt hast, sagst du uns Bescheid.« Hackenholts zweifelnden Blick parierte er, indem er grinsend hinzufügte: »Keine Sorge, ich dusche vorher und ziehe saubere Kleider an.«

In dieser Nacht ließ sich Sophie endlich erweichen, ihr Bett wieder mit Hackenholt zu teilen. Die letzten Nächte hatte sie ihn aufs Sofa verbannt und das Schlafzimmer zur Quarantänestation ernannt. Mittlerweile war sie zwar fieberfrei und auch die Halsschmerzen waren verflogen, dafür hallte nun ihr bellender Husten durch die Wohnung. Zudem geriet sie immer noch bei jeder kleinsten Bewegung ins Schwitzen und ermüdete sehr schnell. Es würde gut und gerne eine weitere Woche dauern, bis sie wieder völlig auf dem Damm war.

Trotz der späten Stunde briet sich Hackenholt an diesem Abend noch die restlichen Bratwürste, die Sophie am vorigen Samstag eingefroren hatte. Zwar war er kein sonderlich guter Koch, aber ein paar Gerichte konnte er ganz passabel zubereiten. Dazu gehörten auch Sechs auf Kraut, wobei Letzteres aus der Dose stammte.

Nachdem er gegessen hatte, legte er sich zu Sophie ins Bett. Genauso wie er, schien sie ihn in den letzten Nächten vermisst zu haben. Sobald er es sich mit einem Buch neben ihr gemütlich gemacht hatte, rutschte sie an seine Seite und schmiegte sich an ihn. Zufrieden schlang er seine Arme um sie.

»Hast du dir schon Gedanken über unsere neue Wohnung gemacht?«, fragte er schließlich. Er wollte sie nicht drängen, da er vermutete, dass sie Zeit bräuchte, um sich auf die neue Situation einzustellen. Andererseits wollte er aber auch nicht so tun, als habe er den Vorschlag mit dem Zusammenziehen nur gemacht, um vom verpatzten Faschingsball abzulenken.

»Ich habe tatsächlich darüber nachgedacht«, antwortete sie mit einem Seufzer. »Es wird nicht einfach werden, etwas Passendes zu finden. Wir müssen deinen und meinen Geschmack unter einen Hut bringen. Meine dunklen Wiener-Barock-Möbel passen nur bedingt zu deiner hellen Buche. Ich habe all die alten Sachen.« Ihre Handbewegung umfasste die gesamte Wohnung inklusive des wunderschönen Himmelbetts, in dem sie lagen. »Und du magst es eher modern.«

»Heißt das, wir müssen auch noch eine neue Einrichtung kaufen?«, fragte Hackenholt neckend. Er wusste, es bestand nicht die geringste Chance, dass sich Sophie von ihren über einhundert Jahre alten Schränken trennte. Aber das wollte er auch gar nicht, schließlich gehörten sie und ihre Umgebung für ihn unzertrennlich zusammen. »Ich hänge nicht so sehr an meinen Möbeln, wie du an deinen«, sagte er sanft, um jedes Missverständnis im Keim zu ersticken. »Und ich fühle mich in deinen Altertümern recht wohl, auch wenn das Bett ziemlich knarrt. Ich hätte nur gerne ein Arbeitszimmer mit einem großen Regal für meine Bücher.«

»Ich meinte eigentlich eher, wir sollten versuchen, ein Häuschen zu bekommen. Dann gibt es Zimmer, in die meine Sachen passen, und Zimmer für deine.«

Hackenholt musste lachen. Es war typisch für Sophie, den Hausstand nicht zusammenwürfeln zu wollen, sondern dem Problem aus dem Weg zu gehen, indem sie ihn weiter ausbaute. Allerdings lebte sie schon jetzt in einer einhundertdreißig Quadratmeter großen Jugendstiletage. Das zu toppen, würde jeder anderen Wohnung schwerfallen. Mit dem Wunsch nach einem Haus schlug sie jetzt allerdings eine völlig neue Richtung ein.

»Am besten wäre natürlich ein altes«, fuhr sie ernsthaft fort. »Eins, das wir von Grund auf renovieren und umbauen müssen. Dann hätten wir die Möglichkeit, einen Teil alt zu lassen und einen Teil modern zu gestalten. Stell dir mal so ein schönes Sandsteinhäuschen vor, das hinten dran einen gläsernen Anbau hat.«

»Und wer von uns beiden überfällt vorher die Sparkasse?« Hackenholt runzelte die Stirn. Er überlegte, ob Sophie sich im Klaren war, wie hoch sein Polizistengehalt eigentlich war – oder wie niedrig.

»Ich verdiene auch Geld!«, sagte sie gekränkt, als sie seine Sorgenfalten sah. »Wir müssen nur eine genaue Aufstellung machen. Dann wissen wir, was wir uns leisten können und was nicht.«

Sonntag

Hackenholt saß stirnrunzelnd an seinem Schreibtisch im Büro und stand vor einem Rätsel. Er betrachtete nicht nur Korks Handy, sondern auch den hierfür in aller Eile angeforderten Einzelverbindungsnachweis.

Die erste Auffälligkeit war Hackenholt schon am Freitag ins Auge gesprungen, als er Korks Taschen durchsucht hatte: Sie waren alle leer. So leer, dass es unnatürlich wirkte. Der Journalist hatte keinen Schlüsselbund bei sich gehabt, keinen Geldbeutel, keine Ausweispapiere, kein Notizbuch, kein Fitzelchen Papier, keinen Stift, keine Packung Kaugummi.

Von Korks kurzem Intermezzo im Kommissariat wusste Hackenholt jedoch, dass dessen Jackentaschen durchaus auch anders aussehen konnten. Wünnenbergs Gesicht war lang und länger geworden, da der Journalist mindestens genauso viel bei sich getragen hatte wie ein gut ausgerüsteter Polizist. Und in der Firma Gübinger sollte er nun nichts dabeigehabt haben? Kaum vorstellbar.

Korks Handy hatte Mur nur gefunden, weil es durch ein Loch in der Jackentasche zwischen Innenfutter und Obermaterial gerutscht und deshalb offenbar vom Täter übersehen worden war. Denn in diesem Punkt war Hackenholt sich sicher: Der Mörder musste für das Verschwinden von Korks Tascheninhalt verantwortlich sein.

Dass in dem Mobiltelefon keinerlei Rufnummern gespeichert waren, wusste der Ermittler noch von der ersten Überprüfung des Handys. Was ihn gerade jedoch noch viel mehr verwunderte, war die Tatsache, dass der Einzelverbindungsnachweis ebenfalls keinen Aufschluss brachte. Korks Mobiltelefon war zum letzten Mal am Tag vor Annika Dorns Ermordung benutzt worden. Auch den Festnetzanschluss hatte Kork nicht mehr verwendet, seit er mit der Servicehotline seines Internetproviders telefoniert hatte. Vielleicht hatte er zum Telefonieren von da an immer öffentliche Münzsprecher verwendet? In der heutigen Zeit eigentlich nicht anzunehmen.

Hackenholt rieb sich mit beiden Händen über das Gesicht. Er musste schnellstmöglich herausfinden, wo Kork während der letzten Tage gewohnt hatte. Vielleicht würde er dort auf den Computer des Toten stoßen, den er so dringend für die weiteren Ermittlungen benötigte.

In Gedanken versunken malte er Kringel auf seinen Schreibblock. Wünnenberg saß ihm gegenüber und überprüfte den von Baumann organisierten Ausdruck der Wohnmobile.

Die Titelmelodie der Sendung mit der Maus ließ die beiden Beamten auffahren. Korks Mobiltelefon blinkte hektisch.

Der Hauptkommissar zögerte nur den Bruchteil einer Sekunde, dann drückte er die grüne Sprechtaste des Telefons. Wohlweislich meldete er sich nur mit: »Ja, hallo?«

Am anderen Ende der Leitung herrschte einen Moment lang verschrecktes Schweigen. »Wer spricht denn da?«, fragte dann schüchtern eine Frauenstimme.

»Sind Sie das, Frau Morlock?«, entgegnete Hackenholt, der sich bereits sicher war, ihre Stimme erkannt zu haben. »Hier ist Hackenholt von der Kriminalpolizei Nürnberg.«

Die junge Frau schwieg so lange, dass er sich schon fragte, ob die Verbindung unterbrochen worden war. Schließlich seufzte sie: »Was ist denn nun schon wieder los? Ist Lu bei Ihnen im Präsidium?«

Im Hintergrund konnte Hackenholt eine Lautsprecherdurchsage mit Anschlussmöglichkeiten hören, dann das markante Quietschen eines Zuges.

»Frau Morlock, wo sind Sie gerade? Ich verstehe Sie so schlecht.«

»Am Hauptbahnhof. Lu hat versprochen, mich abzuholen. Ich warte hier schon über eine Viertelstunde lang und wollte ihn fragen, ob er mich vergessen hat oder aufgehalten wurde. Aber wenn er bei Ihnen ist, muss ich wohl allein nach Hause gehen.«

»Nein«, entgegnete Hackenholt rasch. »Wir machen das anders. Ich komme zu Ihnen. Bleiben Sie im Bahnhof. Warten Sie bei den Fahrkartenautomaten neben dem Reisezentrum. In zehn Minuten bin ich da.«

»Warum wollen Sie mich denn abholen?«, fragte Sabine Morlock verdutzt.

»Ich muss mit Ihnen reden. Warten Sie auf mich, ja?« Rasch beendete er das Gespräch und nahm ihr damit die Möglichkeit, noch weitere Fragen zu stellen. Dann zerrte er seine Jacke vom Haken und eilte aus dem Büro.

Da sich der Verkehr zwischen Plärrer und Bahnhof so gut wie immer staute, fuhr Hackenholt durchs Jakobsviertel und bog erst am Sterntor auf den Innenstadtring ein. Am Bahnhof parkte er auf dem großen Taxistellplatz zwischen Mittel- und Osthalle mitten auf dem Rettungsweg. Sobald er ausgestiegen war, kam ein untersetzter Fahrer mit einer Zigarette in der Hand und verkniffenem Gesichtsausdruck auf ihn zu.

»Das ist verboten. Sie dürfen hier nicht parken«, schimpfte er.

Verärgert hielt Hackenholt ihm seinen Dienstausweis unter die Nase, erklärte, er könne das sehr wohl, und machte sich dann auf den Weg zu Korks Freundin. Vor dem Eingang zur Mittelhalle lungerten ein paar Punks herum.

Seit die Stadt es nicht mehr duldete, dass die jungen Leute vor dem Künstlerhaus genau gegenüber des Handwerkerhofs herumhingen, da der Anblick den kaufwütigen Touristen nicht zugemutet werden sollte, traf man sie abwechselnd vor der Lorenzkirche, am Hauptmarkt oder auch direkt vor dem Bahnhof an, immer auf der Flucht vor der Obrigkeit, die sie mit Sicherheit ein weiteres Mal vertreiben würde.

Sabine Morlock stand in Jeans und mit wattierter Jacke neben den Fahrkartenautomaten. Als sie den Kripobeamten wiedererkannte, schulterte sie ihren Trekkingrucksack und lief ihm entgegen.

»Kommen Sie, ich parke gleich da vorne«, sagte Hackenholt, während er ihr das voluminöse Gepäck abnahm.

Schweigend erreichten sie seinen Wagen. Kaum war Sabine Morlock auf den Beifahrersitz gerutscht, begann sie Fragen zu stellen. »Was ist passiert? Sie holen mich doch nicht einfach so vom Bahnhof ab. Haben Sie Lu verhaftet?«

»Lassen Sie uns in Ihre Wohnung fahren«, bat Hackenholt. »Das Auto ist kein guter Ort zum Reden.«

Widerstrebend gab die junge Frau nach. Vielleicht lag es an seinem ernsten Tonfall, jedenfalls saß sie fortan zusammengekauert in ihrem Sitz und biss nervös an ihren Fingernägeln herum. Von gelegentlichen Anweisungen, wie er am besten fahren sollte, abgesehen, hüllte sie sich in Schweigen. Hackenholt war das recht. So konnte er sich auf den Verkehr konzentrieren und im Kopf nochmals durchgehen, was er von ihr wissen musste.

Beim Aussteigen rannte sie beinahe einen Fahrradfahrer um, der auf dem Gehsteig fuhr. Ohne sich zu entschuldigen, lief sie weiter, drückte die Haustür auf und stieg Hackenholt voraus die Treppe hinauf. In der Wohnung setzte sie sich aufs Sofa und sah den Beamten auffordernd an. Hackenholt stellte den Rucksack ab und nahm ihr gegenüber auf einem Stuhl Platz. Dann überbrachte er der jungen Frau die schreckliche Todesnachricht. Er hatte noch nicht zu Ende gesprochen, da liefen ihr schon Tränen über die Wangen.

»Gibt es jemanden, den ich für Sie anrufen kann?«, fragte er. »Eine Freundin? Oder einen Seelsorger? Sie sollten jetzt nicht alleine sein.«

Sabine Morlock schwieg. Ihr war nicht einmal anzumerken, ob sie ihn überhaupt verstanden hatte. Hackenholt ließ mehrere Minuten verstreichen.

»Frau Morlock, ich muss Ihnen leider noch ein paar Fragen stellen«, sagte er dann behutsam.

Auch jetzt reagierte sie nicht. Tränen tropften von ihrem Kinn auf die Jacke und bildeten dort dunkle Flecken.

»Wissen Sie, im Moment gibt es noch zu viele Fragen, auf die ich keine Antwort weiß. Sie müssen mir helfen.« Bei den letzten Worten legte er seine Hand sanft auf ihren Unterarm.

Erst jetzt wandte sie ihm ihr Gesicht zu. Sie musterte ihn so erstaunt, als sehe sie ihn gerade zum ersten Mal. Dann schweifte ihr Blick suchend durchs Zimmer. Hackenholt nahm ein Päckchen Taschentücher vom Couchtisch und reichte es ihr. Umständlich zog sie eins aus der Packung und schnäuzte sich.

Nach und nach verebbte ihr Schluchzen, und Hackenholt erfuhr, dass Ludwig Kork seit Mittwochabend bei ihr gewohnt hatte, weil er sich nicht zurück in seine Wohnung traute. Er wollte nicht einmal mehr zum Wäscheholen dorthin gehen, deshalb hatte sie das am Donnerstagmorgen für ihn erledigt. Lu hatte auch nicht in der Redaktion gearbeitet, er hatte nur an ihrem Computer gesessen und im Internet gesurft.

Hackenholt fragte nach Details, doch Sabine Morlock konnte nicht mehr dazu sagen. Sie wusste lediglich, dass sich Lu am Donnerstagabend mit jemandem treffen wollte, der ihm seine Hilfe angeboten hatte, weitere Beweise zu sammeln. Den Namen der Person hatte Lu nicht genannt. Er hatte nicht darüber sprechen wollen, und sie war Donnerstagmittag zu ihren Eltern gefahren. Auch den Namen Patrick Hettenbach hatte sie noch nie gehört.

»Wissen Sie, wo Herrn Korks Laptop ist?«

Die Studentin schüttelte verneinend den Kopf. »Er hatte ihn nicht mit dabei, als er zu mir kam.« Sie schniefte wieder in ihr Taschentuch.

»Darf ich mich mal umschauen?«, fragte Hackenholt.

Sie nickte. Gemeinsam sahen sie die Zimmer durch, Korks Laptop fanden sie jedoch nicht. Daraufhin bat Hackenholt, sich ihren Computer anschauen zu dürfen. Ohne zu zögern, schaltete Sabine Morlock das Gerät ein, entdeckte aber auf der Festplatte keine neuen, von Ludwig Kork gespeicherten Dateien. Auch der Webbrowser brachte keine hilfreichen Erkenntnisse: Der Cache war geleert und Cookies gelöscht worden, und damit gab es keine einfach Möglichkeit nachzuvollziehen, welche Seiten Kork besucht hatte. Schließlich verabschiedete sich Hackenholt von der jungen Frau, nicht ohne sie ein weiteres Mal gefragt zu haben, ob er jemanden für sie anrufen solle, was sie aber erneut verneinte.

Im Büro schrieb Hackenholt sofort eine Anforderung für einen Verbindungsnachweis für Sabine Molocks Telefonanschluss heraus. Hierbei ging es ihm lediglich um vergangenen Mittwoch und Donnerstag. Da Kork bei ihr gewohnt hatte, war es möglich, dass er von dort aus Gespräche geführt hatte.

Im Geschäftszimmer schickte Hackenholt das Fax an die entsprechende Stelle. Auf dem Rückweg in sein Büro traf er Christine Mur auf dem Gang, die energisch ein paar Blätter Papier in der Hand schwenkte.

»Das LKA hat gerade die Ergebnisse gefaxt.« Eilig drückte sie ihm die Seiten in die Hand.

»Was ist das?«, fragte er stirnrunzelnd.

»Die Analyse von Spuren, die wir an Korks Kleidung gefunden haben«, sagte sie ungeduldig. »Wir können jetzt nachweisen, dass es sich um ein und denselben Täter handelt. Wir haben sowohl DNA als auch Fasern an Korks Kleidung gefunden, die mit den Spuren identisch sind, die wir an Annika Dorns Sachen und im Messergriff sichergestellt haben.«

»Das ist ja wunderbar!«, rief Hackenholt überschwänglich.

Mur sah ihn entgeistert an und fragte sich, wie lange es wohl noch dauern würde, bis dem zugezogenen Münsteraner in solchen Situationen ein einfaches fränkisches »Bassd scho!« über die Lippen käme. Kopfschüttelnd ging sie zurück in ihr Büro.

Als Hackenholt sein Zimmer betrat, saß Stellfeldt auf seinem Stuhl und unterhielt sich angeregt mit Wünnenberg.

»Ich habe Ralph gerade erzählt, wie es heute Nacht am Hafen gelaufen ist. Ganze vierzehn Personen haben wir angetroffen! Zwei davon waren von der Wach- und Schließgesellschaft, aber die haben leider nicht von Donnerstag auf Freitag gearbeitet. Zumindest haben sie versprochen, ihre Kollegen zu unterrichten und sie zu bitten, bei uns anzurufen. Vorsorglich habe ich mir aber auch ihre Tournummern und Kontaktdaten notiert.«

»Und die anderen zwölf?«, fragte Hackenholt ohne viel Hoffnung.

»Alles Lastwagenfahrer. Keiner von ihnen war von Donnerstag auf Freitag am Hafen. Heute Nacht geht Saskia mit den Kollegen von der Bereitschaftspolizei raus«, seufzte Stellfeldt und kratzte sich die Glatze.

Am späten Nachmittag meldete der Pförtner Besucher für Hackenholt. Es waren die zwei Mitarbeiter der Wach- und Schließgesellschaft, die in der Nacht von Donnerstag auf Freitag verschiedene Firmengelände am Hafen überprüft hatten. Hackenholt war überrascht, dass sie Stellfeldts Bitte, Kontakt aufzunehmen, so prompt gefolgt waren.

Bei den Männern handelte es sich um einen fünfundvierzigjährigen in Deutschland geborenen Italiener und seinen zwanzig Jahre jüngeren Kollegen, dem man das täglicheХанteltraining überdeutlich ansah.

Beide machten anfänglich einen sehr reservierten Eindruck, als hätten sie Angst, jemand würde sie für den Toten am Hafen verantwortlich machen wollen. Der Jüngere übergab Hackenholt die mitgebrachte Checkliste der Unternehmen, die sie zu überprüfen hatten. Für jeden Kunden, der von der Sicherheitsfirma betreut wurde, mussten die Mitarbeiter die jeweilige Uhrzeit ihres Besuchs notieren sowie welche Überprüfungsmaßnahmen sie ergriffen hatten.

Die Männer fuhren die Tour immer unterschiedlich ab, so wie es ihnen die Pläne von ihrem Chef vorgaben. Zum ersten Mal waren sie in der fraglichen Nacht gegen halb zwölf am Firmengelände der Gübingers vorbeigekommen. Allerdings gehörte keine der Firmen in unmittelbarer Nachbarschaft zu den Kunden des Sicherheitsdienstes. Dennoch ließ sich Hackenholt haargenau schildern, wie sie die zwei zumindest in derselben Straße liegenden Kundengebäude überprüft hatten. Beide Männer waren sich jedoch einig, dass alles ruhig und unauffällig gewesen und ihnen niemand begegnet war.

»Nicht einmal der Alte Heinrich war mit seinem Hund draußen«, sagte der Italiener verächtlich. Der Alte Heinrich fügte er hinzu, war ein Wachmann im Rentenalter, der es einfach nicht lassen konnte. Mit seinem Schäferhund kontrollierte er nach wie vor Nacht für Nacht die Spedition am Ende der Rotterdamerstraße, für die er seit gefühlten Jahrzehnte arbeitete. Hackenholt machte sich eine Notiz, wo er den Mann antreffen konnte.

»Ist Ihnen in besagter Nacht in der Nähe der Fleischfirma ein Fahrzeug aufgefallen?«

Der Jüngere schüttelte den Kopf. »Bei denen mussten wir ja nicht nach dem Rechten sehen, da haben wir nicht sonderlich aufgepasst.«

»Und ein Wohnmobil war auch nirgends geparkt?«, unternahm Hackenholt einen letzten verzweifelten Anlauf.

»Nicht auf dem Hafengelände. Die Camper stehen weiter draußen in der Münchner Straße. Dort gibt es einen Übernachtungsplatz. Oder manchmal auch am Anleger von der Personenschifffahrt, beim Schwulentreff.«

»Nein, ich meinte eigentlich ein Wohnmobil, das Ihnen auf dem Hafengelände entgegengekommen ist. Oder am Seitenstreifen oder in einer Firmeneinfahrt stand.«

»Haben wir nicht neulich erst eins in der Feuerstraße gesehen?«, meinte der Italiener jetzt nachdenklich.

»Aber das war nicht Donnerstagnacht.«

»Nein, da hast du recht, das war schon früher. Aber ich habe in der Nacht auch nicht auf alle Toreinfahren geachtet.«

»Ich schon. Zumindest rund um die Anwesen, die wir überprüfen müssen, hat keins gestanden. Nur die üblichen Lastwagen und Transporter. Und mehr interessiert mich auch nicht, dafür werde ich schließlich nicht bezahlt.«

Nach der Unterhaltung, die keine neuen Hinweise gebracht hatte, machten sich Hackenholt und Wünnenberg auf den Weg zum Hafen. Wenn es schon einen Wachmann gab, der seit Jahren für ein und dieselbe Spedition seinen Dienst verrichtete, wollten die Ermittler auch mit ihm sprechen. Er musste den Hafen mit seinen Firmen und Gesichtern in- und auswendig kennen.

Wie Hackenholt von den Männern der Wach- und Schließgesellschaft erfahren hatte, wohnte der Alte Heinrich in einem großen Wohnwagen, der auf dem Gelände der Spedition Renner abgestellt war.

Wünnenberg parkte den Dienstwagen in der Firmeneinfahrt und suchte nach einer Klingel, während Hackenholt sich umwandte und abzuschätzen versuchte, welche der vielen Einfahrten zur Gübinger'schen Fleischfabrik führte. Doch die Firma lag mindestens dreihundert Meter weit entfernt. Da die Unternehmen samt und sonders durch hohe Lagerhallen, Zäune oder Betonmauern voneinander getrennt waren, sank Hackenholts schon zuvor geringe Hoffnung, dass ihnen der alte Wachmann weiterhelfen konnte.

Wünnenberg hatte es unterdessen geschafft, die Aufmerksamkeit eines frei laufenden Schäferhundes durch geräuschvolles Rütteln des Zaunes auf sich zu ziehen. Mit lautem Gebell kam das Tier angesprungen und beäugte den potenziellen Eindringling durch die Gitterstäbe.

In einiger Entfernung ging nun auch endlich die Tür des Wohnwagens auf, und heraus stieg ein in einen dicken Parker gekleideter Mann mit überdimensionaler Fellmütze. Gemessenen Schrittes ging er auf den Zaun zu, an dem sein Hund noch immer nervös auf- und absprang.

Sobald er in Hörweite war, rief Hackenholt, dass sie von der Polizei seien und mit Herrn Heinrich sprechen wollten. Der Alte machte eine Bewegung mit der Hand, woraufhin sich der Hund sofort auf den Boden fallen ließ und verstummte.

»Ich bin der Alte Heinrich«, stellte sich der Wachmann mit einer tiefen Bassstimme vor. »Sie kommen wegen dem Toten bei Gübingers, nehme ich an? Derlei Neuigkeiten verbreiten sich hier schnell.« Dann zog er seinen an einer Kette am Hosengürtel festgemachten, beeindruckend dicken Schlüsselbund aus der Tasche und sperrte die Tür neben der LKW-Einfahrt auf.

»Und der Hund?«, fragte Wünnenberg mit einem skeptischen Blick auf das nach wie vor auf dem Boden liegende Tier, das die beiden Beamten nicht aus den Augen ließ.

»Der tut Ihnen nichts, solange Sie in meiner Nähe bleiben.« Damit gab er dem Hund ein erneutes Zeichen, drehte sich um und ging zurück zu seinem Wohnwagen.

Hackenholt war überrascht, wie gemütlich eine solch mobile Behausung eingerichtet werden konnte. Die drei Männer setzten sich um einen kleinen rechteckigen Tisch, der sowohl als Essplatz als auch als Büro diente.

»Wie Sie schon richtig vermutet haben, interessieren wir uns für alles, was Ihnen in der Nacht von Donnerstag auf Freitag aufgefallen ist«, ergriff Wünnenberg das Wort, nachdem er sein Diktiergerät auf den Tisch gestellt und eingeschaltet hatte.

»Tja, das war eine Nacht wie jede andere auch.« Der Alte zuckte mit den Schultern. »Tagsüber geht es hier zu wie in einem Bienenstock, aber nachts herrscht kaum Betrieb. Selten, dass sich mal ein Auto her verirrt, das hier nichts zu suchen hat. Das Einzige, was mir in der Nacht aufgefallen ist, war ein Wohnmobil, das in der Einfahrt von der Glasrecyclingfirma geparkt hat.«

Der Mann bemerkte das Interesse der beiden Beamten und holte weiter aus.

»Wenn mir nachts die Zigaretten ausgehen, was alle zwei, drei Tage vorkommt, laufe ich schnell die paar Schritte vor zu Pauls Altglasfirma. Dort gibt es einen Automaten. Als ich Donnerstagnacht so gegen halb eins hinkam, stand dort ein Camper. Ich habe mir das Auto ein bisschen genauer angeschaut, weil es so ein altes Modell war, das heute gar nicht mehr gebaut wird. Ich interessiere mich für derlei Dinge.« Er machte eine Geste, die seinen eigenen Wohnwagen umschloss. »Außerdem wollte ich sichergehen, dass sich nicht ein paar von den Jungs vom Anleger drüben bei der Passagierschifffahrt auf unsere Seite verirrt hatten. So etwas würde ich hier nicht dulden! Was die nachts dort treiben, ist deren Sache, aber nicht hier. Na ja, als ich niemanden sah, bin ich wieder zurückgegangen.«

Hackenholt konnte seine Erregung kaum unterdrücken. »Sie haben sich das Wohnmobil also näher angeschaut? Ist Ihnen etwas aufgefallen?«

Der Wachmann sah Hackenholt aus aufmerksamen Augen an. »Ein alter beigefarbener Ford Transit. Ende der siebziger Jahre gebaut, würde ich schätzen. Das Modell mit den metallenen Stoßstangen. Gibt's heute eigentlich gar nicht mehr. War auch schon ganz schön angerostet, das gute Stück. Ich habe allerdings nicht geschaut, ob es noch TÜV hatte, das geht mich ja auch nichts an.«

»Und das Kennzeichen?«, fragte Wünnenberg neugierig.

»Das hab ich mir nicht gemerkt.« Heinrich schüttelte den Kopf. »Also, das heißt, das Auto war von hier, aus der Region. Es war kein Ausländer oder von weiter weg, falls Sie das meinen. Daran würde ich mich erinnern.«

»Und mit dem Modell sind Sie sich ganz sicher?«

Der Alte nickte. »Da kenne ich mich aus.«

»Ist Ihnen an dem Auto sonst noch etwas aufgefallen?«

»Ja, der Depp von Besitzer hat mitten auf die Tür so einen Aufkleber gepappt. Den bekommt man nie wieder weg, ohne den Lack kaputt zu machen.«

Es war ein schöner Abend gewesen. Renate Simon schwelgte noch immer in den Genüssen des vorzüglichen Menüs. Auch der Wein hatte hervorragend gemundet. Lachend hielt Hettenbach ihr die Beifahrertür auf, bevor er selbst ins Auto stieg.

An der Kreuzung Kilianstraße, Ecke Erlanger Straße hielt bei Rot ein Streifenwagen hinter ihnen. Kaum sprang die Ampel auf Grün, scherte das Fahrzeug aus, überholte und setzte sich mit eingeschaltetem Blaulicht vor sie. Auf dem Display blinkte abwechselnd STOP und POLIZEI. Hettenbach fuhr rechts in die Haltebucht vor der Endhaltestelle Thon.

Die junge Beamtin, die ausstieg und ans Fahrerfenster trat, teilte ihm freundlich mit, dass das rechte Rücklicht seines Wagens defekt sei. Dann ließ sie sich von ihm Führerschein und Fahrzeugpapiere zeigen, während ihr Kollege langsam um das Auto herumging und mit seiner Taschenlampe hineinleuchtete. Als die Polizistin glaubte, Alkohol im Atem des Fahrers zu riechen, fragte sie, ob er etwas getrunken habe.

Da Hettenbach auffällig herumdruckste, holte sie kurzerhand einen Alkomat aus ihrem Dienstfahrzeug und ließ ihn pusten. Das Gerät zeigte null Komma zweidrei an. Hettenbach war erleichtert, bis ihn die Ordnungshüterin darüber aufklärte, dass es sich bei dem Wert um Milligramm und nicht um Promille handele.

»Ich schlage vor, wir warten jetzt zehn Minuten und versuchen es dann noch einmal. So können wir sehen, ob sich der Wert gerade im

Ab- oder Aufbau befindet. Sie liegen nämlich genau an der Grenze zu null Komma fünf Promille. Dass das die Grenze zu einem Monat Fahrverbot ist, wissen Sie ja wohl. Haben Sie etwas dagegen, wenn wir in der Zwischenzeit einen Drogenvortest durchführen?«

Da ihm von dieser Seite mit Sicherheit keine Gefahr drohte und Hettenbach sich kooperativ zeigen und keine Aufmerksamkeit erregen wollte, stimmte er zu. Die Beamtin zog sich Einweghandschuhe über und fuhr ihm mit einem Wattestäbchen über Zunge und Wangentaschen. Die Speichelprobe steckte sie anschließend in eine Pappschachtel.

»Der Test braucht ungefähr fünf Minuten. Solange können Sie in Ihrem Auto warten«, erklärte sie, bevor sie zum Einsatzfahrzeug ging.

Nach fast zehn Minuten kamen beide Polizisten zurück, teilten Hettenbach mit, der Drogenvortest sei negativ ausgefallen, und ließen ihn noch einmal in den Alkomat pusten. Diesmal hatte er mehr Glück.

»Der Wert ist leicht zurückgegangen«, erklärte die Polizistin. »Trotzdem sollten Sie nicht fahren, wenn Sie Alkohol getrunken haben. Wenn Sie zwischen null Komma drei und null Komma fünf Promille haben und in einen Unfall verwickelt werden, kommt eine Anzeige wegen Gefährdung des Straßenverkehrs in Betracht. Sie sollten sich von daher gut überlegen, ob es Ihnen das wert ist.« Damit verabschiedeten sich die Streifenbeamten und gingen zu ihrem Wagen zurück.

Hettenbach startete den Motor und fuhr rasch, jedoch nicht schneller als erlaubt, davon.

Die gute Stimmung des Abends war dahin. Auch bei Renate Simon hatte der Vorfall Spuren hinterlassen. Nie hätte sie gedacht, dass die zwei Gläser Wein, die sie getrunken hatten, eine Gefährdung des Führerscheins darstellen könnten. Schweigend fuhren sie nach Hause.

Währenddessen stieg Christine Mur aus ihrem vor der Sparkasse geparkten Volvo und lief über die Straße zum Streifenwagen. »Und? Hat er was gemerkt?«, fragte sie Christian Berger und seine Kollegin.

»Ach, woher denn, der war ein richtiger Schisser«, winkte der junge Beamte ab. »Bevor wir ihn zum zweiten Mal pusten ließen, haben wir den Alkomat komplett mit einem Reinigungstuch abgewischt.

Es können also nur seine Fingerabdrücke darauf sein. Wir selbst haben Handschuhe getragen und das Gerät nur ganz unten angefasst.«

Mur war zufrieden. Durch diese einfache Aktion hatten sie Hettenbachs Fingerabdrücke und eine Speichelprobe bekommen.

Montag

Kurz vor sieben versammelten sich alle Einsatzkräfte in der Nähe von Hettenbachs Haus. Über den mit Raureif überzogenen Wiesen des Stadtparks hing dichter Nebel. Spätestens in einer Viertelstunde musste Renate Simon das Haus verlassen, wenn sie pünktlich in der Arbeit sein wollte. Bevor dies geschah, sollte Hettenbach festgenommen werden.

Mur hatte Hackenholt noch spätnachts angerufen und ihm mitgeteilt, dass die verdeckt erhobenen Fingerabdrücke mit denen vom Tatort in der Grolandstraße übereinstimmten. Hackenholt hatte daraufhin alles Nötige für den morgendlichen Einsatz in die Wege geleitet.

»Beide sind gestern ziemlich spät schlafen gegangen«, berichtete der Beamte des Mobilen Einsatzkommandos. »Frau Simon ist um halb zwölf zum letzten Mal mit dem Hund raus.«

Hackenholt nickte. »Gut. Zwei von euch bewachen den Hauseingang. Die anderen kommen mit rauf. Sobald wir Hettenbach festgenommen und ins Präsidium gebracht haben, unterstützt ihr die Kollegen bei der Wohnungsdurchsuchung. Wir machen alles so, wie im Einsatzbefehl aufgeführt. Noch Fragen?« Er blickte in die Runde.

Alle schüttelten den Kopf.

»Dann lasst uns anfangen.«

Hackenholt ging zu Stellfeldts Wagen hinüber, in dem ein Mitarbeiter vom Ordnungsamt saß, der als neutraler Zeuge der Wohnungsdurchsuchung beiwohnen sollte. Hackenholt bat ihn, im Fahrzeug zu warten, bis der Zugriff erfolgt war. Zwar war nicht von Gewalttätigkeiten auszugehen, doch konnte man das nie mit Sicherheit voraussagen. Für Hettenbach stand immerhin seine gesamte Existenz auf dem Spiel. In einer solchen Situation passierte es schon mal, dass einer durchdrehte und zur Waffe griff, um sich der Festnahme zu entziehen, und Hackenholt wollte nicht unnötig einen Unbeteiligten gefährden.

Durch die vom Mobilen Einsatzkommando geöffnete Eingangstür gelangten sie ins Treppenhaus und stiegen so leise wie möglich in den zweiten Stock. Auf ihr stürmisches Klingeln öffnete eine wie immer makellos gekleidete Renate Simon die Tür. Sie sah die Beamten verdutzt an.

Bevor sie aufbegehren und fragen konnte, was die Polizisten so früh am Morgen bei ihr zu suchen hatten und wie sie überhaupt ins Haus gekommen waren, drängten sie sich bereits überfallartig in die Wohnung.

Hackenholt ergriff das Wort. »Wir möchten zu Ihrem Mann.«

»Er ist noch im Bad«, antwortete die Frau überrumpelt. »Was wollen Sie denn von ihm?«

In einen Bademantel gehüllt trat Hettenbach aus dem Bad, um zu sehen, was die morgendliche Störung zu bedeuten hatte.

»Was soll dieser Menschenauflauf früh um sieben in unserer Wohnung?«, herrschte er den ihm an nächsten stehenden Stellfeldt an.

»Herr Hettenbach, wir müssen Sie bitten, uns ins Präsidium zu begleiten«, erwiderte Hackenholt ruhig. »Wir haben ein einige Fragen im Zusammenhang mit der Ermordung von Frau Annika Dorn an Sie. Selbstverständlich brauchen Sie keine Angaben zu machen, wenn Sie sich damit selbst belasten.«

»Was soll das heißen? Ich kannte die Kollegin meiner Frau doch kaum. Hast du das den Leuten nicht gesagt?« Er wandte sich an seine Gattin, fuhr dann aber, ohne deren Antwort abzuwarten, fort: »Die wenigen Male, die ich Frau Dorn auf einer Party getroffen habe, kann man an einer Hand abzählen. Ich wüsste nicht, wie ich Ihnen bei Ihren Ermittlungen weiterhelfen könnte.« Verständnislos schüttelte er den Kopf.

Hackenholt ignorierte das Gesagte. »Gegen Sie liegt ein Haftbefehl vor. Bitte ziehen Sie sich jetzt an, andernfalls müssen wir Sie in dieser Aufmachung mitnehmen.«

Daraufhin drehte sich der junge Mann um und marschierte in Richtung Schlafzimmer davon. Als er die zwei Beamten bemerkte, die ihm folgten und nicht vorhatten, aus dem Zimmer zu verschwinden, schrie er Zeter und Mordio. Doch es nutzte nichts, die Polizisten wichen nicht von seiner Seite.

»Ich werde unseren Anwalt anrufen«, ließ sich Frau Simon vernehmen.

»Das steht Ihnen selbstverständlich frei«, nickte Hackenholt. »Am besten bitten Sie ihn, direkt ins Präsidium zu kommen.«

Sofort griff Renate Simon trotz der frühen Stunde zum Telefon.

Nach einem kurzen Moment des Abwartens begann sie zu sprechen. Als ihr Mann angezogen aus dem Schlafzimmer trat, beendete sie knapp und formlos das Gespräch.

»Ich habe Volker angerufen«, beruhigte sie ihn. »Er macht sich umgehend auf den Weg. Bis zu seinem Eintreffen sollst du keine Fragen beantworten.«

Hettenbach erbleichte, als Wünnenberg ihm Handschellen anlegte. »Das ist doch alles ein Missverständnis.«

»Wenn Sie fertig sind, würden wir gerne gehen.«

Nachdem Hettenbach abgeführt worden war, richtete Saskia Baumann ihre Aufmerksamkeit auf Frau Simon. »Bassens biddschön ermål er Momendler aaf. Meine Kolleeng wern edzerdla ihr Wohnung durchsuchn. Ern richderlichn Beschluss häddmer aa.«[41]

Renate Simon schnappte hörbar nach Luft.

»Des is der Herr Scherm«, fuhr die Beamtin fort. »Mier hommnern als ern neudråln Zeung vom Oddnungsamd ghulld. Der schaud ganz genau zou, dass hinderher kanns behaubdn koo, mier häddn wos hiegmachd.«[42]

»Aber das können Sie doch nicht machen!« Frau Simons Stimme entglitt ihr ebenso, wie ihr zuvor die Situation aus den Händen gerutscht war. »Das ist meine Wohnung. Sie können doch nicht einfach so in meinen Sachen herumwühlen!«

Als Antwort hielt Baumann der verstörten Frau ein Blatt Papier hin. »Der Durchschlåch is fier Ihner. Då kenners nåchlesn, dass alles rechdmässich beåndråchd un geneemichd worn is.«[43]

Wutentbrannt entriss Renate Simon der jungen Beamtin das Dokument und zog sich mit dem Telefon bewaffnet in die Küche zurück. Baumann folgte ihr.

»Lassen Sie mich allein! Ich muss telefonieren.«

»Doud mer leid, obber momendån derffms des nerblous, wenn iech derbei bin.«[44]

---

41 »Passen Sie bitte einen Moment auf. Meine Kollegen werden jetzt Ihre Wohnung durchsuchen. Einen richterlichen Beschluss dazu haben wir.«

42 »Das ist Herr Scherm«, (...). »Wir haben ihn als neutralen Zeugen vom Ordnungsamt hergerufen. Er wird ganz genau hinschauen, damit hinterher niemand behaupten kann, wir hätten etwas kaputt gemacht.«

43 »Der Durchschlag ist für Sie. Darauf können Sie nachlesen, dass alles rechtmäßig beantragt und genehmigt wurde.«

44 »Tut mir leid, aber im Augenblick dürfen Sie das nur in meiner Gegenwart tun.«

»Aber ich will noch einmal mit meinem Anwalt sprechen.«

Baumann hob bedauernd die Hände. Eine Geste, die zeigen sollte, wie wenig sie für die Situation konnte, da auch sie nur ihre Anweisungen befolgte.

Während des Telefonats verwandelte sich Renate Simons Gesicht zusehends in eine ausdruckslose Maske. Ihre Antworten wurden immer knapper, bis sie schließlich das Gespräch ohne die übliche Grußformel beendete. Offensichtlich hatte ihr Anwalt erklärt, dass sie nichts gegen die Durchsuchung unternehmen könne und es ihm wichtiger erschien, ihrem Mann ins Polizeipräsidium zu folgen, als ihr Beistand zu leisten. Fortan saß Renate Simon kettenrauchend am Küchentisch.

Systematisch arbeiteten sich die Beamten durch jedes Zimmer. Schrank für Schrank, Regal für Regal, Blumentopf für Blumentopf. Sie suchten nach Kleidung, die zu den auf der Leiche gefundenen Fasern passte, Schuhen, deren Profil mit dem auf Bergers Foto vom Tatort übereinstimmte, nach Hettenbachs Terminkalender, Korks Geldbeutel und Schlüsselbund sowie Annika Dorns verschwundener Kette.

Irgendwann bat Stellfeldt um die Schlüssel für die beiden Fahrzeuge. Frau Simon überreichte sie ihm wortlos, ohne jedoch Anstalten zu machen, den Ermittler zu den Autos zu begleiten.

Im Präsidium brachten Hackenholt und Wünnenberg den Verdächtigen in ein leeres Büro und begannen mit der Vernehmung.

Auf ihre Fragen schüttelte Hettenbach jedoch nur den Kopf. Schon während der Fahrt hatte er keinen Laut von sich gegeben. Nicht einmal die Angaben zu seiner Person wollte er machen.

»Ich möchte erst mit meinem Rechtsanwalt sprechen«, war das Einzige, was er sich abringen konnte.

Der von Renate Simon alarmierte Advokat schien ein väterlicher Freund der Familie zu sein. Er war um die sechzig, trug einen Siegelring am linken kleinen Finger und wirkte eher wie ein Notar denn wie ein Strafverteidiger. Hackenholt informierte ihn sachlich über den Tatvorwurf. Einen Moment lang sah der Jurist ihn mehr als überrascht an, nickte dann jedoch scheinbar gleichmütig und bat um eine Unterredung unter vier Augen mit seinem Mandanten. Während Wünnenberg Kaffee kochte, ermahnte sich Hackenholt, den Anwalt keinesfalls zu unterschätzen. Wäre er so unbedarft, wie es sein äußeres Erscheinungsbild vermuten ließ, hätte er deutlich schockierter reagiert, als er von dem Tatvorwurf erfuhr. Zehn Minuten später konnten sie dann endlich mit der Befragung beginnen.

Zunächst wollte Hackenholt vom Beschuldigten wissen, wo er am bewussten Samstagmorgen gewesen war.

»Unser Hund muss am Freitag irgendetwas Falsches gefressen haben, jedenfalls hat er uns eine riesen Sauerei in die Wohnung gemacht. Und damit das nicht wieder passiert, bin ich am Samstag, sofort nach dem ich aufgewacht bin, mit ihm rausgegangen. Meine Frau kann das bestätigen. Gerade als sie in die Arbeit gefahren ist, sind wir zurückgekommen. Ich habe ihr noch gewinkt.« Mit einem knappen Nicken bekräftigte er das eben Gesagte, bevor er fortfuhr. »Danach bin ich in die Wohnung hinauf, habe geduscht und mich dann um die Arbeit gekümmert. Ich bin freiberuflicher Webdesigner und habe mein Büro in der Wohnung.«

»Haben Sie die Wohnung im Laufe des Tages nochmals verlassen?«, hakte Wünnenberg nach.

»Erst am Nachmittag, da bin ich zum Frisör in die Stadt gefahren und mit dem Hund wieder Gassi gegangen. Bis dahin habe ich Vorjahresbelege für die Einkommenssteuererklärung zusammengesucht, die mein Steuerberater bereits angemahnt hatte, und nebenbei auch noch ein wenig Hausarbeit erledigt.«

Hackenholt ging fürs Erste nicht näher auf Hettenbachs Antwort ein. »Wann und unter welchen Umständen haben Sie Annika Dorn kennengelernt, und wie gut waren Sie mit ihr befreundet?«, wollte er stattdessen wissen.

»Ich habe die Bekannte meiner Frau nur flüchtig von ein paar wenigen Partys her gekannt. Schon das Wort *kennen* ist im Grunde genommen unangebracht.«

Für diese nachweisliche Lüge bedachte Hackenholt Hettenbach mit einem Blick, der zeigte, dass er ihm kein Wort glaubte. Es entstand eine kurze, unangenehme Pause, während der Hackenholt ein paar Fotografien aus einem Umschlag zog, sie durchblätterte und sie dann kommentarlos seinem Gegenüber reichte. Hettenbach stieg die Schamesröte ins Gesicht, als er sah, was er in Händen hielt.

»Wir haben auch den Kaufbeleg. Er ist auf Ihren Namen ausgestellt, und der Betrag wurde mit Ihrer Kreditkarte beglichen«, erläuterte Hackenholt in beiläufigem Tonfall. »Wenn Sie Annika Dorn kaum kannten, dann frage ich mich, warum Sie ihr eine derart teure Kette geschenkt haben, noch dazu mit der Gravur Ihrer beider Namen auf der Rückseite.«

Als Hettenbach noch immer schwieg, sprang sein Anwalt für ihn in die Bresche. »Meine Herren, wir sollten an dieser Stelle eine Pause machen. Ich möchte mich gerne noch einmal mit meinem Mandanten besprechen.«

Derweil fuhren Stellfeldt, Baumann und Renate Simon zu Hettenbachs Hausbank, wo die Beamten einer Angestellten die Durchsuchungsanordnung für das Schließfach vorlegten. Der herbeigeholte Abteilungsleiter war äußerst höflich, besah sich die richterliche Urkunde eingehend und holte dann eigenhändig den zu dem Aufbewahrungsfach gehörigen Schlüssel samt Nachweiskarte. Letzterer entnahm Stellfeldt mit einem befriedigten Blick, dass das Fach zuletzt genau vor einer Woche am Montagnachmittag von Patrick Hettenbach geöffnet worden war.

Schweigend gingen sie gemeinsam in den weitläufigen Tresorraum im Untergeschoss. Auf das Beisein des Zeugen vom Ordnungsamt hatte Renate Simon ausdrücklich verzichtet. Ungefragt übergab sie Stellfeldt den mitgebrachten Fachschlüssel, und einen Augenblick später stand auch schon die metallene Kassette auf dem Tisch.

Mit einer Geste forderte Frau Simon den Ermittler auf, das Kästchen zu öffnen und die darin befindlichen Unterlagen selbst herauszunehmen. Stellfeldt tat wie ihm geheißen und besah sich die obenauf liegende Urkunde, überflog kurz ihren Inhalt, bevor er sie beiseitelegte und nach der nächsten griff.

Nachdem er sich das letzte Dokument angesehen hatte und nach dem darunter zum Vorschein kommenden Päckchen griff, stutzte Renate Simon merklich. Eine Gefühlsregung, die dem erfahrenen Beamten nicht entging.

»Sie wissen, was das ist?«, fragte er deshalb.

»Nein, ich sehe das Paket gerade zum ersten Mal.« Sie zuckte mit den Schultern. Ihr Blick flackerte. Plötzlich wirkte sie verunsichert.

Mit behandschuhten Fingern wickelte Saskia Baumann zunächst das Papier, dann die Luftpolsterfolie ab. Nachdem sie die letzte Hülle zurückgeschlagen hatte, kam schließlich das von Pieter van Bergen geschaffene Kunstwerk zum Vorschein. Im Licht der vielen Deckenspots erstrahlte die Kette in vollem Glanz.

»Allmächd! Is die schee«, entfuhr es Baumann unwillkürlich.[45]

Stellfeldt rieb sich seine Glatze, während er Renate Simon beobachtete, die mit den Tränen kämpfte. Abrupt wandte sie sich ab. Ohne den Schmuck zu berühren, ließ Baumann ihn von der Folie, auf der er noch immer lag, in einen Asservatenbeutel gleiten. Für die in der Kassette befindlichen Goldbarren interessierte sich nach dem Fund niemand mehr.

Eilig packte Stellfeldt die Urkunden zurück, rief den Bankmitarbeiter hinzu, der sich zuvor diskret zurückgezogen hatte, und ließ das Kästchen wieder ordnungsgemäß versperren. Er wollte so schnell wie möglich ins Präsidium fahren, um Hackenholt von seinem Fund zu berichten, der versprach, Hettenbachs Sargnagel zu werden.

»Sie hatten also ein Verhältnis mit Frau Dorn?« Hackenholt war froh, dass der Jurist Hettenbach anscheinend ins Gewissen geredet hatte, endlich mit der Sprache herauszurücken.

Der Webdesigner nickte. »Ja, aber es war nur eine kurzzeitige Gefühlsverirrung meinerseits, wie ich Ihnen gerade zu erklären versucht habe. Nichts weiter. Im letzten Jahr war ich ein paar Wochen lang sehr in Annika verliebt und wollte ihr mit der Kette imponieren. Aber nach zwei Monaten war das Ganze vorbei.«

»Frau Dorn war in der vierten Woche schwanger, als sie ermordet wurde.«

»Wie gesagt, unsere Beziehung war im Herbst bereits beendet. Sie muss sich in der Zwischenzeit einen anderen geangelt haben.«

»Haben Sie Frau Dorn in letzter Zeit in ihrer Filiale besucht?« Hackenholt merkte, wie Hettenbach die Frage schon verneinen wollte, es sich dann aber anders überlegte.

»Ich war ein Mal bei ihr. Sie hatte ein Problem mit ihrem Computer, und ich habe ihr geholfen, die Kiste wieder flottzukriegen. Wir haben uns ja nicht im Streit getrennt, sondern einfach das Interesse aneinander verloren.«

In diesem Moment öffnete Stellfeldt die Tür und steckte den Kopf herein. Als Hackenholt aufblickte, gab er ihm ein Zeichen, zu ihm zu kommen.

---

45 »Wow! Ist die schön«, (...).

»Wir machen fünf Minuten Pause«, entschied Hackenholt und verließ den Raum.

Stellfeldt wartete im Flur. Gemeinsam gingen sie ein paar Schritte zur Seite, damit ihr Gespräch nicht von innen belauscht werden konnte. »Und, wie macht er sich?«

»Hettenbach oder der Anwalt?«

»Beide.«

»Der Verteidiger ist bislang recht locker. Er hört nur zu und lässt seinen Mandanten erzählen. Allerdings scheint er ihm auch nicht alles zu glauben. Wir mussten schon zweimal unterbrechen, damit sie sich besprechen konnten. Hettenbach lügt wie gedruckt. Wann immer ich ihn mit einer Tatsache konfrontiere, redet er sich raus.«

»Dann wird dir das hier helfen, ihn festzunageln.« Stellfeldt hielt zufrieden den Beutel mit der Kette hoch. »Das wird dem Herrn gehörig auf die Sprünge helfen.«

»Wo habt ihr sie entdeckt?«, fragte Hackenholt erleichtert.

In knappen Sätzen fasste Stellfeldt die Durchsuchung zusammen.

»Kannst du die Kette gleich zu Christine Mur bringen? Sie soll sie fotografieren und auf Fingerabdrücke sowie Blutspuren untersuchen«, bat Hackenholt, bevor er sich umdrehte und mit neuer Energie in seinem Büro verschwand. Nun würde ihn Hettenbach nicht mehr anlügen können.

»Wann haben Sie am vorletzten Samstag Ihre Wohnung verlassen?«, begann Stellfeldt Renate Simons Vernehmung.

»Ich werde Ihnen nichts sagen, bis ich mit unserem Anwalt gesprochen habe«, antwortete die Filialleiterin in sturem Tonfall.

»Das ist im Moment aber schwierig. Der wird voraussichtlich noch eine ganze Weile mit Ihrem Mann beschäftigt sein.«

»Dann müssen Sie eben warten.«

Stellfeldt nickte zustimmend und verschränkte die Hände hinter dem Kopf. »Das ist selbstverständlich Ihr gutes Recht, aber damit machen Sie es sich und uns nur unnötig schwer. Wir hätten von Ihnen gerne einfach nur gewusst, wann Sie am Samstag in die Arbeit gegangen sind. Wenn Sie uns das nicht sagen möchten, dürfen Sie natürlich schweigen. Darauf haben wir Sie in der Zeugenbelehrung hingewiesen. Aber bedenken Sie bitte, dass wir dann versuchen werden, auf anderem Weg an diese Information zu kommen. Zum

Beispiel, indem wir Ihre Nachbarschaft befragen und mit Ihren Mitarbeitern sprechen.«

Frau Simon verzog das Gesicht. »Also gut«, sagte sie schließlich mit einem Seufzer und holte ein noch unangebrochenes Päckchen Zigaretten aus ihrer Handtasche. »Ich bin wie immer um kurz nach sieben von zu Hause weggegangen und war ungefähr um viertel acht in der Filiale. Herr Jeschke kam kurz nach mir.«

»Sind Sie an dem Morgen mit dem Hund raus?«

Sie schüttelte den Kopf. Konzentriert starrte sie auf die Zigarettenschachtel in ihren Händen. Mit einer ruckartigen Bewegung zog sie am Zellophanbändchen, schob die Plastikhülle ab und öffnete die Packung. »Bruno hatte vorletzte Woche Durchfall. Patrick ist mit ihm Gassi gegangen, damit er uns nicht wieder in die Wohnung machte.« Eilig nahm sie eine Zigarette heraus.

Stellfeldt deutete auf ein Rauchverbot-Schild an der Pinnwand. »War Ihr Mann zurück, als Sie zur Arbeit aufbrachen?«

Frau Simon rollte die Zigarette zwischen den Fingern hin und her. »Nein, er war noch mit dem Hund unterwegs«, sagte sie schließlich.

Hackenholt bedachte den Verdächtigen mit einem langen, eindringlichen Blick. »Ich schlage vor, wir fangen noch einmal ganz von vorne an, Herr Hettenbach. Und dieses Mal erzählen Sie uns zur Abwechslung die Wahrheit, einverstanden?«

»Was soll das denn?«, brauste der Webdesigner auf. »Wie oft muss ich Ihnen noch sagen, dass ich mit Annikas Tod nichts zu tun habe?«

»Herr Hettenbach, Sie haben uns die ganze Zeit belogen«, erwiderte Hackenholt eisig. Mit einer souveränen Handbewegung gebot er dem Mann zu schweigen, als dieser erneut aufbegehren wollte. »Wir haben uns vorhin bereits über die kunstvoll gearbeitete Halskette unterhalten, die Sie für Ihre Geliebte bei Herrn van Bergen in Auftrag gegeben hatten. Ein Unikat, das Frau Dorn am Tag ihrer Ermordung trug. Das können wir anhand von Bildern der Überwachungskamera der Sparkasse nachweisen, in der Frau Dorn ungefähr eine halbe Stunde vor ihrem Tod noch Geld abgehoben hat.«

Hackenholt beobachtete Hettenbachs Reaktion: Für den Bruchteil einer Sekunde schienen sich seine Augen entsetzt zu weiten.

»Als die Tote aufgefunden wurde, war die Kette jedoch verschwunden.« Wieder hob der Hauptkommissar abwehrend beide Hände und unterband dadurch eine Antwort. »Der Obduktionsbericht hat ergeben, dass sie der Toten gewaltsam vom Hals gerissen wurde. Der Verschluss hat Abschürfungen und Druckstellen hinterlassen.«

Hier machte Hackenholt eine Pause, um anschließend seinen wichtigsten Trumpf auszuspielen. »Mein Kollege hat dieses Schmuckstück nun bei der Durchsuchung Ihres Bankschließfachs gefunden.«

Stille senkte sich über den Raum. Hettenbach wurde kreidebleich, Schweiß trat ihm auf die Stirn. Seine Hände zitterten.

»Das ist doch alles gelogen. Sie wollen mir das anhängen!«, stieß er endlich gepresst hervor.

»Herr Hauptkommissar, ich glaube, ich sollte noch einmal mit meinem Mandanten allein sprechen«, bat der Verteidiger in ruhigem, dafür aber umso bestimmteren Tonfall und legte Hettenbach beschwichtigend die Hand auf den Arm.

Hackenholt nickte zustimmend.

Als Hettenbach fast zwei Stunden später den Ermittlern schließlich wieder gegenübersaß, schien er ein anderer Mensch geworden zu sein. Seine Haut wirkte fahler, das Gesicht hagerer, die Augen stumpfer.

»Mein Mandant ist nun bereit, Ihnen die Wahrheit zu sagen. Es tut ihm sehr leid, dass er das nicht von Anfang an getan hat. Er befürchtete, man würde ihm nicht glauben.« Fast unmerklich nickte der Verteidiger Hettenbach zu.

»Annika war über ein Jahr lang meine Geliebte und wäre es auch noch lange geblieben. Dabei wollte ich meine Frau nie verlassen. Das wusste Annika, und es hat sie nicht gestört. Im Gegenteil. Sie war froh darüber. Vor unserer Beziehung hat sie mit einem Mann zusammengelebt, der sie heiraten und Kinder haben wollte. Das ist ihr alles zu viel geworden.«

Er machte eine Pause, bevor er fortfuhr. »Dass Annika schwanger wurde, war nicht beabsichtigt. Wir haben wohl einfach nicht aufgepasst. Als sie es mir sagte, habe ich ihr natürlich angeboten, Unterhalt zu zahlen. Doch sie lehnte ab, Kinder kamen für sie nicht infrage. Stattdessen sollte ich ihr einen Termin in einer privaten Abtreibungsklinik in Norddeutschland besorgen. Sie wollte nicht, dass ihr womöglich jemand begegnete, den sie kannte, und dadurch der Eingriff hier publik werden würde.«

Erneut machte er eine Pause. Als er wieder zu sprechen ansetzte, klang seine Stimme rau. »Am Samstagmorgen bin ich zu ihr in die Filiale gegangen. Wir hatten uns verabredet. Ich war um zehn nach sieben dort. Wie sonst auch immer klopfte ich gegen die Scheibe und sie kam aus dem Büro, um mich hineinzulassen.

Wir hatten noch nicht lange miteinander gesprochen, vielleicht zehn Minuten, da hämmerte jemand gegen das Schaufenster. Annika ist erschrocken. Wir sollten nicht zusammen gesehen werden und in der Filiale schon gar nicht. Vorsichtig schauten wir durch den Spalt der angelehnten Bürotür. Draußen stand ein Mann, den Annika gekannt haben muss, denn sie sagte, sie könne ihn schnell abwimmeln. Damit ließ sie mich im Büro zurück, schloss die Sicherheitstür und ging zum Eingang.«

Hackenholt beobachtete, wie Hettenbach an dieser Stelle mit den Tränen kämpfte.

»Ich saß unterdessen auf ihrem Schreibtischstuhl und spielte am Computer herum. Zwei oder drei Minuten später glaubte ich, das Quietschen der Schiebetür zu hören, doch Annika kam nicht ins Büro zurück. Ich habe weitere fünf Minuten gewartet und dann vorsichtig die Tür geöffnet.

Als ich niemanden im Laden sah, dachte ich, sie wäre mit dem Mann ins Lager gegangen. Zu dem Zeitpunkt war es schon kurz nach halb acht, und bald wären ihre Mitarbeiter gekommen, denen ich natürlich nicht begegnen durfte. Also wollte ich mich hinausschleichen und nach Hause gehen. Ich dachte, ich könnte Annika dann im Laufe des Tages anrufen.«

Bei den letzten Worten stieß er ein Seufzen aus. »Erst als ich in den Verkaufsraum trat, bemerkte ich das ganze Blut auf dem Fußboden. Und dann sah ich Annika neben der Kasse liegen. Ich hätte mich fast übergeben. Verstehen Sie, sie war nur durch eine Tür von mir getrennt, als sie umgebracht wurde, und ich habe es nicht gemerkt. Nichts war zu hören gewesen. Kein Schrei, kein Hilferuf, einfach nichts.«

Plötzlich erhöhte sich seine Redegeschwindigkeit, als habe er es eilig, auch noch den Rest zu erzählen. »In meiner Panik habe ich ihr die Kette vom Hals gerissen, weil ich den Verschluss nicht aufmachen konnte. Meine Hände haben so gezittert. Ich brachte es nicht über mich, Annika anzufassen. Die ganze Zeit starrte sie mich aus ihren weit aufgerissenen Augen anklagend an. Aber wenn ich die Kette zurückgelassen hätte, hätte die Inschrift auf der Rückseite sofort unser Verhältnis preisgegeben.«

Erschöpft hielt Hettenbach inne.

»Ich konnte nichts mehr für Annika tun. Sie war tot. Also lief ich hinaus, holte den Hund, den ich in der Nähe angebunden hatte, und fuhr nach Hause.« Verzweifelt sah er Hackenholt an. »Ich habe sie nicht umgebracht, das müssen Sie mir glauben.«

»Da sind wir also mal wieder bei der Geschichte mit dem großen Unbekannten angelangt. Hübsch übrigens, wie Sie sich das alles ausgedacht haben«, schnaubte Wünnenberg. »Na, Sie hatten ja auch lange genug Zeit dafür.«

»Wie soll dieser Fremde ausgesehen haben?«, fragte Hackenholt skeptisch. Die Version, die Hettenbach ihnen gerade aufgetischt hatte, war zwar unwahrscheinlich, dennoch machte ihn irgendetwas stutzig. Hatte nicht auch Christine Mur zu einem früheren Zeitpunkt einmal die Möglichkeit von zwei Personen in Betracht gezogen?

In den folgenden Stunden nahmen sie Hettenbach ins Kreuzverhör.

Er antwortete bereitwillig und präzise und verstrickte sich nicht mehr in Widersprüche, wie er es am Vormittag getan hatte. Allerdings blieb seine Beschreibung des Mannes, der Annika Dorn erstochen haben sollte, genauso vage wie sein Alibi für die Nacht von Donnerstag auf Freitag, in der Ludwig Kork getötet worden war: Er war mit seiner Frau zu Hause gewesen.

Sobald Hettenbach in einer Zelle untergebracht worden war, kehrten Wünnenberg und Hackenholt endlich wieder ins Kommissariat zurück.

Obwohl es draußen schon vor langer Zeit dunkel geworden war, ohne dass Hackenholt es bemerkt hatte, waren alle Kollegen im Besprechungszimmer versammelt und wollten wissen, wie die Vernehmung gelaufen war.

»Der läichd doch allerweil no«, empörte sich Baumann, nachdem Hackenholt mit seinem Bericht geendet hatte. »Däi Nachberi, wou iech heid Namiddåch befråchd habb, hodd gsachd, dass der Herr Heddnbach vuurledzdn Samsdåch er ganze Wånglådung Aldgleidersägg wechdou hodd. Mindesdens er Dudznd. Wårum häddern des dou solln, wenner nix zon Verberng hodd?«[46]

»Andererseits gibt es durchaus einige Ungereimtheiten«, ließ sich Christine Mur vernehmen, die in ihrer Ungeduld ihren Kugelschreiber unentwegt zwischen Daumen und Zeigefinger hin und her rollte. »Wenn er die Kleider am Samstag weggeworfen hat, wie konnten deren Fasern dann auch an Korks Kleidung anhaften? Außerdem: Wo hat sich Hettenbach das ganze Blut abgewaschen? In der Filiale sicher nicht. Dort haben wir nichts gefunden. Und blutverschmiert, wie der Täter gewesen sein muss, kann er auch nicht durch die Straßen gelaufen sein. Zudem erklärt diese Theorie erst recht nicht die zwei blutigen Taschentücher neben dem Baum, an dem der Mops festgebunden war. Und was ist mit dem Wohnmobil?«

Hackenholt schüttelte müde den Kopf. »Darüber haben wir noch gar nicht gesprochen. Das mache ich morgen in der Vernehmung.«

Sophie lag eine Zeitschrift lesend auf dem Sofa im warmen Wohnzimmer. Im alten Kachelofen, der den Raum dominierte, knackte es behaglich. Die Geräusche des Feuers vermittelten ihr ein Gefühl von Geborgenheit. Auf dem Beistelltischchen neben ihr stand eine Kanne Tee.

Erleichtert blickte Sophie auf, als sie den Schlüssel im Türschloss hörte. Tief in ihrem Inneren keimte immer ein Gefühl der Angst auf, wenn Hackenholt so lange fortblieb. Sie sprachen nur selten über die Details seiner Arbeit. Er sagte, das meiste davon bestünde sowieso nur aus langweiligem Schreibkram und habe nicht das Geringste mit dem zu tun, was in Fernsehkrimis ständig gezeigt werde. Doch Sophie war sich nicht sicher, ob das nicht nur eine Schutzbehauptung war, um sie zu beruhigen.

Hackenholt kam ins Zimmer, trat zu ihr ans Sofa und küsste sie, wie er es oft tat, auf die rechte Augenbraue. Er sah erledigt aus.

»Was macht dein Husten?«, erkundigte er sich pflichtbewusst.

»Der ist schon viel besser«, flunkerte sie, da sie nicht jeden Abend sagen mochte, wie sehr ihr Hals und Kopf von der ständigen Husterei schmerzten. »Hast du Hunger?«

46 »Der lügt doch immer noch«, (…). »Die Nachbarin, die ich heute Nachmittag befragt habe, sagte, dass Herr Hettenbach vorletzten Samstag eine ganze Wagenladung Altkleidersäcke weggebracht hat. Mindestens ein Dutzend. Warum hätte er das tun sollen, wenn er nichts zu verbergen hat?«

»Wie ein Bär«, entgegnete er, beugte sich zu ihrem Gesicht hinunter und versuchte sie in die Nase zu beißen. Dabei fiel sein Blick auf die Wohnzeitschrift, in der sie geblättert hatte. »Überlegst du schon, wie du unser Traumhaus renovieren willst?«

Sophie schüttelte den Kopf. »Nein, aber ich habe heute bei einem Makler angerufen und nachgefragt, wie viel ich momentan für meine Wohnung verlangen kann. Außerdem habe ich mich bei der Bank über die derzeitigen Kreditzinsen und Konditionen informiert.«

Hackenholt freute sich zu sehen, wie pragmatisch sie die Sache anging.

»Ich glaube, es ist gar nicht so einfach, wenn wir zusammen einen Kredit bekommen wollen«, fuhr sie fort.

»Warum nicht?«, fragte er verdutzt. »Ich bin doch Beamter. Einen sichereren Arbeitsplatz gibt es wohl kaum.«

Sophie wurde verlegen. »Weil wir nicht verheiratet sind«, antwortete sie schließlich. »Es wird vermutlich darauf hinauslaufen, dass du und ich jeweils einen eigenen Kredit beantragen müssen.«

»Und wenn wir verheiratet wären, wäre das anders? In welchem Jahrhundert leben die Banken eigentlich!« Hackenholt schüttelte verständnislos den Kopf. »Das müssen wir in Ruhe besprechen. Jetzt brauche ich wirklich erst mal dringend etwas zu essen.«

Da Sophie nichts gekocht hatte und Hackenholt nicht einfach nur ein belegtes Brot essen wollte, suchte er in ihrer Speisekammer, bis er eine Dose mit gegrillten Bratwürsten der Metzgerei Kleinlein zum Vorschein brachte.

Dienstag

Als Baumann ihren Kopf in Hackenholts Büro steckte und ihm einen guten Morgen wünschte, winkte er die Kollegin zu sich herein.

»Saskia, ich wollte dich bitten, heute zusammen mit Manfred Hettenbachs Vernehmung fortzusetzen. Es ist besser, wenn er zwei neue Gesichter sieht. Außerdem möchte ich ein paar Dinge nachprüfen, die gestern liegen geblieben sind.« Er zeigte auf seinen Schreibtisch, auf dem es chaotisch aussah.

Baumann nickte. »Bassd scho. Des ieberneemermer. Nåcherdler braicherd iech obber däi Brodokolle vo gesdern, dassi genau wass, wos der Heddnbach gsachd hodd.«[47]

Noch während Hackenholt die Unterlagen zusammensuchte, die auf seinem Schreibtisch verstreut waren, und sie eilig abheftete, läutete sein Telefon.

Es war Gerhard Schätzle. Mit einem Nicken drückte Hackenholt Baumann den Ordner mit den Protokollen und die noch losen Blätter in die Hand, dann wandte er seine ganze Aufmerksamkeit dem Anrufer zu.

»Ich fürchte, ich habe nicht die Nachrichten, die du gerne hören möchtest«, seufzte Schätzle. »Das Fleisch, das ich am Freitagnachmittag in der Wohnung von diesem Journalisten abgeholt habe, ist absolut in Ordnung. Nicht die kleinste Auffälligkeit. Der Befund ist gerade gefaxt worden. Aber das ist noch nicht alles: Auch die Proben, die ich bei Gübingers im Kühlhaus genommen habe, sind einwandfrei.«

Hackenholt gab einen enttäuschten Laut von sich.

»Ich kann jetzt nur eins tun: in die verschiedenen Sternmann-Filialen gehen und dort Qualitätskontrollen durchführen.«

»Wenn du das tatsächlich machen könntest, wäre ich dir sehr dankbar, Gerhard. Mein Problem ist, dass ich einen Verdächtigen habe, der den ersten Mord vehement bestreitet und für den zweiten ein Alibi hat. Außerdem stehen seine möglichen Motive in keiner Weise in Zusammenhang mit einem Fleischskandal. Ich weiß nicht,

47 »Schon okay. Das übernehmen wir. Ich brauche dann aber die Protokolle von gestern, damit ich genau weiß, was Hettenbach gesagt hat.«

was ich davon halten soll, und brauche jeden Hinweis, den ich kriegen kann.«

»Natürlich. Kein Problem. Ich melde mich wieder.«

Wünnenberg, der gerade hereingekommen war, sah Hackenholt fragend an.

»Du brauchst deine Jacke gar nicht erst auszuziehen«, begrüßte ihn der Hauptkommissar. »Wir fahren gleich noch einmal zusammen in Korks Wohnung.«

Zum ersten Mal, seit Hackenholt in die Burgschmietstraße kam, geschah an diesem Morgen etwas völlig Unvorstellbares: Direkt vor Korks Haustür war ein Parkplatz frei.

Die beiden Ermittler waren kaum ausgestiegen, als die Lindenstraßen-Hausmeisterin im Erdgeschoss ihr Fenster aufriss und die Beamten zu sich winkte.

»Eine Unverschämtheit ist das, was sich dieser Journalist da immer leistet«, brabbelte sie drauflos.

Hackenholt verstand nicht, was sie meinte.

»Na, Sie kommen doch bestimmt wieder wegen dem Kork im ersten Stock. Heute Nacht hätten Sie mal da sein sollen. Was der sich immer erlaubt! Bei dem Krach, den er gemacht hat, hätte ich wirklich die Polizei rufen sollen.«

Einen Moment lang sah Hackenholt die Frau konsterniert an, dann rannte er zwei Stufen auf ein Mal nehmend Wünnenberg in den ersten Stock hinterher. Sofort sah er, dass seit seinem letzten Besuch ein ungebetener Gast in der Wohnung gewesen sein musste: Das amtliche Türsiegel war aufgebrochen worden. Geräuschlos steckte er den Schlüssel ins Schloss, drehte ihn um und stieß die Tür auf. Mit gezogenen Waffen drangen die Beamten gemeinsam in die Wohnung ein. Wünnenberg wandte sich nach links, Hackenholt nach rechts, doch die Zimmer waren leer. Allerdings hatte der unbekannte Eindringling unübersehbare Spuren hinterlassen.

Er musste in großer Eile etwas gesucht haben, denn Korks Bekleidung war aus dem Schrank gezerrt, der Inhalt der Schreibtischschubladen auf den Boden geworfen und Bücher achtlos beiseite gestoßen worden. Auch das Bett war zerwühlt. In der Küche sah es kaum besser aus: Schranktüren standen offen, Geschirr war herausgeräumt worden, Gewürze, Mehl- und Salztüten lagen in einem einzigen Durcheinander auf der Arbeitsfläche, eine Packung Zucker war heruntergefallen. Ihr süßer Inhalt war auf dem Fußboden in der ganzen Küche verstreut.

Beim Anblick des Chaos hatte Hackenholt nur einen einzigen Gedanken im Kopf: Er hoffte inständig, dass er schneller gewesen war als der Unbekannte und das, wonach dieser gesucht hatte, schon am Freitag aus der Wohnung ins Präsidium mitgenommen hatte.

»Da hat jemand ganze Arbeit geleistet«, meinte Wünnenberg und zog sein Handy aus der Tasche, um die Kollegen von der Spurensicherung zu verständigen. »Denkst du, es war derselbe, der auch die Morde begangen hat?«

Hackenholt nickte. »Hettenbach war es jedenfalls nicht, und ich würde sagen, er ist damit so gut wie aus dem Schneider.«

»Aber warum in aller Welt hat, wer immer das auch getan haben mag, mit seiner Suche bis gestern gewartet?«

Auf diese Frage wusste auch Hackenholt keine Antwort. Während Wünnenberg in der Wohnung auf Christine Mur und ihr Team wartete, ging Hackenholt ins Erdgeschoss hinunter und klingelte bei der Rentnerin, die er vorhin so sang- und klanglos stehen gelassen hatte. Sie bedachte ihn denn auch mit einem äußerst abweisenden Blick, der jedoch nicht lange vorhielt, da ihre Klatschsucht überwog.

Schnell fand Hackenholt heraus, dass die Frau offenbar wirklich noch nichts vom Tod des Journalisten wusste. Nun, von ihm würde sie es ganz sicher auch nicht erfahren.

»Wie meinten Sie denn das vorhin? Was hat sich Herr Kork heute Nacht erlaubt?«, fragte er stattdessen.

»Gegen ein Uhr bin ich aufgewacht, weil genau vor meinem Schlafzimmerfenster ein Auto gehalten und der Fahrer die Tür absolut rücksichtslos laut zugeknallt hat. Und dann war auch noch die Warnblinkanlage eingeschaltet und hat die ganze Zeit über Licht durch mein Fenster an die Decke geworfen! Wer kann denn da noch schlafen, frag ich Sie?«

Missbilligend schnalzte sie mit der Zunge, was wie ein Schmatzen klang. »Es muss dieser Journalist gewesen sein, weil er nämlich mit einem Schlüssel ins Haus gekommen ist. Außerdem hat er wie immer die Haustür laut ins Schloss fallen lassen. Aber danach ist der Krach erst richtig losgegangen!« Ihre Stimme überschlug sich fast vor Empörung. Sie war voll und ganz in ihrem Element.

»Der Herr Nachbar hat in seiner Wohnung rumort, dass an Schlafen nicht mehr zu denken war! Es hat geklungen, als rücke er sogar Möbel herum. Wenn ich nicht vor zwei Tagen die Treppe runtergefallen wäre und mir den Knöchel geprellt hätte, weshalb ich kaum laufen kann«, sie wies mit der Hand auf ihren bandagierten Fuß, »wäre ich in meinen Bademantel geschlüpft und zu dem jungen Mann hinaufgestiegen, um ihm endlich mal gehörig die Meinung zu sagen. Aber gerade als ich beschlossen hatte, die Polizei zu rufen und mich wegen dem Lärm zu beschweren, habe ich gehört, wie die Tür oben zugeschlagen wurde. Dann ist er die Treppe heruntergehastet, zu seinem Auto gegangen und geräuschvoll davongefahren.«

»Und warum soll Herr Kork der Fahrer gewesen sein? Das Auto kann doch jeder x-Beliebige gefahren haben«, hakte Hackenholt nach.

Sie wischte den Einwand mit einer Handbewegung beiseite, als müsse sie eine lästige Fliege verscheuchen. »Nein, nein, glauben Sie mir, das war der Journalist. Der parkt doch immer entgegen der Fahrtrichtung, immer wie es ihm passt! Außerdem fährt nur er so uralte Dinger. Schauen Sie sich bloß mal seinen Mercedes an, Herr Kommissar, dann wissen Sie Bescheid. Und das Wohnmobil, mit dem er heute Nacht gekommen ist, das war genauso eine alte Scheese. Das klang, als würde es gleich auseinanderfallen. Außerdem war auf der Tür so eine aufgemalte Sonne. Ich bitte Sie! Wer außer diesem Ludwig Kork würde ein Fahrzeug derart verunzieren?«

»Können Sie das Wohnmobil ein bisschen genauer beschreiben?«, fragte Hackenholt seine Aufregung unterdrückend.

Sie schüttelte abwehrend den Kopf. »Nein, tut mir leid.« Es klang nicht so, als würde sie es aufrichtig meinen. »Ich habe schließlich nur einmal aus dem Fenster geschaut. Das war, als ich auf die Toilette ging, weil ich ja sowieso nicht mehr einschlafen konnte. Nicht, dass Sie denken, ich wäre neugierig!«

Beim Durchblättern des Stapels von Telefonnotizen, der sich seit mehreren Tagen auf seinem Schreibtisch angesammelt hatte, stolperte Hackenholt über den Merkzettel, der ihn daran erinnern sollte, bei seinem Kollegen wegen des Brands im prima-Markt nachzufragen.

Heerweger kratzte sich verlegen am unrasierten Kinn, als Hackenholt in sein Büro trat. »Du kommst wegen der Schweppermannstraße, oder? Mist, ich hab dich völlig vergessen«, murmelte er mit einem Seufzen. »Aber das ist mir sicher nur passiert, weil das Feuer definitiv nichts mit deinem Mord zu tun hat.«

»Hat es sich um einen technischen Defekt gehandelt, oder warum kannst du das so sicher ausschließen?«

Heerweger schüttelte den Kopf. »Das Feuer ist vor dem Rolltor ausgebrochen. Die Supermarktmitarbeiter haben wohl bislang immer allerlei Müll, der gut brennt, genau daneben herumliegen lassen. Und der ist in der Nacht angezündet worden.«

»Dann war es also doch Brandstiftung?«, fragte Hackenholt verwirrt.

»Wäre es nicht mitten in der Nacht passiert, hätte ich gesagt, ein paar Kinder haben gezündelt. Aber dann hätte ich auch das hier nicht gefunden.« Der Brandermittler wies auf einen Plastikbeutel, der auf den ersten Blick nur angekohltes Papier zu enthalten schien.

Hackenholt schaute den Kollegen erwartungsvoll an, aber der zuckte mit den Schultern.

»Es sah nach einem Feuer aus, das außer Kontrolle geraten war. Den Spuren nach zu urteilen, wurde es zuerst in einem alten Blecheimer geschürt und breitete sich von dort schön langsam aus. Brandbeschleuniger wurden nicht verwendet. Meine Vermutung war, dass es sich um einen Obdachlosen handeln könnte, der wegen der nächtlichen Kälte ein geschütztes Plätzchen gesucht und dort ein Feuerchen gemacht hat. Also habe ich nach Indizien für meine Annahme gesucht und ... Bingo!«

Der Brandermittler wies wieder auf die angekohlten Papiere. »Ich fand nicht nur Reste einer Decke, sondern auch Überbleibsel dieser Briefe unter der Laderampe. Wurden wohl vom Löschwasser dorthin gespült. Eins der Schreiben ist ein Haftentlassungsschein. Unser Mann ist am Morgen erst aus dem Knast gekommen. Das hat er bestimmt kräftig gefeiert und ist dann im Suff eingenickt. Als er wieder aufwachte, hatte das Feuer bereits auf die Kartonagen und Paletten übergegriffen. Also ist er weggerannt. Hatten wir alles schon. Jetzt ist es nur noch eine Frage der Zeit, bis wir ihn finden. Sie Leiter der Obdachlosenheime haben wir bereits informiert.«

Hackenholt starrte irritiert Korks blinkendes Handy auf seinem Schreibtisch an. Während seiner Abwesenheit hatte anscheinend jemand versucht, den Journalisten zu erreichen. Neugierig hörte er die Mailbox ab.

»Hallo Lu, hier ist Franz. Ich wollte nur fragen, wie es bei dir ausschaut. Wolltest du nicht am Wochenende wieder zu mir kommen? Du denkst dran, dass du deinen Laptop bei mir gelassen hast, oder? Ich habe immer geglaubt, ihr Journalisten seid ohne die Dinger aufgeschmissen. Also, meld dich mal.«

Statt aufzulegen, drückte Hackenholt die Sprechtaste, um einen direkten Rückruf zu machen.

»Das ging aber schnell, Lu«, meldete sich eine erfreute Stimme.

Hackenholt räusperte sich. Dann erklärte er, wer er war und warum er an Ludwig Korks Stelle zurückrief. Franz Ferdinand reagierte bestürzt, als er vom Tod seines Freundes erfuhr, bot aber hilfsbereit an, den Computer mit der Post nach Nürnberg zu schicken. Hackenholt lehnte ab und ließ sich stattdessen Ferdinands Adresse geben. Er vereinbarte, umgehend einen Kollegen zu schicken, um das dringend benötigte Gerät abzuholen.

Einen Teil der Wartezeit wollte sich Hackenholt damit vertreiben, den gerade eingetroffenen Einzelverbindungsnachweis für Sabine Morlocks Anschluss akribisch durchzuarbeiten. Doch dies war schneller als gedacht erledigt, da die Aufstellung keine einzige Nummer für den relevanten Zeitraum enthielt.

Da Hackenholt wusste, dass es mindestens drei, eher vier Stunden dauern würde, bis Wünnenberg mit dem Laptop aus Aschaffenburg zurückkam, verließ er das Polizeipräsidium und wanderte ziellos durch die Fußgängerzone. Er war noch nicht weiter als bis zum Weißen Turm gegangen, als sein Mobiltelefon klingelte. Es war Gerhard Schätzle.

»Stell dir vor, ich habe gerade eben im Sternmann in der Fürther Straße Schnitzel und Rouladen gefunden, die doppelt etikettiert sind«, rief der Kontrolleur so laut ins Telefon, dass Hackenholt es reflexartig ein Stück vom Ohr weghielt. »Ob die Packungen versehentlich zweimal durch die Maschine gelaufen sind, was eigentlich nicht passieren darf, oder wirklich verdorben sind, wird erst das Labor definitiv feststellen können, aber ich bin mir fast sicher, dass da etwas nicht stimmt. Als ich das Fleisch ausgepackt habe, hat es auf mich keinen guten Eindruck gemacht.«

»Das ist ja hochinteressant! Hoffentlich hast du mit deiner Vermutung recht. Danke für den Anruf, Gerhard«, freute sich Hackenholt.

»Jetzt werde ich erst einmal eine Sternmann-Filiale nach der anderen überprüfen. Mal sehen, ob da noch mehr doppelt etikettiertes Fleisch auftaucht. Also, ich melde mich wieder, sobald die Laborergebnisse da sind«, verabschiedete sich Schätzle.

Auch wenn Hackenholt am liebsten auf der Stelle die Gübingers vorgeladen und mit dem Tatvorwurf des Betrugs und der Steuerhinterziehung konfrontiert hätte, waren ihm die Hände gebunden, bis das amtliche Laborergebnis vorlag – oder Korks Laptop entsprechendes Beweismaterial lieferte.

Um achtzehn Uhr, als sich alle zur Abendbesprechung einfanden, war Wünnenberg noch nicht aus Aschaffenburg zurück. Hackenholt brachte die Kollegen auf den aktuellen Stand der Ermittlungen und unterstrich mehrfach, dass die Mitglieder der Familie Gübinger damit auf der Liste der Verdächtigen wieder ganz weit nach oben gerutscht waren.

»Aber sie haben uns doch freiwillig DNA-Proben gegeben«, widersprach Mur gereizt, »und die sind alle negativ ausgefallen.«

»Die ganze Sache muss aber irgendetwas mit dem Fleisch zu tun haben«, beharrte Hackenholt. »Warum sollte sonst jemand bei Kork nach dessen Ermordung einbrechen und die Wohnung durchsuchen?«

»Zumindest sieht es so aus, als hätte uns Hettenbach die Wahrheit gesagt«, mischte sich Stellfeldt ein. »Schließlich kann er gestern nicht bei Kork eingebrochen haben.«

Als Wünnenberg schließlich mit dem Laptop eintraf, waren alle außer Hackenholt nach Hause gegangen.

Eine erste Sichtung der Festplatte zeigte, dass die Beamten endlich gefunden hatten, wonach sie die ganze Zeit auf der Suche gewesen waren: Korks Unterlagen, die den Fleischskandal dokumentierten, waren ohne weitere Sicherheitsmaßnahmen fein säuberlich abgespeichert worden. Unter den Dateien befanden sich ein paar im MP3-Format. Wie sich herausstellte, hatte der Journalist auch Unterhaltungen aufgenommen.

Hackenholt hatte gerade ein Gespräch abgehört, da klingelte sein

Handy. Zunächst verstand er nicht, was die Frau am anderen Ende der Leitung in den Hörer kreischte, doch dann erkannte er Sabine Morlocks vor Angst verzerrte Stimme. Immer wieder wurde sie von heftigen Schluchzern unterbrochen, dann wieder schrie sie panisch, er müsse kommen. Erst nachdem sie sich etwas beruhigt hatte, konnte sie ihm klarmachen, dass sie in ihrer Wohnung einen Einbrecher überrascht hatte.

Hackenholt rannte sofort in Richtung Parkplatz los. Der ihm hinterherhastende Wünnenberg verständigte keuchend die Einsatzzentrale und bat, sämtliche sich in der Nähe befindlichen Streifenfahrzeuge in die Wölckernstraße zu schicken. Gefahndet werde nach einem Wohnmobil der Marke Ford Transit beziehungsweise einem Unbekannten, der in die Wohnung einer Zeugin eingedrungen sei.

Während Wünnenberg mit eingeschaltetem Blaulicht auf kürzestem Weg zu Sabine Morlocks Wohnung raste, redete Hackenholt vom Beifahrersitz aus weiterhin beruhigend auf die junge Frau ein. Wie sich herausstellte, hatte sie sich ins nahe gelegene Atrium-Kino geflüchtet und dort auf der Damentoilette eingeschlossen.

In der Wölckernstraße angekommen trennten sich Hackenholt und Wünnenberg: Letzterer schloss sich den uniformierten Kollegen an, die sich vor dem Wohnhaus der Studentin postiert hatten, während Hackenholt die Straße überquerte und das alte Kino betrat.

Erst als er das vereinbarte Klopfzeichen machte, wagte sich die nach wie vor verängstigte Studentin heraus. Langsam gingen die beiden in ihre Wohnung zurück, die unterdessen erfolglos nach dem Eindringling durchsucht worden war: Der Mann war längst geflüchtet.

Bei einer Tasse Tee, die Wünnenberg ganz gegen seine Gewohnheiten gekocht und mit zwei Löffeln Zucker gesüßt hatte, erzählte Sabine Morlock schließlich, was passiert war: Sie hatte sich mit einer Kommilitonin getroffen, weil sie an dem Abend nicht allein sein wollte. Gegen zweiundzwanzig Uhr hatte sie die Gesellschaft eines anderen Menschen dann aber doch nicht mehr ausgehalten und war zurück zu ihrer Wohnung gefahren. Erst als sie die Tür aufsperrte, bemerkte sie, dass das Licht im Wohnzimmer brannte und jemand ihren Schreibtisch durchwühlte. Daraufhin war sie laut schreiend aus dem Haus und ins Kino schräg gegenüber geflüchtet.

»Ist Ihnen unten auf der Straße ein Wohnmobil aufgefallen, als

Sie von der Straßenbahn zur Wohnung liefen?«, wollte Wünnenberg wissen.

Sabine Morlock schüttelte den Kopf. Auch die Person, die in ihrer Wohnung gewesen war, hatte sie nicht erkannt. Nur einen sich bewegenden Schatten hatte sie ausmachen können. Bei dem Gedanken daran begann die junge Frau wieder heftig zu zittern.

»Können Sie heute Nacht nicht hierbleiben? Ich habe so Angst, allein zu sein«, bat sie den Tränen nahe.

Hackenholt warf Wünnenberg einen fragenden Blick zu, der mit ergebener Miene nickte. »Keine Sorge, ich bleibe heute Nacht bei Ihnen, dann kann ich mir auch noch mal in aller Ruhe Ihren Computer anschauen. Und morgen überlegen wir, wo Sie für ein paar Tage Unterschlupf finden können.«

Sie lächelte dankbar.

Der Computer war anscheinend das Einzige, wofür sich der Eindringling interessiert hatte. Der PC war bei der Ankunft der Polizisten eingeschaltet gewesen, obwohl Sabine Morlock sich sicher gewesen war, ihn heruntergefahren zu haben, bevor sie sich zu ihrer Freundin auf den Weg gemacht hatte. Wünnenberg hoffte, dass der Täter nicht auf die Idee gekommen war, die Festplatte zu löschen, denn dann würden sie einen Spezialisten vom LKA benötigen, der die verlorenen Daten rekonstruierte. Einstweilen warteten sie jedoch auf das Team der Spurensicherung, das die Wohnung und den Computer zuerst auf Fremdspuren untersuchen musste.

Schließlich fuhr Hackenholt allein zum Polizeipräsidium zurück. In der Einsatzzentrale gab es keine Neuigkeiten: Die Fahndung nach dem Wohnmobil war erfolglos verlaufen, obwohl man sie auf das Stadtgebiet Nürnberg und den gesamten Fürther Landkreis ausgedehnt hatte. Er beschloss, Saskia Baumann zu bitten, am folgenden Tag als Erstes eine neue Liste bei der Zulassungsstelle anzufordern. Mit der Aussage von Herrn Heinrich musste sich die Anzahl der infrage kommenden Fahrzeuge deutlich verringern lassen. So viele alte Wohnmobile konnte es im Großraum einfach nicht geben.

Hackenholt ging in sein Büro und machte an der Stelle weiter, an der er und Wünnenberg durch Sabine Morlocks Anruf unterbrochen worden waren. Datei für Datei nahm er sich Ludwig Korks Computer vor, begann allerdings in umgekehrter Reihenfolge.

Das jüngste Dokument musste Kork abgespeichert haben, während er sich bei seinem Freund auf dem Bauernhof versteckt hielt. Es war eine Zusammenfassung der Geschehnisse. Der Journalist hatte die gesamte Geschichte protokolliert, so wie sie sich aus seiner Sicht abspielte. Angefangen von dem Tag, an dem Annika Dorn ihn angesprochen hatte. Die junge Filialleiterin kannte ihn anscheinend aus dem Fitnesscenter. Vor drei Monaten gesellte sie sich zu ihm, um ihn um Hilfe zu bitten. Schon bei ihrer ersten Unterhaltung fühlte sie ihm geschickt auf den Zahn, was ihn völlig irritierte, da es normalerweise er war, der die Leute aushorchte, und nicht umgekehrt. Trotzdem schien er ihren Test bestanden zu haben.

Sie köderte ihn mit der Aussicht auf einen Knüller, der ihm garantiert eine Karriere bei einem der großen Nachrichtenmagazine sichern würde. Zunächst musste er jedoch absolutes Stillschweigen bewahren und ihr helfen, hieb- und stichfeste Beweise für ihren Verdacht zu sammeln. Erst wenn sie alle Vorkehrungen getroffen hätte, um sich selbst und ihren Arbeitgeber zu schützen, durfte er die Geschichte veröffentlichen, wo immer er wollte, so die Abmachung. Dass sie ihn damit vor ihren Karren spannte und die Knochenarbeit machen ließ, bemerkte Kork offenbar nicht: Er hatte begierig zugestimmt. Eine solche Chance bekam man nur ein Mal im Leben.

Als sie ihm endlich erzählte, dass es in ihrer Filiale immer wieder Kundenbeschwerden über das Fleisch gab, war er zunächst enttäuscht. Das änderte sich allerdings schnell, sobald er die Tragweite von Annika Dorns Vermutungen erkannte. Hätte ihn nicht schon die Liste mit den gesammelten Reklamationen überzeugt, dass mit dem Fleisch etwas nicht in Ordnung war, hätte es spätestens die Entdeckung zweier Schnitzelpackungen mit doppelten Etiketten getan.

Seinem journalistischen Spürsinn folgend ließ er dieses Fleisch mithilfe eines befreundeten Tierarztes im Labor untersuchen. Das Ergebnis war erschütternd: Anhand des Salmonellenbefalls, der die Richtlinien der bayerischen Lebensmittelverordnung um das Hundertfache überschritt, stellten die Chemiker das wahre Alter des Fleisches fest. Es hätte sofort aus dem Handel genommen und vernichtet werden müssen. Von einem Verzehr wurde dringend abgeraten.

Daraufhin hatte sich Ludwig Kork in der Branche umgehört. Über all die Informationen, die er bekam, verfasste er kurze Notizen, die er auf seinem Computer speicherte, um sie zu gegebener Zeit parat zu haben. Er kontaktierte verschiedene Leute, mit denen er aufgrund seiner journalistischen Tätigkeit schon in der Vergangenheit zu tun gehabt hatte. So ließ er sich von einem Metzger alles rund um dessen Arbeit erzählen. Wie Tiere geschlachtet wurden, wie lange Fleisch haltbar war und unter welchen Bedingungen es gelagert werden musste. Kork schaffte es sogar, mit einem Mann zu sprechen, der früher einmal in einem anderen Bundesland Lebensmittelkontrollen durchgeführt hatte.

Stets kamen dem Journalisten die vorangegangenen Skandale um Tierkrankheiten und Gammelfleisch zugute. Niemand schöpfte Verdacht, als er sich unter dem Deckmantel seines Berufs umhörte. In seinem Enthusiasmus war er wohl schließlich zu weit gegangen: Berauscht von der Mitteilsamkeit seiner Gesprächspartner hatte er mehrfach die Stammkneipe von Maximilian Gübinger in der Hoffnung aufgesucht, mit dem Mann ins Gespräch zu kommen.

Als Kork Annika Dorn davon erzählte, war sie völlig außer sich geraten und hatte ihn angeschrien, er würde sich nicht an die Abmachungen halten. Sie selber hatte in ihrer Firma bisher noch keine Gelegenheit gehabt, mit ihrem Vorgesetzten zu sprechen. Erst wenn das geschehen war, durfte der Skandal publik werden. Dem Sternmann-Konzern sollte keinesfalls Schaden entstehen. Falls Kork nun mit seiner neugierigen Schnüffelei alles verdorben hatte, sei er selber schuld, wenn sein Artikel platzte.

Das war das Letzte, was er von ihr hörte. Danach hatte er noch ihre SMS mit dem Termin zu einem Treffen vor ihrem Urlaub erhalten, aber gesprochen hatte er sie nicht mehr.

Mittwoch

Gegen zwei Uhr nachts brannten Hackenholts Augen vor Anstrengung und Müdigkeit dermaßen, dass er seine Winterjacke von der Garderobe nahm, sie zu einem Kopfkissen zusammenknüllte und sich in seinem Büro auf den Boden legte. Er wollte eine Stunde schlafen und sich danach wieder an Korks Unterlagen setzen. Drei Stunden später wachte er auf, weil ihm kalt geworden war. Mit steifen Gliedern rappelte er sich hoch und ging in die Toilette, um sich das Gesicht zu waschen, wobei er es tunlichst vermied, in den Spiegel zu schauen.

Anschließend las er alle restlichen, den Fleischskandal betreffenden Dokumente auf Korks Laptop und druckte sie aus. Hackenholt war klar, dass mindestens ein Mitglied der Familie Gübinger in die Machenschaften verwickelt sein musste. Wer das schwarze Schaf war, konnte er jedoch noch nicht sagen. Daher beschloss er, am Vormittag die Gübinger Sprösslinge noch einmal zu vernehmen.

Um Viertel nach sieben erschien Wünnenberg im Büro – gefolgt von Sabine Morlock. Er hatte sich die ganze Nacht über die Dateien auf ihrem Computer durchgesehen, aber wie Hackenholt zuvor keine einzige von Ludwig Kork gefunden. Zur Sicherheit hatte er trotzdem die Festplatte auf einen mobilen Datenträger kopiert. Als er am Morgen gehen wollte, hatte Sabine Morlock ihn aus heiterem Himmel gebeten, sie ins Präsidium mitzunehmen, da sie seinem Kollegen etwas zeigen wollte.

Nun blickte die junge Frau Hackenholt verschämt an und zog eine externe Festplatte aus ihrer Umhängetasche.

»Ich habe mich heute Nacht nicht getraut, sie Ihnen zu zeigen, weil da lauter aus dem Internet gezogene MP3-Lieder drauf sind«, sagte sie leise. »Vorgestern wollte ich Musik hören und habe die Platte aus ihrem Versteck geholt und angestöpselt. Und dabei habe ich einen neuen Ordner mit Gesprächsmitschnitten von Lu gefunden. Er hat das öfter gemacht. Mit seinem MP3-Player konnte er unbemerkt Unterhaltungen aufnehmen. Seine Telefonate hat er immer direkt auf dem Computer mitgeschnitten.« Als sie Hackenholts fragenden Gesichtsausdruck sah, erklärte sie rasch: »Wir haben beide immer nur über das Internet telefoniert. Da ist es kostenlos, egal, wo man anruft. Außerdem gibt es ein Programm, das die Gespräche automatisch aufzeichnet und das man auch als Anrufbeantworter nutzen kann.«

Wortlos nahm Wünnenberg ihr die Festplatte aus der Hand und verband sie mit seinem Computer. Es ärgerte ihn, wie wenig sie ihm vertraute, obwohl er sich sogar die Nacht bei ihr um die Ohren geschlagen hatte. Als das Menü auf dem Bildschirm erschien, zeigte Sabine Morlock auf den neu angelegten Ordner. Bevor Wünnenberg eine Datei nach der anderen abspielte, brachte Hackenholt Sabine Morlock in Saskias Büro und bat die Kollegin, sich um die junge Frau zu kümmern. Stellfeldt sollte unterdessen Natalie Gübinger zu einer Vernehmung in die Dienststelle rufen.

In der ersten Aufzeichnung, die Wünnenberg anschließend abspielte, rief Ludwig Kork die Sternmann-Konzernzentrale an und bat um die Nummer desjenigen Vorgesetzten, der Annika Dorns Filiale betreut hatte. Ohne sich nach dem Grund zu erkundigen, nannte ihm die Dame in der Telefonvermittlung gleichgültig Naumanns Namen und gab dessen Mobilfunknummer heraus.

Anschließend wählte der Journalist die Nummer des Gebietsleiters. Ein Anrufbeantworter meldete sich.

»Hans Naumann, Gebietsleiter Nord vom Sternmann-Konzern. Ich bin im Moment leider verhindert, das Gespräch persönlich entgegenzunehmen, aber Sie können mir gerne eine Nachricht hinterlassen, ich werde so schnell wie möglich zurückrufen.«

Kork legte auf, ohne etwas gesagt zu haben.

Zwanzig Minuten später unternahm er erneut einen Versuch. Diesmal meldete sich Naumann persönlich, woraufhin sich der Journalist vorstellte und um ein kurzfristiges Treffen bat.

»Worum geht es denn?«, fragte Naumann irritiert.

»Um Frau Dorn.«

»Dafür ist unsere Pressestelle zuständig«, wehrte der Gebietsleiter ab.

»Nein, nein«, antwortete der junge Mann rasch, bevor sein Gesprächspartner auflegen konnte. »Ich kannte Frau Dorn. Wir waren sozusagen befreundet. Sie hat mir erzählt, wie eng sie mit Ihnen zusammengearbeitet hat. Dass Sie ihr Vertrauter in der Firma waren, an den sie sich immer wenden konnte.« Als das Schweigen am anderen Ende der Leitung andauerte, fragte Kork verunsichert: »Das waren doch Sie, oder?«

»Natürlich bin ich in meiner Position auch für die Filiale Grolandstraße zuständig«, bestätigte Naumann ausweichend. »Da kennt man sich zwangsläufig gut. Aber ich verstehe nicht, was es zu besprechen gibt.«

»Annika hat mir vor ihrem Tod gesagt, sie wollte Ihnen ein paar Unregelmäßigkeiten anvertrauen und das weitere Vorgehen mit Ihnen abstimmen. Welche Schritte wir unternehmen müssen, um den Konzern aus dem Fleischskandal herauszuhalten.«

Die Worte wirkten wie ein Zauberspruch. Der bislang äußerst zurückhaltende, eher abweisend klingende Mann blühte förmlich auf.

»Ah, jetzt weiß ich, wer Sie sind. Wunderbar, dass Sie Kontakt mit mir aufnehmen. Frau Dorn hat Sie mir gegenüber schon erwähnt. Leider konnte ich mich nicht mehr an Ihren Namen erinnern. Deswegen waren mir bisher die Hände gebunden. Ich konnte Sie nicht ausfindig machen. Aber selbstverständlich ist es mir wichtig, mit Ihnen zu reden. Sehr sogar! Wann können wir uns heute treffen?«

Man hörte Ludwig Kork in einem Terminkalender blättern. »Ich könnte es in einer Stunde einrichten, wenn wir uns in der Innenstadt treffen. Kennen Sie das Starbucks an der Fleischbrücke? Ich warte daneben, unter dem steinernen Denkmal mit dem Ochsen auf Sie, da können wir uns nicht verfehlen.«

»In der Innenstadt ist es immer so schlecht mit Parkplätzen«, wandte Naumann ein. »Ginge es nicht irgendwo anders?«

»Tut mir leid«, bedauerte der Journalist. »Heute klappt es bei mir nur dort. Ich bin derzeit ohne Auto unterwegs.«

»Verstehe, verstehe«, beschwichtigte Naumann. »Wenn es bei Ihnen nicht anders möglich ist, machen wir es so, wie Sie vorgeschlagen haben. Ich werde da sein.« Als Kork schon auflegen wollte, bat Naumann plötzlich eindringlich: »Sie werden doch noch nichts über die Sache in der Zeitung bringen, oder? Das wäre eine Katastrophe für die Firma. Wir müssen unbedingt unsere Vorgehensweise aufeinander abstimmen.«

»Selbstverständlich«, beruhigte ihn der Journalist. »Ich habe bisher mit niemandem darüber gesprochen, weil ich zuerst Sie kontaktieren wollte.«

»Das war sehr klug von Ihnen. Ich bin mir sicher, wir werden einen geeigneten Weg finden.«

Hackenholt konnte kaum fassen, was er da hörte. Der letzte Gesprächsmitschnitt, der nun folgte, war schwerer zu verstehen, da er offenbar im Café aufgenommen worden war, zumindest schloss Hackenholt das aus den Hintergrundgeräuschen.

Korks Stimme eröffnete das Gespräch: »Sie wissen ja, worum es geht. Was haben Sie mit Frau Dorn besprochen, nachdem sie Ihnen von dem verdorbenen Fleisch erzählt hatte?«

»Nichts«, sagte Naumann schlicht. »Es blieb nicht viel Zeit, sich ungestört zu unterhalten. Wie das vor einem Urlaub so ist, musste Frau Dorn noch dieses und jenes erledigen. Deswegen kamen wir überein, dass sie mit Ihnen reden und Sie bitten sollte, mit mir während ihrer Abwesenheit Kontakt aufzunehmen. Sie glaubte, in der Filiale würde etwas mit dem Fleisch nicht stimmen. Das ist aber auch alles, was ich weiß. Seither muss ich ständig an sie denken. Ich habe mich immer wieder gefragt, was sie wohl herausgefunden hatte.«

Es entstand eine Pause.

»Annika fehlt nicht nur im Konzern, sie fehlt mir auch persönlich. Es erscheint alles so sinnlos«, fuhr Naumann betroffen fort.

Der Journalist bestätigte mit einem Seufzen die Worte, die so voller ehrlicher Trauer schienen. In diesem Augenblick entschied er sich offenbar, dem Gebietsleiter zu vertrauen.

»Annika hätte gewollt, dass Sie alles erfahren und wir gemeinsam weitermachen. Ihr Tod darf nicht umsonst oder gar sinnlos gewesen sein«, sagte er mit großem Pathos.

»Nein, das darf er keinesfalls«, stimmte Naumann zu. »Wenn es etwas gibt, bei dem ich Ihnen mit meinem bescheidenen Wissen und meinen Verbindungen helfen kann, dann werde ich das gerne tun.«

Daraufhin berichtete der Journalist alles, was er herausgefunden hatte. Naumann hörte geduldig zu. Erst als Kork geendet hatte, sagte er mit Nachdruck: »Das muss an die Öffentlichkeit. Wenn das alles stimmt, bewahrst du die Noris vor einer Vergiftung mit gefährlichen Killerbakterien. Das ist ein ganz großer Knüller, und du wirst der Held von Nürnberg! Natürlich müssen wir es so darstellen, als hättest du alles im Auftrag von Sternmann aufgedeckt. Die Firma muss bei dem Skandal unbedingt abgesichert sein.«

Kork wertete den Übergang vom förmlichen Sie zum vertrauten

Du vermutlich als Zeichen echter Verbundenheit. Wäre er nicht so erleichtert gewesen, wieder einen zuverlässigen Verbündeten gefunden zu haben, hätte er vielleicht gemerkt, was für einen Blödsinn der andere redete.

»Hast du das gesammelte Material jetzt dabei?« Naumann übernahm sofort die weitere Planung. Als der Journalist verneinte, klang er entsetzt. »Du traust dich tatsächlich, derart wichtige Unterlagen einfach so herumliegen zu lassen? Und wenn jetzt in diesem Moment die Polizei oder Annikas Mörder deine Wohnung durchsucht? Dann ist alles umsonst gewesen! Ich an deiner Stelle würde die Sachen immer bei mir haben wollen und sie keine Sekunde aus den Augen lassen. Außerdem wären sie jetzt hilfreich gewesen. Ich kenne mich ganz gut aus. Wenn du mir das Laborgutachten und die Bilder zeigst, kann ich besser entscheiden, wie wir als Nächstes vorgehen müssen.«

Wieder schwiegen sie.

»Egal, wie ich es drehe und wende, wir brauchen noch mehr Beweise. Als Erstes müssen wir uns bei dieser Firma Gübinger genauer umsehen.« Naumann schien es kaum abwarten zu können, loszulegen.

»Wie meinst du das?«, fragte Kork erschrocken. »Wenn die etwas merken, bringen sie uns um. So wie sie es mit Annika getan haben.«

»Natürlich gehen wir nicht tagsüber hin, sondern nachts, wenn keiner da ist. Außerdem sind wir doch zu zweit. Da kann nichts passieren.«

»Und wenn es einen Wachmann gibt?«

»Das glaube ich nicht, dafür ist die Firma zu klein.«

Wieder sagte keiner ein Wort.

»Na gut, zur Sicherheit werde ich das in Erfahrung bringen. Mir als Gebietsleiter eines ihrer Großkunden werden sie das schon verraten. Heute Abend schauen wir uns also mal bei denen um.«

»Und wie sollen wir reinkommen?«, fragte Kork, dem anzuhören war, dass ihm der Gedanken ganz und gar nicht behagte.

»Ich kenne jemanden, der einen Satz Dietriche hat. Den borge ich mir aus.« Anscheinend merkte Naumann das Zaudern seines Gegenübers, denn er fügte eindringlich hinzu: »Wir brauchen mehr Beweise. Etwas, das zeigt, dass es die Gübingers waren und niemand anderes. Stell dir vor, jemand würde sonst behaupten, du hättest selber an der Fleischpackung und dem Etikett rumgepfuscht, nur um einen Knüller zu landen. Wir müssen hieb- und stichfeste Beweise haben. Vielleicht finden wir ja tonnenweise altes stinkendes Fleisch. Am besten bringst du deine Kamera mit, dann kannst du ein paar Fotos machen, irgendetwas gibt es dort ganz sicher. Ich weiß das aus langjähriger Erfahrung als Gebietsleiter.«

Endlich sprang der Funke auf Ludwig Kork über, und er ließ sich von Naumanns Enthusiasmus anstecken.

»Gut, heute Abend dann«, stimmte er zu. »Wo treffen wir uns?«

»Ich hole dich um Mitternacht ab. Du hast doch gesagt, du hättest derzeit kein Auto.«

»Das wäre prima. Ich warte am Plärrer. Treffen wir uns vor der Sparkasse, das ist der einzige Platz, an dem man halten kann, ohne alles zu blockieren.«

Naumann zögerte. »Ich kann dich auch gerne von zu Hause abholen.«

Kork schüttelte den Kopf. »Ich bin vorher unterwegs, da wäre es zu umständlich, erst wieder mit den Öffentlichen heimzufahren.«

»Na gut, aber vergiss nicht, deine Unterlagen mitzubringen. Du musst mir unbedingt zeigen, was du zusammengetragen hast.«

Damit endete der Gesprächsmitschnitt. Gedankenverloren rieb sich Hackenholt mit der Hand über das unrasierte Kinn.

»Naumann? Der Täter? Wie passt das denn zusammen?«

Wünnenberg zuckte mit den Schultern. »Ich verstehe auch nicht, was der für ein Motiv gehabt haben könnte, aber es klingt schon so, als ob er unser Mann wäre. Wollen wir ihn uns gleich mal ins Präsidium holen?«

Hackenholt blickte zur Uhr und schüttelte den Kopf.

»Ich habe Manfred gebeten, Natalie Gübinger herzubringen. Sie werden sicher gleich da sein. Vielleicht kann sie uns etwas Aufschlussreiches über Naumann sagen. Aus den Unterlagen auf Korks Laptop geht eindeutig hervor, dass das Unternehmen Dreck am Stecken hat. Wenn einer der Gübingers etwas preisgibt, dann sie.«

Bis Natalie Gübinger im Kommissariat eintraf, hatten sich die beiden Ermittler abgesprochen, wie sie die junge Frau vernehmen wollten und Wünnenberg hatte überdies nebenher seine obligatorische Kanne Kaffee gekocht.

»Mittlerweile gibt es genug Beweismaterial, um Ihrer Firma illegale Geschäfte nachweisen zu können«, eröffnete Hackenholt das Gespräch. »Das alles wird wohl zu einer Anklage wegen Betruges und Steuerhinterziehung führen. Was ich an Ihrer Stelle jedoch viel beunruhigender fände, ist die Tatsache, dass infolge der Manipulationen zwei Menschen kaltblütig umgebracht wurden. Wenn wir Ihnen da einen Zusammenhang nachweisen können, werden Sie alle drei für sehr lange Zeit hinter Gitter wandern.«

Die Frau wandte ihren Blick ab und starrte auf den abgenutzten Linoleumfußboden. »Mit den Morden haben wir nichts zu tun«, sagte sie schließlich. »Wirklich. Alexander hat mir geschworen, dass er die Leute nicht einmal gekannt hat. Wir wollten doch nur unsere Kasse ein bisschen aufbessern. Deswegen haben wir uns überlegt, das Retourenfleisch einfach ein zweites Mal zu verkaufen. Es ist viel zu schade, alles wegzuwerfen. Lebensmittel halten wesentlich länger, als einem die ganzen Vorschriften heutzutage weismachen wollen. All das Fleisch zu entsorgen, ist einfach falsch und absolut verschwenderisch.«

Anschließend erzählte sie Hackenholt, wie ihr Bruder durch die Medienberichte auf die Idee des Fleischrecyclings in Form einer einfachen Umetikettierung gekommen war. Vielleicht war es auch Onkel Hans' Idee gewesen, so genau wusste sie es nicht mehr. Ohne ihn hätten sie jedenfalls nie die Möglichkeit gehabt, ihr Vorhaben in die Tat umzusetzen. Erst sein Einfluss hatte den Weg geebnet, Aufträge zum Abholen der Abfälle zu erhalten.

»Onkel Hans?«, fragte Hackenholt nach.

»Hans Naumann«, erklärte die junge Frau bereitwillig. »Er ist nicht unser richtiger Onkel. Eigentlich ist er Vaters Cousin oder Großcousin. Früher hat er manchmal in der Firma ausgeholfen. Aber das war vor meiner Zeit. Jedenfalls kennt er sich noch immer gut mit dem Geschäft aus, und bei Sternmann ist er ein recht hohes Tier.« Sie holte tief Luft. »Da wir wussten, dass Maximilian viel zu viel auf seine Berufsehre hält und dem Umetikettieren niemals zugestimmt hätte, mussten wir die Aktionen immer heimlich am Wochenende erledigen. Er wäre sogar imstande gewesen, uns deswegen anzuzeigen.« Sie klang entrüstet.

Natalie Gübingers unterschriebene Aussage vor sich liegend rief Hackenholt den zuständigen Ermittlungsrichter an. Da der ein Verbraucher wie jeder andere war, reagierte er sichtlich schockiert auf die ekelerregenden Machenschaften, die ein Teil der Familie Gübinger und Hans Naumann getrieben hatten. Hackenholt beantragte neben Haftbefehlen und Durchsuchungsbeschlüssen auch gleich die Genehmigung für eine Handypeilung. Da Hans Naumann als Gebietsleiter ständig unterwegs war, Hackenholt ihn jedoch so zeitnah und unauffällig wie möglich verhaften wollte, war eine Ortung seines Mobiltelefons die einfachste Möglichkeit. Innerhalb einer knappen Stunde, nachdem der Beschluss an die zuständige Stelle des Providers gefaxt worden war, würde einem Beamten in der Einsatzzentrale in regelmäßigen Abständen ein Signal auf seinen Bildschirm übermittelt werden: die Koordinaten des Funkmasten, in den sich das Telefon eingeloggt hatte. Im Stadtgebiet mussten die Beamten dann einen Radius von rund dreihundert Metern um diesen Punkt absuchen. Üblicherweise kein Problem.

Hackenholt beschloss, das Ermittlungsteam um einige Kollegen der Zivilen Einsatzgruppe aufzustocken, die den Zugriff übernehmen sollten. Waren dann noch die Ermittler von der Mordkommission bei der Aktion dabei, konnten sie Naumanns erste und hoffentlich unüberlegte Äußerung protokollieren. Vielleicht war er ja überrascht und verplapperte sich.

Da darüber hinaus noch Alexander Gübingers Festnahme sowie eine Reihe von Durchsuchungen anstand, welche die Beamten mehrere Stunden lang beschäftigen würden, wollte Hackenholt noch zwei Beamte vom K26, das für Betrug zuständig war, in die erweiterte Ermittlungsgruppe aufnehmen, in deren Bereich die Umetikettierung des Fleisches fiel. Damit glich das kurzfristig fast dreißig Köpfe umfassende Team einer Sonderkommission.

Während sich Hackenholt um die externen kümmerte, trommelte Wünnenberg rasch die kommissariatsinternen Kollegen zusammen. Bei der folgenden Einsatzbesprechung wurden Baumann und Stellfeldt auf den aktuellen Stand der Geschehnisse gebracht sowie die Zusatzkräfte instruiert und eingeteilt.

Hackenholt folgte Wünnenberg in die Einsatzzentrale, um nachzufragen, ob bereits Ortungsdaten vorlagen. Der dortige Kollege verneinte, aber weil die vom Provider benötigte Stundenfrist abgelaufen war und die ersten Zielkoordinaten jeden Moment eintreffen mussten, holten sich die beiden Kripobeamten eine Tasse Kaffee und warteten. Nach ein paar Minuten leuchtete endlich ein Signal auf dem Bildschirm auf, das die Position des Funkmasten zeigte, in dessen Sendegebiet sich das gesuchte Handy befand.

Hackenholt holte eine Liste mit Adressen der Sternmann-Filialen aus seiner Tasche. Mit ein bisschen Glück schaute der Gebietsleiter gerade in einem der Geschäfte nach dem Rechten.

In der Tat gab es im abzusuchenden Radius sogar drei infrage kommende Märkte: in der Ostendstraße, in der Äußeren Sulzbacher Straße und in der Laufamholzstraße.

Bis das nächste Ortungssignal folgte und klar wurde, ob sich die Zielperson bewegte oder am selben Ort verharrte, entschied Hackenholt, dass drei Teams mit der systematischen Suche auf den Straßen beginnen sollten. Zwei weitere sowie Wünnenberg und er selbst wollten die Discounter direkt anfahren, um Naumann dort zu erwischen. Zudem wurden alle Streifenwagenbesatzungen der PI Ost angewiesen, die Augen nach dem zur Fahndung ausgeschriebenen Firmenauto des Gebietsleiters offen zu halten.

Eilig verließen die beiden Ermittler die Einsatzzentrale und machten sich auf den Weg.

Noch bevor Hackenholt und Wünnenberg die Filiale in der Laufamholzstraße erreichten, erhielten sie über Funk die ersten Rückmeldungen: Auf dem Kundenparkplatz in der Äußeren Sulzbacherstraße stehe kein dunkelblauer Mercedes genauso wie auch auf dem Parkplatz in der Ostendstraße.

Plötzlich berichtete Stellfeldt über Funk, dass ihm das gesuchte Fahrzeug gerade am Mögeldorfer Plärrer in Höhe der Eisdiele Cristallo in stadteinwärtiger Richtung entgegenkam. Wünnenberg wendete sofort bei einer Tankstelle und fuhr wieder zurück auf die Ostendstraße, um die Verfolgung aufnehmen zu können, sobald der Gebietsleiter an ihnen vorbeifuhr. Im Gegenverkehr erkannte Hackenholt den silberfarbenen Opel Vectra der Kollegen, die zum Absuchen der Straßen eingeteilt worden waren. Sie hielten nun am Straßenrand, wie es jemand tun würde, der einen Passanten nach dem Weg fragen wollte.

Der kurze Augenblick, den es dauerte, bis Naumanns Mercedes in Sicht kam, dehnte sich ins Unendliche. Im Geist ging Hackenholt immer wieder die Strecke zwischen Mögeldorfer Plärrer und

Businesstower durch, fand jedoch keine Kreuzung, an welcher der Gebietsleiter hätte abbiegen können.

Wünnenberg entdeckte den dunkelblauen Mercedes als Erster im Rückspiegel, unmittelbar danach gaben auch die Kollegen von der anderen Straßenseite durch, das Fahrzeug gesichtet zu haben.

In flottem Tempo fuhr Naumann auf der linken Spur. Ohne zu blinken oder die durchgezogene Linie zu beachten, bog er abrupt auf den Parkplatz der Sternmann-Filiale ein, wobei er fast noch ein anderes Fahrzeug touchiert hätte, welches das Firmengelände gerade verlassen wollte und nur auf den stadtauswärtigen Verkehr achtete.

Der Rest lief professionell und völlig unspektakulär ab. Während Naumann ausstieg, um seinen Aktenkoffer vom Rücksitz zu nehmen, hielten neben seinem Wagen zwei zivile Einsatzfahrzeuge. Die Beamten sprangen heraus, und Hackenholt erklärte dem verdutzten Gebietsleiter sachlich, dass er wegen der Morde an Annika Dorn und Ludwig Kork festgenommen sei. Rasch bekam er Handschellen angelegt und wurde auf den Rücksitz von Wünnenbergs Wagen gesetzt.

So schnell der Spuk begonnen hatte, so schnell war er auch wieder vorüber. Die Einsatzkräfte hatten ganze Arbeit geleistet. Keiner der Kunden war aufmerksam geworden, nur der dunkelblaue Mercedes blieb als Zeichen des kurzen Intermezzos auf dem Parkplatz zurück.

Erst viel zu spät bemerkte der Gebietsleiter, wie es um ihn stand, und ließ seiner Wut freien Lauf. Doch da hatte sich der Konvoi schon auf den Rückweg zum Präsidium gemacht, wo der Erkennungsdienst bereits auf den Verhafteten wartete.

Ohne Naumann vernommen zu haben, machten sich die Beamten der Mordkommission sowie ein Team der Spurensicherung mit vier Fahrzeugen auf den Weg in das hinter Zirndorf gelegene Leichendorf, in dem Naumann wohnte. Vor dem Anwesen wurden sie schon von einer Streife und dem in aller Eile als Zeuge hinzugerufenen Bürgermeister erwartet. Hackenholt erklärte ihm, warum die Strafprozessordnung einen neutralen Beobachter als wünschenswert erachtete. Der Gemeindevorsteher nickte ernst und folgte den Ermittlern dann ins Haus des Sternmann-Gebietsleiters.

Hackenholt blieb draußen bei den Streifenkollegen. Er wusste, dass Beamte, die ihren Dienst seit vielen Jahren auf dem Land versahen, ein wahrer Quell an Informationen waren. Sie kannten ihre

Pappenheimer und konnten genau sagen, was sich in der Gemeinde abspielte. Vor allem, wenn sie selbst dort wohnten.

Aus diesem Grund fragte Hackenholt den ortsansässigen Kollegen, ob ihm in der Gegend ein altes Wohnmobil der Marke Ford Transit mit einer lachenden Sonne auf den Vordertüren aufgefallen sei. Wie aus der Pistole geschossen antwortete der Polizist, dass Naumanns verwitweter Nachbar solch eine alte Schüssel besaß. Allerdings sei der Meiers Schorsch schon seit fast zwei Monaten im Krankenhaus. Ein Schlaganfall oder etwas in der Richtung.

Da Hackenholt das Fahrzeug sehen wollte, ließ er sich in den Hof des angrenzenden Grundstücks führen. Der Form halber klingelte er an der Haustür des bäuerlichen Anwesens, doch wie erwartet öffnete niemand. Unterdessen war der Kollege zum ehemaligen Stall hinübergeschlendert und zog nun die Schiebetür zur Seite.

Dahinter erblickten die Beamten einen klapprigen Polo und daneben ein noch älteres Wohnmobil, von dessen Fahrertür Hackenholt jene Sonne entgegenlachte, die Georg Wehner im Büro so konzentriert gezeichnet hatte. Hackenholt holte das Handy aus seiner Jackentasche und bat Christine Mur, herüberzukommen.

Als Hackenholt kurze Zeit später Naumanns Haus betrat, stellte er befriedigt fest, dass die Durchsuchung erste Ergebnisse zeigte. In einem Schuppen im Garten hatte Saskia Baumann Schuhe sowie eine Jacke entdeckt, an denen sie schon mit bloßem Auge Blutspuren erkennen konnte.

Das Sahnestückchen fand jedoch Wünnenberg: Auf einem fleckigen Ohrensessel im Arbeitszimmer lagen Ludwig Korks Rechercheunterlagen auf einem Rucksack. In ihm steckten ein blutverschmierter digitaler Fotoapparat, ein Geldbeutel sowie alles, was der Journalist sonst noch in seinen Taschen gehabt hatte.

Hackenholt besah sich noch an Ort und Stelle die wenigen auf der Speicherkarte festgehaltenen Aufnahmen: Ein paar zeigten Sabine Morlock, aber auf dem letzten Bild sah man den Kühlraum der Gübinger'schen Fleischfabrik, in dem ordentlich aufgereiht Schweinehälften hingen, die auf ihre Weiterverarbeitung warteten.

Sophie wunderte sich, als Hackenholt am Abend nach Hause kam und hungrig in ihre Töpfe schaute, dann aber wie unter Zahnschmerzen das Gesicht verzog, als er die Schäufele in der Röhre erblickte – eigentlich eine seiner Leibspeisen, gleich nach gebratenen Bratwürsten. Kurzentschlossen schaltete sie den Herd aus und ging mit ihm in ein Café, das in der Pirckheimerstraße gegenüber vom Maxtorhof neu eröffnet hatte. Bei einem Zwiebelkuchen erzählte er ihr schließlich, warum ihm zumindest für den Augenblick der Appetit auf Schweinefleisch vergangen war.

Sophie war entsetzt. Sie hörte zum ersten Mal in der ganzen Tragweite von den Manipulationen, die mit dem Fleisch getrieben worden waren. Der Fall bestätigte sie nur einmal mehr in ihrer Auffassung, dass man Fleisch am besten beim Erzeuger oder allenfalls noch beim Metzger seines Vertrauens erwerben sollte. Und überhaupt, so fand sie, sei der deutsche Pro-Kopf-Verbrauch von zwei Zentnern deutlich überhöht.

Hackenholt dachte an Naumanns Vernehmung zurück. Der Gebietsleiter hatte zu Protokoll gegeben, er sei von Annika Dorn erpresst worden. Sie habe ihm gedroht, mit den Beweisen zur Geschäftsleitung zu gehen, sofern er nicht umgehend in Vorruhestand trete und die Konzernspitze dazu überrede, sie zu seiner Nachfolgerin zu machen.

Mit ihrem Tod, hatte Naumann gedacht, sei er seine Probleme los. Als sich dann jedoch der Journalist bei ihm gemeldet hatte, war der Alptraum von vorne losgegangen. Zumindest war Kork tatsächlich so dumm gewesen, seine schriftlichen Unterlagen zu ihrem nächtlichen Treffen mitzubringen.

Naumann war jedoch erst später bei deren Durchsicht aufgefallen, dass darin immer wieder auf Computerdateien verwiesen wurde. Also hatte er in Korks Wohnung danach gesucht. Nachdem er dort nichts gefunden hatte, schrieb er die Adresse von Korks Freundin von einer herumliegenden Zeitschrift ab, um auch ihren PC zu durchsuchen. Inzwischen, so Naumann, sei ihm allerdings klar geworden, dass er wohl besser daran getan hätte, einfach ihren ganzen Computer mitzunehmen oder die Festplatte zu löschen. Die Beamten hatten ihn in diesem Glauben gelassen.

Sophie riss Hackenholt aus seinen Gedanken, indem sie nach seiner Hand griff. »Frank? Ich habe in den letzten beiden Tagen die Internetangebote sämtlicher Nürnberger Immobilienmakler durchstöbert und mir einige Exposés zuschicken lassen. Unter den Angeboten sind ein paar wirklich hübsche Häuschen. Nachdem dein Fall jetzt gelöst ist und du nächste Woche hoffentlich ein bisschen weniger zu tun hast, könnten wir doch eine Besichtigungstour unternehmen, oder was meinst du?«

Statt einer Antwort drückte Hackenholt ihr einen Kuss auf die rechte Augenbraue.

Danksagung

Auch diesmal gebührt mein herzlichster Dank allen, die mich bei diesem Buch unterstützt haben.

Insbesondere Rainer Seebauer vom Präsidialbüro des PP Mfr möchte ich für seine Hilfe danken, durch die es mir gelang, Kontakte zu hiesigen Beamten zu knüpfen. Erst die intensiven Gespräche mit den Einsatzkräften ermöglichten mir einen Einblick in den Nürnberger Polizeialltag. Sämtliche dennoch enthaltene Fehler gehen allein auf mein Konto – man möge sie mir nachsehen.

Der Hilfe von Markus Clemenz verdanke ich den wertvollen Kontakt zum ehemaligen Wirtschaftskontrolldienst. Herrn Gerhardt Praß danke ich für seine offenen Worte und seine Einführung in die Tätigkeit der Lebensmittelkontrolle.

Ein ganz besonderer Dank geht an Mike Müller und meine Schwester für ihre innovativen Anregungen und Ideen sowie an Susanne Wengrzik und meinen Vater für ihre hilfreichen Anmerkungen.

Gunter Hackel danke ich herzlichst für die Übersetzungen ins Fränkische, die Saskia Baumann und das Ehepaar Wehner zum Leben erweckten.

Ein letztes Dankeschön geht an meine Lektorin, die seinerzeit mit ihrem unermüdlichen Einsatz zum Gelingen dieses Buches beitrug.

Anmerkung

Dieser Roman wurde im Februar 2009 zum ersten Mal veröffentlicht – Nürnberg hat sich in den vergangenen Jahren verändert. Beispielsweise ist der Recyclinghof in der Grolandstraße einem neuen Wohngebiet gewichen, wie auch der vom Präsidium angemietete Parkplatz. Das Atrium Kino wurde leider geschlossen und auch Hackenholts Antiquariat am Kornmarkt gibt es nicht mehr.

In dieser Reihe bereits erschienen:

Die vergessenen Schwestern
Das letzte Lächeln
Die dunkle Seite des Sommers
Frauentormauer
Glasscherbenviertel
Reichskleinodien
Tödliche Kristalle
Bombenstimmung